MON DRAGON, MON CHEVALIER

John Inman

MON DRAGON, MON CHEVALIER

John Inman

Publié par
DREAMSPINNER PRESS

5032 Capital Circle SW, Suite 2, PMB# 279, Tallahassee, FL 32305-7886 USA
www.dreamspinnerpress.com

Mon dragon, mon chevalier
Copyright de l'édition française © 2022 Dreamspinner Press.
Titre original : My Dragon, My Knight
© 2017 John Inman.
Première édition : mars 2017
Traduit de l'anglais par Cathy AL.

Illustration de la couverture :
© 2017 Reese Dante.
http://www.reesedante.com
Conception graphique :
© 2022 L.C. Chase.
http://www.lcchase.com
Les éléments de la couverture ne sont utilisés qu'à des fins d'illustration et toute personne qui y est représentée est un modèle

Édition e-book en français : 978-1-64108-396-6
Édition imprimée en français : 978-1-64108-397-3
Deuxième edition française : juin 2022
v 2.0
Première édition française publié par Sidh Press février 2018.

Édité aux États-Unis d'Amérique.

Pour John B, comme toujours

I

LE JEUNE homme, que Jay connaissait seulement en tant que Danny, était assis sur un tabouret, buvant lentement sa bière. Jay se dit que Danny *devait* boire lentement à cause de sa joue gonflée. Un vieil habitué assis en face de lui n'arrêtait pas de le reluquer, comme si le jeune homme était un morceau de viande fraîche ; mais bon sang, celui-ci avait quarante ans de moins que lui. Aussi pathétique que Danny semblait être à cet instant, il était évident qu'il ne serait pas intéressé par un Mathusalem ivre.

Il n'était pas encore midi et le bar était désert, mis à part Danny, le vieil obsédé, et lui, Jay Holtsclaw, le barman – propriétaire de l'établissement connu par la communauté gay de San Diego en tant que le «Clubhouse». Jay coupait des citrons verts de l'autre côté du bar, s'occupant de ses affaires, mais comme tout bon barman, il était aussi très perspicace. Quand il vit Danny gigoter sous le regard persistant du vieil alcoolique, il décida d'intervenir. Il attrapa son sac de citrons verts et sa planche à découper pour s'installer en face du jeune homme et ainsi bloquer la vue du vieil homme. Une fois installé, il recommença à découper ses citrons verts comme si de rien n'était. Danny le regarda travailler, ses yeux bleus suivant ses mouvements, apparemment fasciné par les scintillements du couteau tranchant alors qu'il coupait le fruit. Jay crut apercevoir une lueur de gratitude dans les yeux de Danny pour ne plus avoir à supporter les regards du vieil obsédé.

Jay avait vu Danny quelques fois ; quelqu'un d'aussi mignon que lui était voué à être remarqué. Il était habituellement accroché au bras de son amant, un type légèrement plus âgé ; pas si vieux cependant, il avait peut-être la trentaine, alors que Danny avait vingt-deux ou vingt-trois ans. En réalité, Jay ne savait pas si cet homme était véritablement son amant, mais étant donné qu'ils étaient tout le temps ensemble, il en avait déduit qu'ils étaient amants. Jay ne connaissait pas le nom de l'autre homme, mais cela ne le regardait pas non plus.

— Il est inoffensif, tu sais, dit-il doucement en jetant un coup d'œil derrière son épaule vers Rafe. Ne le laisse pas te troubler.

— Je… je sais, répondit Danny en tressaillant comme s'il avait été piqué avec une aiguille.

1

Il grimaça également. Manifestement, cette mâchoire bouffie était vraiment douloureuse.

Jay toucha sa propre mâchoire, compatissant.

— Accident ?

— Je suis tombé de ma moto, quel idiot.

En tant que barman, on en apprenait beaucoup sur la nature humaine, aussi Jay sut immédiatement que Danny lui mentait. Il ignorait comment il le savait, mais c'était le cas.

— D'accord, dit-il avec un rire compréhensif tout en évaluant Danny avec une ironie désabusée. Seul un idiot ferait ça.

Danny ne lui retourna pas son rire. Il prit une cerise au marasquin du plateau qui était posé sur le poste du serveur, sans personnel pour l'instant puisque le bar venait d'ouvrir. Jay ricana lorsque Danny s'arrêta de mâcher comme s'il réalisait ce qu'il venait de faire : voler une cerise juste sous le nez du patron.

— Oh, je suis désolé, dit-il, accablé. Je ne sais pas ce qui m'a pris…

— Ne t'inquiète pas. Sers-toi, dit-il en souriant.

Une fois Danny rassuré, Jay retourna à sa découpe de citrons verts.

— Sérieusement, les motos sont des choses délicates. Tu devrais être plus prudent.

Danny prit une autre gorgée de sa boisson, geste qui démontrait plus de nervosité que de soif. Jay n'était pas sûr de cela, néanmoins il avait l'impression que Danny était certes beau et jeune, mais aussi timide.

— Je le serai, marmonna Danny.

Jay dut prendre sur lui pour ne pas tendre le bras et essuyer la mousse de bière de la lèvre supérieure de Danny avec une serviette.

— Au fait, es-tu suffisamment âgé pour être ici ? dit Jay sur le ton de la plaisanterie.

Danny haussa les sourcils et esquissa un sourire, que la douleur effaça lorsque sa mâchoire endolorie fut sollicitée. Puis il sortit obligeamment son portefeuille de sa poche arrière et posa sa carte d'identité sur le bar.

Jay essuya ses mains sur la serviette et prit la carte, la manipulant jusqu'à pouvoir la lire. Danny Sims. À la surprise de Jay, le jeune homme était plus jeune qu'il ne l'avait supposé. Il venait de fêter son vingt-deuxième anniversaire et avait donc l'âge légal. D'après son permis de conduire, il mesurait un mètre soixante-quinze, avait les cheveux blond vénitien, les yeux bleus et était tellement mignon que même le département d'enregistrement des véhicules et des permis de conduire n'avait pas réussi à le rendre laid sur sa photo. Et comme s'il n'était pas suffisamment photogénique comme cela, Dieu l'avait même doté de taches de rousseur sur le nez.

Jay lui rendit sa carte et reprit sa tâche.

Le vieux Rafe se laissa tomber du tabouret et trébucha vers les toilettes, au fond de la salle. Ni Jay ni Danny ne le regardèrent s'en aller. C'était l'insulte suprême pour un tombeur.

— Tu as de grandes mains, dit doucement Danny qui le regardait toujours découper ces stupides agrumes.

Jay s'arrêta et regarda ses mains une minute, surpris, comme s'il réalisait que Danny avait raison. Il avait de grandes mains.

— Ma foi, dit-il, j'imagine que c'est le cas.

Lorsqu'il remarqua une nouvelle grimace de douleur sur le visage de Danny, Jay tendit la main et attrapa une boîte d'aspirine. Il en prit deux et les lui tendit.

— Merci, dit Danny, en mettant prudemment les cachets dans sa bouche avant de les avaler avec une autre gorgée de bière.

— Tu n'es pas tombé de ta moto, dit Jay sur le ton de la conversation. Quelqu'un t'a battu, je peux voir les quatre phalanges sur ta joue.

Danny regarda tristement sa bière.

— Je n'ai pas envie d'en parler.

— D'accord, Danny. Je ne voulais pas paraître curieux.

— Comment connais-tu mon prénom ? demanda celui-ci en levant les yeux avant de grimacer comme s'il se donnait une claque mentale. Oh, tu as vu ma carte d'identité.

— C'est le cas, dit Jay en haussant les épaules. Mais je t'ai aussi vu plusieurs fois ici. J'arrive facilement à me rappeler les noms. Quelquefois, ils sont juste faciles à retenir, que je rencontre les gens ou pas ; une fois que je les ai entendus, je ne les oublie jamais. Bien sûr, à côté de ça, je suis capable d'oublier de mettre de l'essence dans la voiture et de finir en panne sèche à des kilomètres de la maison.

Danny rit, ou du moins il essaya. Il était évident qu'il avait mal, il se tortillait sur le tabouret comme s'il était assis sur des punaises.

— Attends une minute, dit Jay.

Il se détourna et attrapa une serviette propre posée sous le bar, prit une poignée de glace pilée et les posa sur le tissu en serrant le tout avant de le lui donner.

— Mets ça sur ta mâchoire pendant un moment, ça t'aidera peut-être, dit Jay. Ça pourrait même faire dégonfler l'œdème.

3

L'expression du jeune homme reflétait à la fois l'embarras et la reconnaissance, et probablement un peu d'horreur, mais il fit ce qu'on lui proposait.

— Merci, dit-il doucement, fermant les yeux en sentant le froid engourdir sa mâchoire.

Jay comprit que la glace aidait en entendant Danny soupirer de soulagement.

— Ça fait du bien, continua Danny.

Ce qui conforta Jay dans sa certitude que la poche de glace le soulageait.

Puis il retourna à ses citrons verts.

Le vieux Rafe revint et se rassit sur son tabouret. Il fredonnait doucement pour lui-même. Jay reconnut au bout d'une minute la chanson, il s'agissait de *Mighty Mouse*, un vieux dessin animé qui n'était plus diffusé depuis cinquante ans. Le pauvre Rafe devrait changer de musique.

Sans même en avoir reçu la demande, Jay remplit le verre de Danny de Heineken.

— Offert par la maison, refusa-t-il d'un geste de la main lorsque le jeune homme voulut payer.

Malgré le faible éclairage, Jay était persuadé que Danny avait rougi, et contrairement à ce qu'il avait dit plus tôt, il décida d'assouvir sa curiosité.

— Je t'ai vu quelques fois avec ton ami. C'est lui qui t'a cogné?

Les joues de Danny devinrent de plus en plus rouges et un éclair d'irritation apparut sur son visage, mais Jay ne savait dire si c'était dû à la question ou à la réponse, s'il décidait de répondre. Ce qu'il finit par faire.

— Oui, dit Danny en essayant de boire sa bière, tout en gardant la glace sur sa joue, ce qui était une manœuvre délicate. Mais c'était ma faute, je l'ai énervé.

Jay s'arrêta de couper et fixa le jeune homme en face de lui.

— Gamin, le fait que tu sois énervant ne donne pas le droit à quelqu'un de te faire *ça*. Il aurait pu te fracturer la mâchoire ou te casser une dent. La dernière chose que tu devrais faire est de lui trouver des excuses.

Danny se tourna sur son tabouret et regarda la table de billard qui se trouvait dans le coin de la salle, donnant l'impression qu'il ne savait pas où regarder. Son regard se posa sur les vieilles affiches de Toulouse-Lautrec, accrochées sur le mur, comme s'il ne les avait pas vues des centaines de fois avant.

4

— Je sais. Il ne voulait pas me taper si fort. Et il ne touche pratiquement jamais mon visage. Il a juste…

— Tu veux dire qu'il l'a déjà fait *avant*?

Danny ouvrit la bouche comme un poisson se débattant au bout d'une ligne.

— Non, ce n'est pas ce que j'ai voulu dire.

— Ce n'est peut-être pas ce que tu as voulu dire, mais en tout cas c'est ce que tu as dit.

Danny avait toujours le regard baissé, étudiant ses doigts alors qu'il faisait des dessins avec la condensation de son verre.

— Joshua est un homme bien. Il m'aime beaucoup. Il est juste… je ne sais pas, irritable parfois. Il… il donne des coups de poing sans réfléchir. Ça ne veut rien dire, et comme je l'ai dit, je l'avais cherché. J'étais en train de l'énerver.

Jay savait qu'il était temps de faire machine arrière; certaines personnes ne pouvaient être aidées, c'était impossible. Mais quelque chose dans ce visage innocent en face de lui, dans ces yeux remplis de douleur, ces joues rouges d'embarras pour quelque chose dont il ne devrait pas avoir honte, le rendait furieux. À l'encontre de tout bon sens, il tendit la main et la posa sur le bras de Danny, gentiment, juste pour avoir son attention. La peau sous la paume de sa main était si douce qu'il en oublia presque ce qu'il allait dire, mais il se reprit. C'était important.

— Danny, dit-il d'une petite voix à peine plus forte qu'un murmure, ne voulant pas que Rafe entende ce qu'il avait à dire. Personne n'a le droit de te frapper. Personne. Si tu aimes quelqu'un, tu ne fais pas ça. Mince, même si tu *détestes* quelqu'un, tu ne fais pas ça.

Il retira sa main lorsqu'il vit des larmes dans les yeux de Danny.

— Je suis désolé, assura-t-il. Je ne voulais pas te faire pleurer. C'est juste que… Et merde, gamin… tu ne peux pas laisser quelqu'un te prendre pour un punching-ball.

Danny chassa impatiemment ses larmes alors qu'elles traçaient un sillon humide sur sa joue.

— Je sais. Cela n'arrivera plus. Vraiment. Merci pour… tu sais… t'en soucier, dit-il en reniflant. Je ne suis pas un gamin.

Jay sourit à cette pensée. Il avait trente-deux ans, et pour lui, Danny n'était qu'un gamin. Il se rappelait aussi ce que c'était que d'avoir vingt et un ans et de penser tout savoir à cet âge. Du moins, c'était ce que l'on croyait. Malheureusement, il était sûr et certain que Danny avait encore

5

beaucoup de choses à apprendre, et avec ce qu'il voyait, ce dernier avait intérêt à l'apprendre vite.

— Ne le laisse plus te frapper, dit-il.

Danny acquiesça, tout d'un coup sérieux. Son visage n'était plus rouge, ses larmes s'étaient taries.

— Ce sera le cas.

— Respecte-toi.

— Je le ferai.

— Et s'il te bat *encore* une fois, dis-le-moi, j'irai lui rendre la pareille, la semaine suivante.

Jay sortit ses muscles tel un haltérophile, en fléchissant le biceps et en étirant sa poitrine, pour faire rire Danny. Il n'était en aucune manière un haltérophile, mais il n'était pas non plus un petit joueur. Il mesurait un mètre quatre-vingt-huit et pratiquait régulièrement du sport. Il sentit une légère excitation lorsqu'il crut voir une lueur appréciative chez Danny.

Danny se leva de son tabouret et se pencha sur le bar, testant la fermeté du biceps de Jay de la même manière qu'un fruit au supermarché. Ce dernier apprécia la façon dont ses doigts s'attardèrent une seconde, du moins c'est ce qu'il imagina.

Puis Danny se rassit sur le tabouret et remit la serviette remplie de glace sur sa mâchoire.

— Mon héros, dit-il en souriant avec, semblait-il, un peu moins de douleur.

— Et tu ferais mieux de ne pas l'oublier, dit Jay en souriant.

Un sourire menaçait d'illuminer le visage de Danny, et Jay eut juste le temps d'en profiter avant qu'un rire venant de l'extérieur parvienne à leurs oreilles. Trois habitués entrèrent, gâchant le moment. À contrecœur, Jay se retourna pour préparer les boissons, sachant ce qu'ils voulaient. Il aurait voulu avoir plus de temps avec Danny, suffisamment pour lui rappeler qu'il ne devait pas se laisser battre par ce connard, mais il supposa qu'il avait déjà suffisamment exprimé son point de vue.

Il plaça les trois boissons sur le bar, un peu plus loin, attrapa les citrons verts et la planche à découper, tout en souriant à Danny, et se mit au travail ; l'endroit serait bientôt comble.

À peu près une demi-heure plus tard, alors que Jay faisait semblant de rire à une blague d'un habitué, il leva les yeux et s'aperçut que Danny était parti.

Il avait laissé un billet d'un dollar sur le bar.

Jay lava le comptoir, là où le jeune homme s'était assis, et, parce que cela semblait être une bonne idée, pressa ses lèvres contre le billet avant de le mettre dans le pot à pourboire.

Pauvre gamin. Jay espérait qu'il irait bien.

DANNY SIMS ouvrit la porte de son appartement et tendit l'oreille en retenant son souffle. Aucun bruit. Puis il entendit des bruits de griffes sur le sol ; c'était Jingles, arrivant pour dire bonjour.

Le fait que Jingles, un petit fox-terrier croisé blanc que Danny avait depuis le lycée, court à travers l'appartement signifiait que Joshua n'était pas à la maison. Joshua avait interdit au chien de courir dans l'appartement et son chien était tellement effrayé par l'amant de son maître qu'il se tenait bien, à moins que Joshua ne soit absent, et dans ce cas, tout était possible.

Danny n'en voulait pas à Joshua, il avait travaillé dur pour avoir cet appartement. Celui-ci se trouvait dans une copropriété de haut standing de la baie de San Diego, avec une vue somptueuse sur les docks en bas, sur l'Embarcadero et le Coronado Bridge un peu plus loin.

Joshua Stone et Danny Sims étaient amants depuis presque un an, et Joshua avait révélé sa véritable nature trois mois après le début de leur relation. Maintenant, Danny, tout comme Jingles, marchait sur des œufs à longueur de temps. Danny l'aimait, car Joshua pouvait se montrer charmant et romantique, il était généreux et pouvait même être amusant et sexy, lorsqu'il n'était pas en colère ou jaloux.

Il s'arrêta pour câliner Jingles. Il ne savait pas où était Joshua, mais il savait qu'il ne serait pas absent bien longtemps. C'était leur jour de repos à tous les deux. Joshua était parti après l'avoir frappé pour un affront imaginaire ; quelque chose à propos d'un gars au fond du couloir, et Joshua le soupçonnant d'avoir le béguin. Ce qui n'était pas vrai, mais quand son amant faisait une crise de jalousie, on ne pouvait rien lui dire. Alors Danny s'était seulement relevé du sol après sa chute et il était parti. Il s'était rendu directement dans le seul endroit où il savait qu'il pourrait avoir un peu de temps pour lui ; le bar en haut de la rue.

Danny avait un peu espéré que Joshua viendrait le chercher, mais cela n'avait pas été le cas.

Soulagé d'être seul pour quelques instants, Danny alla dans la cuisine prendre une friandise pour chien dans le sac et récompensa Jingles pour avoir été un bon chien. Puis il se tint au milieu de la cuisine, tel un intrus, se demandant où était allé Joshua... et quelle serait sa colère lorsqu'il reviendrait.

Il se rendit dans la salle de bains, se plaça devant le miroir au-dessus du lavabo et inspecta ses blessures.

Il ne pensait pas que sa mâchoire était *aussi* gonflée. Pas étonnant que le barman ait semblé si inquiet.

Il humidifia un gant de toilette d'eau froide et le pressa contre sa mâchoire brûlante.

Il se retourna en entendant un bruit derrière lui et vit Joshua sur le pas de la porte, le regardant. Il tenait un bouquet de fleurs dans sa main.

— Je suis désolé, bébé, dit Joshua en tendant les fleurs.

Quand il vit à quel point le visage de Danny était tuméfié, il laissa tomber les fleurs sur le sol et se précipita dans la salle de bains pour le prendre dans ses bras. Il le serra contre lui et Danny poussa un cri quand Joshua appuya sa mâchoire endolorie contre son torse.

— Oh, bon sang, bébé. Je n'avais pas l'intention de te frapper aussi durement. Laisse-moi regarder.

Il relâcha doucement Danny et jeta un coup d'œil à sa mâchoire. Dès qu'il posa le bout de ses doigts dessus, il le vit grimacer.

Danny était encore une fois déchiré et il se détestait dans ces moments-là.

Joshua recula impatiemment.

— Tu ne vas pas te mettre à pleurer, n'est-ce pas ?

Danny serra les dents, ce qui lui fit un mal de chien, et réfréna ses émotions.

— Non, dit-il, déterminé. Je ne vais certainement pas pleurer.

— Bien, tu ne veux pas faire le bébé pour ça. J'ai dit que j'étais désolé, alors mettons ça derrière nous.

Joshua recula, les yeux brillants, et saisit les fleurs sur le sol pour les lui présenter, comme une sorte de récompense.

— Regarde ce que je te ramène, bébé, des roses jaunes, tes favorites, pour m'excuser.

— Merci, dit Danny en prenant les fleurs.

Il n'avait pas vraiment le choix.

— C'est tout ce que j'obtiens ? Un remerciement minable ? dit Joshua avec une moue exagérée.

Il lui reprit les fleurs des mains et les posa sur le comptoir, puis il enlaça le jeune homme de ses bras et le fit tourner de façon à le positionner face au miroir. Danny vit Joshua passer sa main sous sa chemise, remonter le tissu sur ses épaules pour embrasser sa colonne vertébrale.

— Pas ici, dit Danny.

Joshua tendit la main et, tout en l'ignorant, défit sa ceinture, puis, sans autre préliminaire, repoussa le pantalon sur ses cuisses.

Danny soupira. *Bon sang, ne fais pas ça*, mais il ne le dit pas à voix haute. Quel était l'intérêt ?

— Aucun sous-vêtement, je vois, marmonna Joshua contre la peau de Danny, tandis que ses mains fortes descendaient sur les cuisses de Danny, les écartant gentiment.

La colère de Danny s'intensifia, mais quand Joshua posa sa bouche sur ses fesses, le désir prit le dessus. Il ne pouvait le nier, alors que les mains de Joshua effleuraient sa peau nue. Il frissonna, et lorsqu'il sentit sa langue glisser sur sa fente de chair fraîche et trouver son intimité, il haleta de désir. Danny attrapa le rebord du lavabo et regarda son reflet dans le miroir, il vit la honte dans ses yeux bleus, mais également le désir, l'excitation.

Son pénis était dressé et ferme. Il était dégoûté de ne pas pouvoir le repousser, mais la sensation de la bouche de Joshua, qui le goûtait et l'explorait, était tellement bonne.

Alors que la main de Joshua glissait pour saisir son érection, Danny se pencha en s'éloignant du lavabo, pour lui permettre un meilleur accès. Puis, tendant sa main, il attrapa une poignée de cheveux de Joshua, amenant sa tête là où il voulait qu'elle soit.

Joshua rit et lui donna ce qu'il voulait pendant un moment. L'instant d'après, il se releva derrière Danny et le regarda dans le miroir pendant qu'il se déshabillait. D'un geste souple, Danny dégagea ses pieds de son pantalon, libérant complètement ses jambes.

Joshua se pencha et, à nouveau, posa sa bouche sur son entrée, utilisant sa langue pour le lubrifier. Ce qui fit trembler Danny, qui tendit la main pour saisir la tête de son amant et diriger sa bouche, encourageant cette divine langue. Il tendit les fesses vers l'arrière, quémandant plus. Toujours plus.

Joshua se releva et attrapa une bouteille de lubrifiant posée sur le côté du lavabo. Il en versa une bonne dose dans sa main et en badigeonna l'entrée de Danny, puis inséra un doigt, faisant crier de surprise son amant, traversé d'une soudaine vague de plaisir.

Danny vit le reflet de Joshua dans le miroir qui lui souriait avec luxure, les yeux plissés, comme chaque fois lorsqu'il était excité. Danny attrapa son érection pour l'éloigner de la surface froide et dure du lavabo, tout en essayant de se masturber.

Quand Joshua commença à insérer son pénis, le taquinant, le menaçant, Danny écarta plus grand les jambes. Sa peur avait fait place au désir. Il n'avait plus qu'une envie, celle de sentir Joshua en lui ; il voulait sentir cet énorme pénis s'enfoncer en lui.

— Oui, murmura-t-il, le souffle haletant. Vas-y, Josh.

Joshua pressa son sexe contre son anneau, juste ce qu'il fallait pour le rendre fou d'impatience. Puis il tendit la main pour entourer la gorge de Danny, tout en les regardant tous les deux à travers le miroir.

Les lèvres de Joshua taquinèrent son oreille.

— Mon bébé aime ça, murmura Joshua.

Danny acquiesça.

— Prends un préservatif et baise-moi, s'il te plaît, lâcha-t-il dans un souffle.

— Mon bébé suppliant, murmura Joshua dans un souffle alors qu'il insérait son sexe à l'intérieur, passant le cercle anal et commençant un long et lent mouvement dans la chaleur profonde de Danny. Nous n'avons pas le temps pour un préservatif, mon bébé affamé. Nous sommes ensemble, nous n'en avons pas besoin.

— Alors, baise-moi, chuchota Danny, sachant qu'il était inutile d'argumenter.

Il se pencha plus profondément sur le lavabo, la chaleur de son souffle créant de la buée sur le miroir. Il se détestait pour ce qu'il avait dit, il détestait son amant pour ce qu'il était en train de faire ; mais il désirait Joshua, il le voulait en lui. Il se sentait rempli, complètement empalé. Il n'y avait rien de mieux dans le monde, rien.

— Baise-moi, dit-il encore une fois, mais c'était la voix d'un étranger.

Il se regarda dans le miroir et vit les yeux d'un inconnu.

Il cria alors que Joshua s'enfonçait plus profondément en lui d'un long coup de reins déterminé. C'était un cri de douleur, mais rapidement son désir prit le pas sur la brûlure. Les yeux de Joshua étaient rivés aux siens, à travers le miroir, alors qu'il commençait à bouger la hampe qu'il avait si durement insérée. Son regard était si dominateur, si victorieux, qu'il brillait d'excitation tout en étant terrifiant. Dans ces moments-là, Danny aimait être contrôlé, il aimait être possédé par Joshua, il aimait être le butin dans ce stupide jeu de pouvoir auquel ils s'adonnaient parfois.

Danny aimait aussi le fait que Joshua sache ce qu'il voulait. Son amant connaissait ses faiblesses et ses besoins. Si seulement son poing n'intervenait pas de temps en temps, et la véritable douleur avec, laissant de vilaines traces sur son visage.

Danny repoussa cette pensée, il avait d'autres priorités pour l'instant.

— Oh, oui, souffla-t-il.

Le côté indemne de son visage était pressé contre le miroir et la chaleur de son souffle embuait le tain. Joshua se pencha sur lui, le poussant contre le bord froid du lavabo en marbre. Il pressa sa bouche sur la nuque de Danny, le martelant durement.

— Ça fait mal, haleta le jeune homme, ralentis, Josh.

— La ferme. Dis-moi que tu m'aimes, ordonna celui-ci.

Il n'arrêta pas ses mouvements, il ne ralentit pas… pas une fois.

— Dis-moi que tu m'aimes, Danny, dis-moi que tu aimes ma queue.

Danny essaya d'ignorer la douleur; se forçant à se relaxer, ou du moins à se calmer un peu. Il commença à caresser sa hampe, mais Joshua éloigna sa main d'une gifle.

— Je vais jouir, dit-il, le souffle chaud caressant son oreille. Sans préservatif, tu pourras me sentir jouir en toi, Danny. Laisse-moi faire, puis je prendrai soin de toi, mais pour l'instant concentre-toi sur moi, ne pense qu'à ma queue profondément enfouie en toi.

Alors Danny refoula son propre désir et se laissa posséder. À vrai dire, en général il aimait cela, il aimait ce qu'il lui faisait, il aimait ce qu'il lui faisait ressentir, mais pas cette fois. Certainement pas cette fois.

— Dis-moi que tu m'aimes, demanda encore Joshua, les mains sur les hanches de Danny.

Il le pilonnait fortement, et Danny releva sa tête, angoissé.

— Dis-le-moi, dis-le-moi, bon sang.

— Je t'aime, cria Danny, dans un mélange de honte et d'excitation.

L'instant suivant, il rejetait la tête en arrière contre Joshua, alors que son corps le trahissait, et il jouit dans le lavabo sans avoir eu besoin de se toucher.

— Oh mon Dieu, cria-t-il.

— Putain !

Il n'y avait aucun plaisir dans sa jouissance. Sa bouche était grande ouverte et la douleur créée par le sexe de Joshua était atroce.

Son amant ne ralentit jamais le rythme, même lorsqu'il tendit ses doigts pour ramasser le sperme de Danny dans le lavabo; et que tout en se regardant dans le miroir, il le déposa sur les lèvres et *dans* la bouche de son amant, le nourrissant de sa propre semence. Il sourit quand Danny ouvrit la bouche, permettant ainsi aux doigts enduits de sperme d'entrer, les léchant pour les nettoyer, aveuglé par son propre besoin d'en finir, d'arrêter cette verge en acier qui le poignardait sans relâche.

Danny saisit les hanches de son compagnon et l'attira plus près, le forçant à s'enfoncer encore plus profondément, ravalant sa colère, repoussant la douleur. Joshua se tendit contre lui, frissonnant alors que sa queue gonflait en lui.

Oh, mon Dieu, faites que ça s'arrête, il faut que ça s'arrête, pensa Danny.

Et, comme s'il avait été entendu, Joshua jouit en lui, avec un cri de plaisir et sans aucune entrave. Il tressauta, se tordit et grogna pendant son orgasme, emmenant Danny avec lui.

Joshua posa son visage en sueur sur les omoplates de Danny alors qu'il continuait à bouger en de lents mouvements, dedans et dehors, faisant légèrement haleter son partenaire à chaque mouvement. Ses tremblements se calmaient, les battements de son cœur ralentissaient lentement, la douleur s'amenuisait, alors que le sexe de Joshua commençait à s'amollir.

— Mon bébé, marmonna-t-il sur la peau de Danny. Mon bébé.

Ce dernier s'effondra contre le lavabo dès que Joshua se sépara de lui. Il se sentait assouvi, endolori, satisfait, mais il se détestait pour cela. Dès que son amant recula, relâchant son étreinte, la douleur dans la joue de Danny revint, sortant de nulle part, furieuse d'avoir été oubliée, réclamant vengeance d'avoir été ignorée, même pour un instant.

La colère qu'il avait ressentie contre cet homme qui lui avait causé tant de douleur revint également, tout d'un coup, mais Danny ravala cette rage, tout comme il avait avalé son propre sperme.

Il ferma les yeux et essaya de repousser sa colère ; Joshua était son amant, il avait fait tellement pour lui. Danny se devait au moins de lui pardonner, n'est-ce pas ?

Joshua le tourna dos au lavabo et mit ses doigts sous son menton. Doucement, il releva le visage de Danny pour regarder ses yeux.

— Suis-je pardonné ? demanda-t-il.

Ses cheveux étaient emmêlés et la sueur rendait son front brillant, ses yeux étaient écarquillés, sauvages, sérieux, mais malgré toute la sincérité qui brillait dans les iris couleur noisette, il y avait aussi l'espoir que Danny réagirait exactement comme il le souhaitait, de la façon dont il *l'exigeait*.

Joshua, après tout, s'occupait de tout, il s'était toujours chargé de tout.

Danny acquiesça, se détestant encore une fois. Il fixa le sourire de supériorité qui tordait la bouche de Joshua. Celle-là même qui, quelques instants auparavant, avait dévoré sa peau de baisers, chuchoté des mots de passion et de désir. Par-dessus tout, Danny essaya d'ignorer cette étincelle pénible de victoire qui étincelait dans les yeux de Joshua. Il essaya de ne pas penser à la docilité, à la honte qui éclairait son propre regard, mais la douleur de sa mâchoire éclipsa tout cela. Le souvenir de ce coup revint soudainement, ce coup n'avait pas seulement blessé sa mâchoire, mais également déchiré son cœur, et maintenant il avait été contraint de baiser sans préservatif, ce qu'il détestait faire. Il aimait Joshua, vraiment, mais il devait aussi faire face à la réalité ; la brutalité s'intensifiait.

Joshua recula brusquement, comme s'il ne s'était rien passé entre eux, puis il se dirigea vers la douche et tourna le robinet. Il se tenait debout, nu, élégant et svelte, son sexe oscillant doucement, à présent flasque.

Danny l'observa pendant un moment, puis il se tourna, prit les roses du lavabo et, portant toujours ses chaussettes et son tee-shirt, avança vers la porte, dépassant facilement le corps nu de Joshua, évitant de le toucher. Il devait mettre les roses dans un vase ; Joshua serait furieux s'il ne le faisait pas.

Avant d'entrer dans la douche, Joshua attrapa le bras de Danny et l'arrêta sur le pas de la porte. Ses doigts s'enfoncèrent dans sa chair.

— J'ai senti l'odeur de la bière dans ton haleine. Nous n'en avons pas ici. Tu as dû aller dans un bar.

— Ou... oui, j'étais contrarié.

Joshua lui lança un regard noir, tout en caressant négligemment son prépuce de haut en bas avec son autre main, prenant ses bourses dans la main, arquant son dos.

— Ne recommence pas, dit-il. Pas si je ne suis pas avec toi.

— Très bien, dit Danny, après avoir hésité quelques instants.

Ce fut seulement à ce moment-là que Joshua entra dans la douche et tira le rideau derrière lui. Il commença immédiatement à fredonner sous le jet d'eau, toujours aussi insouciant. Le souverain de son royaume. Danny se tint là, écoutant l'écoulement de l'eau. Les cris qu'il entendait étaient seulement dans sa tête, ils étaient toujours dans sa tête.

II

DIMANCHE MATIN, Jay sentit l'habituelle odeur des fleurs de son fleuriste, Arturo. Ce dernier était un jeune mexicain heureux avec un sourire ravageur. Il venait de Tijuana et possédait une carte verte. Tous les jours, il gagnait sa vie dans un kiosque à fleurs de fortune qu'il avait installé dans un espace qu'il louait à côté du magasin de vins et spiritueux sur Redwood. Toujours amical et désireux de plaire, il avait des fleurs prêtes pour Jay, comme toujours. Aujourd'hui, il s'agissait d'iris, les préférées de ce dernier.

Jay passa quelques minutes avec Arturo, utilisant le peu de vocabulaire qu'il connaissait en espagnol, comme il le faisait tout le temps. Puis il prit congé, souhaitant au jeune homme une bonne journée, en lui demandant de dire bonjour à sa femme et son petit garçon, qui rendaient l'homme tellement fier, celui-ci commençant alors à montrer des photos, ce qui amusait Jay. Il retourna ensuite à sa voiture pour prendre la route du cimetière. Il posa soigneusement les fleurs sur le siège passager à côté de lui, et elles remplirent la voiture d'une odeur agréable.

Il se rendit ensuite au cimetière.

Le dimanche matin était un rituel pour Jay : les fleurs, Arturo, le trajet via l'autoroute 94 jusqu'au cimetière Holly Cross, la marche lente et sinueuse à travers le cimetière jusqu'à un emplacement isolé sur le versant de la colline, au-dessous d'un grand eucalyptus, là où son amant passait des jours solitaires et silencieux, six pieds sous terre, dans une boîte en bois.

La douleur dans son cœur, pendant qu'il se tenait là, dans l'herbe humide, à regarder la tombe, faisait également partie du rituel. La plaque posée sur le sol avec le nom de son compagnon inscrit sur le marbre lui donnait l'impression que sa douleur était gravée dans la pierre.

Les fleurs de la semaine précédente avaient toujours disparu lorsque Jay arrivait. Il supposait que le gardien les prenait lorsqu'il tondait. Il prenait toujours un moment pour arranger les nouvelles fleurs dans le petit vase fourni à côté de la plaque. Puis il brossait la poussière et désherbait la plaque afin de rendre l'endroit joli. Après cela, il restait debout devant la tombe de Simon et laissait la douleur l'envahir.

Au cours des deux derniers mois, une forte culpabilité s'était ajoutée à son chagrin. Elle venait du fait que le chagrin, qu'il ressentait chaque fois qu'il se tenait devant la tombe de son amant, diminuait, et l'amoindrissement de son chagrin le troublait énormément.

Une année s'était écoulée depuis l'hémorragie cérébrale de Simon ; la faux de la Faucheuse frappant au hasard, presque comme une blague cruelle. Une pensée après coup de cette vieille charogne dans sa longue robe noire, affirmant son autorité peut-être. Fléchissant ses muscles. Détruisant allégrement deux vies sur un coup de tête.

Bien sûr, les docteurs avaient raconté une histoire différente. Ils avaient expliqué que l'anévrisme dans le tronc cérébral de Simon avait toujours existé. Il s'agissait d'une faiblesse artérielle présente, probablement depuis sa naissance. L'hémorragie était tôt ou tard inévitable, avaient-ils dit. C'était totalement imprévisible et très difficile à empêcher. Ce n'était rien d'autre qu'une imperfection, une faille dans les rouages.

Alors à trente ans, un jour après un romantique dîner aux chandelles et une nuit d'ébats amoureux qui avait été la dernière, Simon avait simplement arrêté de respirer alors que sa boîte crânienne se remplissait de sang dans son sommeil. Il s'était tranquillement éteint dans les bras de Jay sans jamais s'être réveillé.

Jay s'était réveillé plusieurs heures plus tard et l'avait senti froid dans ses bras. La mort n'avait même pas affaibli le sourire de contentement de Simon quand elle l'avait pris.

Jay avait été très secoué, tellement bouleversé. En fait, il lui avait fallu pratiquement un an pour s'en remettre, et maintenant qu'il reprenait goût à la vie et que la peine *commençait* à disparaître, son chagrin était remplacé par la culpabilité. Il ressentait de la culpabilité face à l'oubli qui s'installait, signe qu'il commençait à guérir.

Il ferma les yeux, repensant à cette journée, se rappelant la main froide de Simon, déjà libérée de toute vie, reposant sur la poitrine de Jay. La joue de Simon, reposant immobile sur l'épaule de Jay, était froide ; elle ne rougirait plus jamais de passion. C'était dans cette position que Simon lui avait chuchoté des mots doux avant de s'endormir le soir précédent. Dans le mois qui avait suivi, Jay s'était torturé en essayant de se souvenir de ces paroles. Ce qu'avait dit Simon. Mais tout ce dont il se rappelait était la façon dont il les avait dites et de son sourire en entendant le son de la voix de Simon quand il les avait prononcées pendant leur dernière nuit ensemble, enveloppés dans les bras l'un de l'autre, le goût de leurs spermes toujours présents sur leurs lèvres, les battements de leurs cœurs ralentissant après leurs ébats.

Alors qu'il se tenait devant la tombe et regardait le soleil réchauffer la Californie, Jay se rappela ce matin-là. Il se souvenait des tentatives de réanimation. L'appel maladroit aux secours depuis son téléphone portable, après l'avoir cherché frénétiquement sur la table de nuit, des regards fuyants des ambulanciers lorsqu'ils avaient immédiatement réalisé qu'il n'y avait plus rien à faire, que Simon était déjà mort depuis plusieurs heures. Tout espoir de réanimation s'était envolé depuis longtemps. Il n'y en avait peut-être jamais eu, même si les ambulanciers étaient arrivés au moment de l'hémorragie.

C'était un fait accompli, une affaire classée.

Tout comme le cœur de Jay, jusqu'à récemment.

Alors que Simon lui manquait, il savait aussi qu'il était temps pour lui d'avancer. Il ne s'agissait pas de trouver un autre amant, mais au moins de trouver un peu de bonheur. Il était temps d'arrêter d'être un moine et de mettre de côté son célibat. En d'autres termes, il était temps de rejoindre le monde des vivants, qu'il le veuille ou non. Après des mois à vivre comme cela, Jay avait compris maintenant que ce n'était pas une solution. Vous pouviez vous perdre dans votre chagrin, vous laisser aspirer tout entier. Rester prostré dans son deuil n'était rien de plus qu'une manière de se cacher du monde. C'était bon pour les lâches. Il ne voulait plus être un lâche. Il avait aimé Simon de tout son cœur, et sa mort l'avait profondément blessé, mais qu'y avait-il de bon pour lui dans le fait de gâcher sa vie à cause de cela ? Cela ne ramènerait pas Simon à la vie, tout ce qu'il gagnerait serait un autre cadavre. Celui-là était encore vivant, mais un cadavre quand même.

Un mort était plus que suffisant dans un foyer, merci bien.

Il inspira profondément l'air du matin, plissant les yeux face à la lumière du soleil alors qu'il regardait les arbres sur le versant de la colline. Il regarda à travers les pierres tombales qui l'entouraient, tel un océan de vies perdues, de voix silencieuses. La tête occupée par les souvenirs et les visages des gens qu'il avait connus, qu'il avait simplement entraperçus, des gens qui avaient signifié quelque chose pour lui, d'autres qui n'avaient rien signifié, des personnes qu'il avait vues dans le bar, qui étaient passées dans la rue, des vagues et des vagues de visages, beaucoup d'anonymes, passaient dans sa tête. Puis tout s'arrêta et son esprit se fixa sur un seul visage, un visage jeune et magnifique.

C'était celui du garçon aux cheveux blonds de la semaine dernière, le jeune homme dans le bar, celui avec la mâchoire enflée. Danny.

Son visage remplit l'esprit de Jay. Il avait de craquants yeux bleus, obscurcis par la tristesse et des taches de rousseur sur le nez. Il avait une délicieuse bouche ferme, effrayée par la douleur que pouvait causer un sourire. Il se rappelait la sensation de son bras sous sa main, si doux, si souple, si chaud. Il se rappelait la façon dont le garçon avait testé la fermeté de son biceps du bout des doigts.

Jay se tenait dans ce cimetière, surpris de sentir une autre douleur, une toute nouvelle, profondément installée à l'endroit que seul Simon avait atteint, là où seul Simon était toujours présent de temps en temps, mais plus aussi souvent qu'avant.

Jay espérait que le jeune homme allait bien. La douleur de la disparition de Simon s'était atténuée, Danny ressentait-il toujours la sienne ou est-ce que son amant et lui s'étaient réconciliés ? Est-ce que son amant l'avait supplié de lui pardonner pour ce qu'il avait fait et est-ce que, dans ce cas, Danny lui avait pardonné ? Est-ce que cela se produirait encore et est-ce que Danny avait, comme beaucoup d'autres, plongé encore plus profondément dans cette vie d'abus dont il ne pouvait ou ne voulait pas sortir ?

Jay secoua la tête, essayant de calmer la vague de pensées qui l'envahissait telle une avalanche. Pourquoi s'inquiétait-il autant pour Danny ? Il avait sa propre vie à réparer, son propre bonheur à sauver.

Il se pencha et cueillit un pissenlit qui se trouvait dans l'herbe qui l'entourait. C'était une fleur jaune, qui éclaboussait de couleur les environs, juste comme Danny éclaboussait de couleur l'intérieur de sa tête.

Il regagna lentement sa voiture, jouant avec le pissenlit entre son pouce et son index, jouissant de sa perfection, de sa couleur. Il leva la fleur à son nez et la sentit, c'était juste une mauvaise herbe, se rappela-t-il, une jolie mauvaise herbe.

Des jours plus tard, il retrouverait le pissenlit dans la poche de sa chemise alors qu'il la préparerait pour la blanchisserie et il se rappellerait Simon.

Il se rappellerait aussi Danny.

Mais en ce dimanche matin particulier, alors que Jay était à mi-chemin, Danny était oublié, relégué dans son subconscient où il resterait jusqu'à la prochaine fois qu'il se rappellerait à son bon souvenir. La prochaine fois viendrait bien plus vite que Jay l'aurait espéré.

DANNY POSA de côté son manuel pour son cours de comptabilité, qu'il suivait à l'université où il était inscrit en première année. Il suivait des cours du soir en gestion d'entreprise deux fois par semaine, faisant lentement son chemin pour obtenir son DEUG. Il n'aimait pas ce cours, mais Joshua lui avait dit que ce diplôme l'aiderait s'il voulait un jour arrêter de travailler chez Macy au rayon homme, vendant des chaussettes hors de prix. Du moins, c'était ainsi qu'il le lui avait présenté.

Joshua était expert-comptable dans une société du centre-ville et gagnait bien sa vie. Danny suspectait Joshua de s'être demandé plus d'une fois pourquoi il s'était amouraché de quelqu'un comme lui, qui se contentait de gagner à peine sa vie en usant le fond de son pantalon. Bien sûr, Danny pensa en souriant que c'était le fond de ce même pantalon qui avait sûrement beaucoup à voir avec la passion de Joshua. Dieu seul savait à quel point son amant avait fait attention à ce pantalon.

Danny regarda Jingles qui était assis sur le sol à côté de son bureau, le fixant et tremblant d'anticipation. La face blanche et sa fourrure tachetée gris et blanc de fox-terrier étaient une explosion de poils qui partaient dans tous les sens, c'était un cadeau de ses origines confuses. Joshua l'appelait « bâtard », Danny l'appelait « unique ». En ce moment, Jingles le regardait avec espoir en tenant le bout de sa laisse, qu'il avait retirée de la poignée de la porte et traînée à travers l'appartement jusqu'à son maître. Les espoirs de Jingles étaient suffisamment évidents.

Danny se pencha et lui donna un bisou, Jingles sauta sur ses genoux et lui donna un ou deux coups de langue. Puis il descendit et se mit à courir à travers l'appartement jusqu'à la porte d'entrée, traînant sa laisse derrière lui, comme s'il pensait certainement que Danny était tellement lent qu'il avait besoin qu'on lui rappelle qu'il était temps d'aller sortir ce fichu chien.

Danny rit, prit ses baskets et ses clés, puis attacha la laisse au collier de Jingles et sortit.

C'était dans ces moments-là, quand Joshua était au travail et que Danny et Jingles étaient seuls, que le chien revenait à la vie. Lorsque Joshua était à la maison, Jingles était couché sur son coussin sur le balcon la majorité du temps, regardant tristement la ville. Les fox-terriers étaient intelligents, ils savaient quand ils n'étaient pas désirés.

Lorsque Joshua avait proclamé son amour pour Danny, il y avait à peu près un an, et lui avait demandé de partager sa vie, il lui avait demandé de trouver de nouveaux arrangements pour le chien. Danny avait refusé, ça avait été l'une des rares fois où il avait fait preuve de cran, pensa-t-il. En fin de compte, Joshua avait accepté à contrecœur la présence du chien, mais il n'avait jamais essayé de se rapprocher de Jingles ou permis au chien de se sentir chez lui dans cet appartement où son maître l'avait amené.

Danny devait remplir la vie du chien avec autant d'amour et de bonheur qu'il pouvait lui en donner de temps en temps. La dernière chose que voulait Danny était que Jingles s'ennuie et se venge sur le tapis, ou les tentures ou sur les meubles luxueux de Joshua. Danny pensait que Jingles était tout à fait capable de réduire le canapé en cuir de deux mille dollars en une simple pile de cuir de vache en un rien de temps.

Ce serait la fin de Jingles.

Alors Danny et le chien étaient pris dans une danse prudente ; Danny maintenait Joshua heureux et Jingles restait discret, et tous les deux espéraient que l'homme s'adoucirait un peu.

Au moins, l'humeur de Joshua avait été calme ces derniers temps. Depuis qu'il avait pratiquement cassé la mâchoire de Danny, Josh avait eu un comportement exemplaire, pour lequel le jeune homme était reconnaissant. Cependant, il savait que la menace était toujours présente et que la violence était toujours sous-jacente, le laissant sur des charbons ardents, même pendant les bons moments.

C'était fatigant de maintenir cet équilibre et, une fois de temps en temps, Danny avait besoin de sortir pour prendre un verre au calme. Aujourd'hui, il pensa qu'il pouvait partager cette expérience avec Jingles, si son barman préféré n'avait pas d'objection.

Le bar n'était qu'à quatre pâtés de maisons de l'appartement, et puisqu'il était presque midi, le bar commencerait juste à ouvrir. Se souvenant de la gentillesse dont Jay avait fait preuve la dernière fois qu'il y était allé, Danny se dit que le barman ne verrait aucune objection à avoir un peu de compagnie pendant qu'il préparerait son bar pour la journée.

En chemin, Jingles prit le temps de faire ses affaires, ce qui les dévia. Alors que le chien sautillait à ses pieds, Danny quitta la lumière du soleil pour entrer dans l'obscurité du bar, où il eut une impression de déjà-vu. Jay se tenait derrière le comptoir en forme de fer à cheval, découpant des fruits, des citrons cette fois. Il coupait adroitement les écorces en de fines bandes.

Il leva les yeux et sourit lorsque Danny avança. Il n'y avait personne d'autre dans le bar.

Danny fit seulement un pas et s'arrêta, clignant des yeux pour les ajuster à l'obscurité. Il aimait la façon dont les yeux de Jay se posèrent sur lui à travers la pièce; une appréciation gentille, une reconnaissance instantanée. Il sut immédiatement que Jay se souvenait de lui, et le malaise qu'il aurait pu ressentir avant se dissipa immédiatement.

— Ça te dérange si, avec mon chien, nous nous joignons à toi? demanda-t-il.

Jay sourit, ce qui ressembla à un flash blanc dans la lumière noire sous le bar, tandis que ses mains continuaient à trancher les citrons, tel un automate.

— Entre, dit-il.

Il posa son couteau, ramassa les zestes de citron et les jeta dans une boîte, qu'il mit dans le petit réfrigérateur sous le bar. Après s'être essuyé les mains avec une serviette, il tapota le bar en face de lui.

— Installe-toi et présente-moi à ton ami.

Danny prit le chien dans ses bras et le porta jusqu'au bar.

— Jingles, dit-il avec un formalisme fictif. Je te présente Jay, le barman. Jay, le barman, voici Jingles.

Jay tendit la main et frotta le menton de Jingles, celui-ci en retour lui lécha la main. Une fois les présentations faites, Jay se pencha pour étudier le visage de Danny.

— Tu as guéri, dit-il gentiment, le regard sérieux.

Danny acquiesça, sentant une brûlure dans sa nuque, se souvenant de l'apparence qu'il devait avoir la dernière fois qu'il était venu, les choses qu'il avait dû dire, à quel point il avait semblé pathétique. Jay était toujours en train de chatouiller Jingles, mais ses yeux étaient fixés sur Danny.

— Oui, dit Danny. J'ai guéri, ce sont des choses qui arrivent.

— Pas trop souvent, j'espère. Alors, où est Mohammed Ali[1]?

— Hein?

— Ton cogneur de petit ami.

— Oh. Il est au travail, dit Danny en se raclant la gorge avec un air embarrassé. Alors, pourrais-je avoir une bière? Juste pour moi, Jingles n'a pas encore l'âge.

---

1 Muhammad Ali est un boxeur poids lourd américain.

20

Jay rit alors que le chien secouait sauvagement sa queue à la mention de son nom. Se rappelant ce que Danny avait pris la dernière fois qu'il était venu, Jay ouvrit le frigo pour attraper un verre et lui servir une Heineken en pression. Il glissa une serviette devant Danny, y posa la bière, tandis que Danny déposait un tas de billets d'un dollar sur le bar. Jay prit quelques billets, enregistra la vente et posa la monnaie dans la caisse. Alors que Danny buvait une gorgée de sa bière, Jay regarda le chien qui était assis sur le tabouret à côté de lui. Il était perché sur son siège, regardant autour de lui comme un véritable habitué qui s'était arrêté là pour prendre un remontant après une journée à chasser les chats.

— J'ai peut-être un petit quelque chose pour ton ami, dit Jay en souriant. Regarde-le, assis sur ce tabouret, l'air négligé et désespéré.

Sur ce, Jay posa un sac de friandises pour chien, venant de son sac à provisions qu'il avait remisé sous le bar après avoir fait quelques courses sur le chemin du travail ; des citrons jaunes et des citrons verts pour le bar, une branche de céleri pour les Bloody Mary et un sac de biscuits en forme d'os pour son chien, ses préférés.

— Ça ne dérangera pas Carly de partager, elle est assez gentille.

Danny jeta un coup d'œil tout autour.

— Est-ce qu'elle est là ? J'aimerais bien la rencontrer.

— Non. Elle est à la maison, elle garde la cabane.

— Alors tu es propriétaire d'un chien, dit Danny en souriant.

Il s'installa plus confortablement et aspira un peu de mousse sur le dessus de sa bière.

— Je savais qu'il y avait quelque chose que j'aimais bien chez toi.

— Attention, dit Jay en souriant, dévoilant une fossette, je suis très sensible à la flatterie.

Danny éclata de rire.

— C'est bon à savoir.

Il regarda par-dessus le rebord de son verre pendant qu'il prenait une gorgée.

— Alors, de quelle race est Carly ?

Jay se pencha sur le bar, posant ses coudes sur une serviette pliée, paraissant de toute évidence ouvert pour une petite conversation. Jingles avait avalé ses biscuits comme s'il n'avait pas mangé depuis une semaine et en cherchait désespérément un autre autour de lui, la canaille. Tout en souriant à Danny, Jay plongea la main dans son sac et lui donna un biscuit.

21

— Carly a le même pouvoir de persuasion que Jingles ici présent. C'est un mélange, d'après ce que nous savons, elle vient d'une longue lignée de bâtards qui ont eu leur part de sexe sans discrimination avec n'importe quel bâtard qu'ils pouvaient croiser.

Était-ce peut-être la bière, ou bien les manières simples de Jay, mais quoi que ce soit, cela rendit Danny suffisamment courageux pour flirter un petit peu.

— Un peu comme moi, lorsque j'étais célibataire.

— Oui, moi aussi.

Ils se mirent tous les deux à rire, puis Danny évalua Jay une minute, se demandant s'il avait dit la vérité, et si c'était le cas, à quoi cela avait bien pu ressembler, certainement fascinant. Et s'il ne se trompait pas, Jay se posait les mêmes questions. Il repoussa la montée de désir qu'il ressentit pour l'homme en face de lui, Joshua allait le tuer.

— Oui, dit Danny.

Il s'obligea à repousser les pensées lubriques, même s'il ne le voulait pas, aussi il se concentra sur sa bière et sur le chien.

— Tout comme Jingles. Un mélange. Il est l'équivalent canin des restes de la nuit, un peu de tout ce qu'on peut trouver dans le frigo.

Après quelques instants à profiter du sourire de Jay, Danny devint plus sérieux.

— Tu as dit « nous », tu as dit « d'après ce que nous savons », as-tu un partenaire ?

Jay se raidit, même s'il espérait que ça ne se voyait pas. Il repoussa toutes pensées sur le fait que Danny puisse être un coureur, ce qui était, en fait, une idée alléchante. Il prit quelques secondes pour lui, se demandant s'il voulait parler de Simon avec Danny. Ce n'était pas comme si celui-ci s'en souciait ou était intéressé, mais son regard sincère le fit changer d'avis ; peut-être qu'il s'en souciait, peut-être qu'il voulait savoir, ou alors, peut-être que Jay était prêt à raconter une partie de son histoire à ce jeune homme assis en face de lui.

— Le « nous » est une habitude, je suppose, dit Jay. J'avais un compagnon, il est parti aujourd'hui.

— Avez-vous rompu ?

Jay étudia le visage ouvert et honnête de Danny, il n'y avait aucune malice, il était seulement curieux.

— Il est mort, dit Jay. Il y a presque un an maintenant.

— Oh, je suis désolé. Je n'aurais pas dû…

Jay balaya d'une main ses excuses.

— C'est bon, ne t'inquiète pas.

Pourtant, pensa-t-il, il serait bien de changer de sujet ; il n'était peut-être pas prêt pour parler de ça. De toute façon, il détestait parler de lui. Étant barman, il était toujours reconnaissant que peu de gens lui posent des questions ; ils étaient trop concentrés sur leurs problèmes. Beaucoup le considéraient comme un confident, rien de plus. Ça surprendrait plus d'un de ces idiots s'ils découvraient que Jay avait, en fait, une vie en dehors des murs de ce bar.

Un silence confortable s'était installé entre eux pendant que Danny buvait sa bière et que Jay l'étudiait du coin de l'œil. C'était un bel homme malgré sa mâchoire gonflée, mais indemne, tel que maintenant, il était magnifique.

— Alors, dit Jay, se demandant s'il devait demander, mais sans s'en soucier réellement. Depuis combien de temps es-tu avec Joe Palooka[2]?

— Il n'est pas comme ça, dit Danny en rougissant. Nous sommes ensemble depuis presque un an. La prochaine fois, nous viendrons ensemble, je te le présenterai.

Jay n'était pas très enthousiaste à cette idée.

— Je veux dire, si tu en as envie, dit Danny, incertain.

Jingles s'était couché sur le tabouret à côté de Danny, ennuyé par la conversation, abandonnant toute idée d'avoir plus de biscuits, et s'était endormi.

Jay jeta un coup d'œil avant de revenir sur Danny.

— J'aimerais bien, mentit-il.

Puis il se surprit en faisant ce qu'il ne faisait que rarement.

— Je pense que je vais me joindre à toi, dit-il.

Il se tourna et sortit un autre verre du réfrigérateur. Il se servit la même bière que Danny. Avec un sourire, Danny leva son verre et ils les cognèrent ensemble. Jay prit une longue gorgée et, encore une fois, un silence agréable prit place entre eux.

Danny rompit ce silence.

— Tu as dit que Carly gardait ta cabane, est-ce là que tu vis ? Dans une cabane ?

---

2 Joe Palooka est une bande dessinée créée par Ham Fisher en 1930 racontant les aventures d'un jeune boxeur

— Oui, acquiesça Jay. Juste après la ville, du côté des montagnes Saint Miguel. C'est juste une minuscule montagne, alors je l'appelle Mont Miguelito. C'est environ à vingt minutes en voiture. Je l'aime bien, c'est isolé, calme, dépourvu de voisins bruyants.

— Alors il n'y a que toi et Carly, dit Danny.

— Oui, juste moi et Carly, deux chats, quelques poules derrière, et à peu près un million de pinsons familiers perchés dans les combles et qui ne se taisent jamais.

— Pas que ça t'embête, dit Danny en souriant.

— Non, ça ne m'embête pas, dit Jay en lui retournant son sourire.

— Alors tu es un gardien de zoo, dit Danny, le sourire élargi.

— À peu près.

— Ça me paraît une super façon de vivre.

— Ça l'est.

— Tu ne te sens jamais seul ? demanda Danny, puis il fit immédiatement marche arrière. Je suis désolé, je n'aurais pas dû poser cette question.

Jay haussa les épaules, venant de n'importe qui d'autre, il n'aurait probablement pas aimé la question, mais venant de Danny, ça lui était égal, ce qui le surprit.

— C'est bon, dit-il. Et non, je ne me sens pas seul. Après avoir écouté les ivrognes me parler toute la journée, un peu de paix et de silence est une bonne chose. Mon partenaire me manque, bien sûr, mais c'est une bataille différente.

— Vraiment ? demanda Danny, l'air sombre.

— Vraiment quoi ?

— C'est toujours une bataille, après un an. Est-ce qu'il te manque toujours autant ?

Jay poussa un long soupir et, alors qu'il était en train de souffler, il regarda à travers la petite fente entre le rideau en cuir noir et l'embrasure de la porte, lui permettant de jeter un coup d'œil dans la rue, pendant ces instants calmes comme celui-ci. Il ne savait jamais ce qu'il allait voir lorsqu'il jetait un coup d'œil à travers cette ouverture. Cette fois, il vit un SDF traînant les pieds, il aperçut un éclair jaune alors qu'un taxi passait sur le boulevard.

— Il me manque de moins en moins, dit Jay. Ça me rend…

Danny tendit la main et posa ses doigts froids à cause du verre sur le dos de la main de Jay.

— Ça te rend quoi ? demanda-t-il doucement.

Jay détourna le regard alors que sa peau picotait sous son toucher.

— Ça me rend triste.

Jay se racla la gorge pour affermir sa voix, qui était devenue soudainement vacillante.

— Il me manque de moins en moins, ce qui me fait culpabiliser. Parfois, j'ai l'impression que je commence à l'oublier.

Les yeux bleus de Danny laissèrent apparaître l'attention qu'il lui portait. Son regard entra en Jay comme un rayon de chaleur bienvenue, une chaleur bienfaisante. Cela faisait un bon moment qu'on ne lui avait pas adressé de regards compatissants. Cela le toucha profondément.

— Il te manque peut-être moins, ou tu veux peut-être retrouver ta vie ? Il est peut-être parti depuis suffisamment longtemps, il est peut-être temps de ressusciter et de recommencer à vivre.

Les mots de Danny le touchèrent encore plus.

Jay regarda ses mains.

— Ça fait beaucoup de « peut-être ».

Il releva la tête et regarda le jeune homme en face de lui. Danny avait dit à peu près les mêmes mots que ceux qu'il s'était dits le matin même au cimetière, lorsqu'il avait apporté les iris à Simon. Son cœur se serra, pas de douleur, c'était comme si les mots de Danny avaient formé un gentil poing et l'avait saisi, essayant de le ramener à la vie.

Avant qu'il puisse s'en empêcher, il tendit la main par-dessus le comptoir et la posa sur la joue de Danny. C'était celle qui avait été blessée la dernière fois qu'ils s'étaient vus. Cette fois, elle était lisse, dégonflée et chaude sous ses doigts. Il y avait de légers poils, comme si Danny ne s'était pas rasé ce matin, non pas que cela se voyait. Sa barbe pâle et clairsemée laissait à peine une ombre sur son visage.

Danny se pencha à son contact et un sourire paresseux tordit ses lèvres, faisant sourire Jay en retour.

— Pour un gamin, tu n'es pas si innocent que ça, n'est-ce pas ?

— Non, Jay. Je ne suis plus un gamin non plus.

— Je sais, je suis désolé, Danny.

Il retira sa main sans réellement le désirer. Il ne le voulait vraiment pas.

— Je devrais peut-être y aller, dit Danny.

Il semblait mal à l'aise tout d'un coup.

Jay se demanda s'il n'était pas allé trop loin, en touchant le visage du gamin, de Danny, comme il l'avait fait.

— Très bien, dit Jay. Je devrais me remettre au travail de toute façon.

25

— Ce n'est pas ça, je ne veux pas partir, expliqua Danny comme si c'était nécessaire. C'est juste que Joshua n'aime pas quand je suis dans un bar sans lui.

— Bien sûr, dit Jay. Je comprends. Nous ne voulons pas qu'il te frappe.

Danny fronça les sourcils, frottant sa mâchoire comme si la douleur était tout d'un coup revenue avec le souvenir.

— Non, certainement pas.

Danny soupira et prit Jingles dans ses bras, le tendant vers Jay pour qu'il puisse lui faire une gratouille d'au revoir. Il reprit ses billets du bar, en laissant deux pour le pourboire.

— Je suppose que nous nous reverrons un de ces quatre, Jay.

— Je suppose que oui.

— Merci pour les biscuits pour chien.

Puis s'ensuivit un moment maladroit, et Jay passa le reste de sa journée à se maudire pour ça. Il aurait dû essayer d'alléger ce moment par une plaisanterie ou un mot gentil, mais non, il était resté simplement debout, regardant, impuissant, Danny poser Jingles par terre, prendre la laisse et, avec un signe de la main, passer la porte et disparaître dans la rue.

Avec un mauvais pressentiment, Jay se demanda s'il reverrait Danny un jour.

III

La cabane de Jay n'était pas vraiment une cabane, c'était une vieille maison à bardeaux, avec un large porche coupé au niveau de la toiture, et une frêle balustrade détériorée qui avait besoin de ponçage et de peinture. Dans le même style, mais plus large, et avec le même besoin d'entretien que le reste de la maison, une rambarde courait le long du porche ; là où Jay posait parfois ses pieds, le matin, après y avoir traîné l'un des fauteuils à bascule pour être confortablement installé. Il aimait se réveiller en prenant son temps, en buvant son café pendant qu'il contemplait la montagne rocheuse et isolée devant lui.

La cabane, c'était ainsi qu'il appelait, avait un étage et même un bout de deuxième, où se trouvait une mansarde inclinée, nichée sur l'avant-toit à côté de la cheminée. La petite mansarde était sa pièce favorite dans la maison, grâce à une ancienne verrière ronde antique représentant un dragon et un chevalier en armure brillante qui tamisait la lumière, habillant les murs de flash de couleurs lorsque le soleil dardait ses rayons au bon endroit dans la fenêtre.

Jay avait transformé cette mansarde en bureau. C'était là qu'il gardait ses livres, payait ses impôts, avait son ordinateur. Le reste des pièces de la maison était des lieux de vie. La mansarde était le seul lieu attribué pour le travail. C'était dur, mais Jay essayait de garder ses deux vies séparées, mais maintenant qu'il était seul, la frontière entre sa vie privée et son travail avait tendance à s'effacer de plus en plus, que ce qu'elle avait pu être lorsque Simon était dans le coin.

La maison avait également un sous-sol, que Jay évitait le plus possible depuis qu'il y avait trouvé un serpent à sonnettes. L'aspect le plus inquiétant dans cette histoire, comme il le racontait toujours aux gens, était qu'après avoir couru pour prendre une pelle pour tuer le serpent, il était revenu pour s'apercevoir que cette maudite bête était partie. Il n'avait pas revu le serpent depuis et ne savait pas s'il était toujours dans les parages, mais il savait qu'il n'avait pas vu de souris depuis un moment. Étant donné que les serpents mangeaient les souris, comme Jay le disait aussi aux gens quand il relatait son histoire, c'était un fait assez inquiétant.

Heureusement, à part pour la chaudière et deux ou trois petites choses, il n'avait aucune raison d'y descendre. On accédait au sous-sol par un escalier qui donnait dans la buanderie, qui se trouvait juste à côté du porche arrière, et aussi par une trappe inclinée, qui se situait à l'arrière de la maison, telle une pièce rapportée. La trappe n'était pas exactement hermétique et c'était probablement par là que le serpent était passé. Jay avait l'intention de la sceller un peu mieux, de construire peut-être une porte complète, puisque le bois était déformé à cause de son exposition constante aux éléments, mais il ne s'en était pas encore occupé. S'il était totalement honnête avec lui, il ne le ferait probablement jamais. Ce travail particulièrement simple n'était pas en haut de sa liste de priorités. Surtout s'il ne savait pas si le serpent était toujours dedans. La dernière chose qu'il voulait était de couper la sortie de secours.

Pour diminuer cette peur d'avoir peut-être un serpent dans son sous-sol, Jay avait appelé cette saleté « Georges », mais tant que cette horreur était là, ça n'aidait pas vraiment. Il évitait toujours le sous-sol dès qu'il le pouvait.

Quant au reste de la maison, il pensait souvent qu'elle serait plus une maison sur Cape Cod, dominée par la mer grise et déferlante, avec des mouettes criant et tournant au-dessus, et par les dunes roulant vers les brises rochers au loin ; plutôt que d'être perchée sur une montagne désertique, ce qui était largement exagéré, somnolant dans la chaleur de la Californie du Sud, servant de demeure pour des serpents à sonnettes, des coyotes, des cactus et des ronces.

La cabane se trouvait au bout d'un long chemin sinueux qui serpentait sur tout le long de la montagne. Le chemin contournait les rochers qui avaient la taille d'une voiture et traversait les ronces et le maquis, aride en été et boueux en hiver lorsque les pluies arrivaient.

Mais Jay l'adorait. Il aimait la solitude que la cabane offrait. Il n'y avait aucune autre maison en vue, peu importe la fenêtre par laquelle on regardait. Il n'avait pas menti à Danny lorsqu'il lui avait dit qu'il appréciait la paix et le silence après avoir écouté les gens parler toute la journée dans le bar. Il adorait ça, mais il était seul aussi depuis que Simon était parti.

C'est pour cela que les animaux étaient entrés dans sa vie.

Carly, le cabot sans héritage perceptible, à part peut-être une bonne dose de berger allemand coulant dans ses veines, à en juger à première vue, était sa plus proche alliée. Les deux chats, Lucy et Desi, tous les deux possédant les mêmes origines confuses que le chien, remplissaient le vide quand Carly partait chasser les lapins ou sommeillait devant la cheminée pendant les nuits d'hiver. Même les poules derrière la maison dans leur cage, pour empêcher les renards ou les coyotes d'attaquer, étaient un réconfort. Elles le récompensaient même parfois en œufs.

Il n'avait pas le câble dans la cabane, elle était trop éloignée pour rendre le câble suffisamment rentable. Au lieu de ça, il avait une vieille antenne métallique pour la télévision, poussant en haut sur le côté de la maison, qui captait les ondes hertziennes qui parvenaient jusqu'ici. L'antenne remplissait facilement son rôle, étant donné qu'il n'allumait presque pas la télévision. Il préférait les livres, sûrement parce qu'ils étaient silencieux, juste une autre façon de maintenir un peu de paix et de silence après avoir passé une journée entière dans le bruit du bar.

Le bar. Personne n'avait sûrement été plus surpris que lui par le succès du «Clubhouse». Il avait utilisé l'argent qu'il avait hérité de ses parents après leur mort, lors d'un accident de voiture, pour acheter ce bar à cocktail et le transformer, en un peu moins d'un an, en bar gay le plus fréquenté de San Diego. Durant les premières années, il avait travaillé de longues heures, s'assurant que son affaire soit un succès. Maintenant, le bouche-à-oreille et la réputation du «Clubhouse» faisaient tout le travail pour lui, et avec la réussite financière venait la possibilité de déléguer une partie du travail à quelques employés dignes de confiance.

Jay avait appris, longtemps auparavant, que la meilleure façon de garder sa santé mentale était de prendre deux jours de congé par semaine et de ne pratiquement jamais travailler la nuit. Il s'était entouré de personnes fiables pour le faire, comptant sur eux pour garder le bar en son absence, s'occupant des livraisons, gardant l'endroit propre, empêchant les galipettes dans les w.-c. publics. C'était un bar gay, oui, mais ce n'était pas un lieu de débauche. Il voulait que ses employés surveillent ses clients pour que tout le monde se comporte correctement, en maintenant une certaine qualité de l'établissement ; pas de drogues, pas de fellations dans les toilettes, pas de bagarres. Jusqu'ici tout s'était bien passé. Les choses étaient tellement sous contrôle qu'il y avait une année, ou plus, Jay avait commencé à envisager de prendre un troisième jour de congé par semaine. Mais Simon était mort et il n'y avait plus pensé depuis, pensant sûrement que ces heures supplémentaires l'aideraient à oublier son chagrin. Cela avait fonctionné pendant quelques semaines, mais maintenant que ce temps était écoulé, il commençait, de temps à autre, à repenser à cette idée de prendre un jour supplémentaire de congé. Mais jusqu'alors, il n'avait pas encore dépassé le stade de l'idée.

Mais il avait l'impression que ça allait changer.

En ce mardi matin, ses jours de congé étant le mardi et le mercredi, il se tenait devant le miroir de sa salle de bains et étudiait son corps nu. Il venait de sortir de la vieille baignoire sur pieds après une longue douche. Carly était couchée en boule sur le sol de la salle de bains, le regardant d'un air somnolent.

Il mesurait un mètre quatre-vingts et il avait toujours estimé, lorsqu'il était jeune, qu'il était mince. Maintenant qu'il avait passé trente-deux anniversaires, il commençait à voir des changements sur son corps. Il n'était pas gros, en aucune façon, il était juste un peu plus… épais. Étaient-ce des poignées d'amour qu'il voyait ? Non, il supposait que non. Juste un peu plus de viande pour étoffer ses os vieillissants.

Ses cheveux étaient trop longs en ce moment, ondulant sur sa tête et retombant un peu trop loin sur ses yeux pour son propre confort, mais il s'en fichait suffisamment pour ne pas s'en préoccuper. Il les laissait d'habitude voler partout où ils voulaient, maintenant que Simon n'était plus là pour l'embêter.

Il se força à sourire pour s'amuser et vit ses bonnes vieilles fossettes réapparaître. Simon lui avait toujours dit que ses fossettes étaient la raison pour laquelle il était tombé amoureux de lui ; ses fossettes et ses yeux noirs et ténébreux.

Jay rit intérieurement à cette pensée, écrasant son front pour faire paraître ses yeux encore plus ténébreux que d'habitude. Il se recroquevilla, comme Igor dans ce vieux film de Frankenstein, et se lança des regards noirs. Puis il secoua la tête, se demandant s'il était fou.

Son torse était duveteux, son estomac était toujours plat, ses longues jambes étaient velues et fortes d'être toujours debout au bar, et à cause aussi de ses longues marches avec Carly sur les chemins de montagne, qu'il faisait autant par plaisir que pour l'exercice.

Il avait toujours des hanches étroites, des bras bien musclés, des mains fortes et capables. Son sexe, actuellement au repos dans son nid de poils pubiens humides et brillants, n'était pas circoncis et il était bien étoffé. Il commençait à être fatigué du manque d'attention qu'il subissait depuis que Simon était parti. Simon. Jay poussa un soupir en pensant à lui. Faire l'amour avec Simon avait toujours été un cadeau. Un don qu'il avait pensé qu'ils partageraient pour toujours. Il n'y avait aucun tabou dans leurs ébats amoureux, il n'y avait aucune retenue, rien n'était interdit.

Même penser à Simon dans ces moments de passion commençait à lui provoquer une érection. Il regarda dans le miroir alors que son sexe continuait à prendre forme et que son gland pointait doucement de son prépuce, où il dormait d'habitude. Bientôt, il pourrait voir la couronne complètement exposée, tel un gros bulbe, rose et mûr, rempli de sang alors que sa hampe serait totalement érigée.

Il passa son pouce à travers la fente et les muscles de ses jambes se tendirent en réaction à ces divines sensations. Son corps bascula avec des tremblements de désir. Son érection était complète maintenant. Il ferma les yeux et la prit gentiment dans sa main. Il enroula ses doigts lentement sur cette longueur et ce poids familier, son toucher langoureux, son pouce caressant toujours le bout à chaque montée. Une goutte humide suintait déjà par la fente, permettant à son pouce de glisser plus sensuellement, affaiblissant ses jambes et le forçant à tendre la main pour agripper le lavabo et se tenir debout.

— Oh, et pourquoi pas, gronda-t-il.

Il ouvrit les yeux et se regarda caresser son érection. Sa langue glissa sur ses lèvres pour les humidifier, alors qu'il augmentait la vitesse de ses coups de poignet. Ses oreilles devinrent rouges et sa tête bascula en arrière.

Quand ses hanches commencèrent à suivre le mouvement de sa main, il mordit sa lèvre inférieure et son regard devint de plus en plus ténébreux. Ce regard que Simon aimait tellement.

— Jouis pour moi, aurait supplié Simon à cet instant précis.

Et alors qu'il se tenait debout, seul, son chien endormi sur le sol derrière lui, Jay se dressa sur ses orteils et poussa ses hanches en avant.

Ce fut grâce au souvenir de Simon qu'il put jouir; son long corps mince, la chaleur de son aine contre le visage de Jay, ses magnifiques fesses, toujours affamé, toujours prêt. Cette pensée fit basculer Jay. Il gémit alors qu'il jouissait, son sperme atteignant le lavabo, éclaboussant le miroir. Il pompa sur sa verge de plus en plus vite et encore plus de sperme sortit de sa fente, avec moins de force, mais tout aussi épais, imbibant ses doigts, suintant sur ses bourses.

Il lâcha son sexe et resta immobile, se tenant toujours d'une main pour ne pas tomber tête la première, alors que les battements de son cœur résonnaient dans sa tête et que sa verge rouge, trempée de sa propre semence, rebondissait au rythme de ses pulsations cardiaques. Un autre jet de sperme

31

pendit au bout de son gland et Jay le rattrapa du bout de ses doigts avant qu'il tombe, frissonnant de façon incontrôlable.

— Waouh, haleta-t-il alors que son cœur ralentissait et que son érection commençait à diminuer.

Il déglutit difficilement et se regarda dans le miroir éclaboussé de sperme.

— Je suppose que j'en avais besoin, grogna-t-il, la voix toujours affaiblie par son orgasme.

Derrière Jay, Carly releva la tête et le regarda pendant qu'il parlait. Sa queue donna de gentils coups sur le sol de la salle de bains.

Jay lui sourit.

— Tu n'as rien vu.

Il s'essuya avec une serviette mouillée.

Plus tard, il se promena avec Carly dans les montagnes sauvages ; la chienne furetant à la recherche de lapins, du moins, c'était ce qu'il supposait. Lorsqu'ils rentrèrent à la maison, plusieurs heures plus tard, il s'assit dans son fauteuil avec un livre, portant toujours ses bottes poussiéreuses, et lut jusqu'à ce que ses yeux se ferment de sommeil et qu'il commence doucement à ronfler.

En face de son fauteuil, Carly ronflait également dans son sommeil. Elle était allongée, les yeux fermement serrés, un sillon de souci ridant son front, se demandant sûrement où étaient passés les lapins. Ils n'en avaient vu aucun, lors de leur marche, non que ce soit vraiment important. Ils se tenaient compagnie, tous les deux, c'était tout ce qui comptait réellement.

Ensemble, le maître et la bâtarde souriaient dans leur sommeil pendant que les chats se toilettaient sur le manteau de la cheminée, attendant que leur dîner fait de pâtée de thon leur soit servi.

C'était la seule et unique chose dont les félins se préoccupaient, le thon, et occasionnellement un massage sur l'arrière-train.

— PORTE LE rouge, dit Joshua, sortant la tête de la salle de bains.

— Je n'aime pas le rouge, dit Danny, il tombe bizarrement.

— C'est du cachemire, insista Joshua, ça m'a coûté une fortune. Porte cette fichue chose pour une fois, j'insiste, bébé. Ne m'énerve pas, d'accord ? Nous sommes censés être heureux, nous allons à une fête.

Danny se tenait debout, nu, dans la chambre, étudiant son visage lugubre dans le miroir qui se trouvait sur la porte du placard. Il tenait ses chaussettes dans une main et un sous-vêtement dans l'autre.

Une fête ! Se tenir debout en écoutant une bande d'experts comptables et de fiscalistes râlant sur le travail dès que leur patron avait le dos tourné, fêtant l'anniversaire de la création de la société, se servant de la nourriture à volonté comme une bande de grosses vaches paresseuses, se plaignant que le rosbif soit froid et ronchonnant contre ces fichus clients qui voulaient toujours des exonérations d'impôts, qu'ils le méritent ou pas. Danny avait déjà assisté à cette fête d'anniversaire, l'année d'avant, et s'était ennuyé tout du long. Il n'avait pas grand espoir que ce soit différent cette année.

Joshua se pencha encore une fois contre l'embrasure de la salle de bains. Son menton était couvert de crème à raser et il souriait. Il hocha la tête à la vue du sous-vêtement dans la main droite de Danny.

— Et ne porte pas de sous-vêtement, Danny. Je veux savoir que tu te tiens à côté de moi, nu sous ton pantalon pendant que je discuterai bilans trimestriels et que je bavarderai avec les clients.

Et que suis-je censé faire ? Mais Danny savait qu'il n'était pas nécessaire de discuter. Il rangea le sous-vêtement noir dans le placard et s'assit sur le bord du lit pour mettre ses chaussettes, tandis que Joshua continuait de lui décocher des œillades sur le pas de la porte. Son amant tirait sur ses bourses, il avait un regard lubrique alors qu'il se tenait debout et regardait Danny toujours assis sur le rebord du lit, nu, les jambes largement écartées, enfilant ses chaussettes.

— Je vais te baiser comme un fou quand la fête sera terminée. Juste un petit avertissement, mon petit lapin.

Danny essaya de sourire, mais il dut se forcer.

— Je ne suis pas sûr d'en avoir envie, Josh.

Il essaya de copier le regard lubrique qu'il avait vu sur le visage de Joshua, mais il n'était pas sûr d'y être parvenu.

— Je suis un peu endolori. Tu as été un peu rude hier soir, tu te rappelles ? Je connais d'autres façons de te rendre heureux.

Il essaya de rassembler suffisamment d'enthousiasme pour paraître sexy, mais le cœur n'y était pas.

Joshua fronça les sourcils et lâcha ses bourses comme si elles étaient radioactives.

— Ne fais pas le difficile, bébé. Au moment où j'en aurai fini, tu seras aussi heureux d'avoir été baisé qu'hier soir. Crois-moi. C'est une occasion spéciale, je ne veux pas me disputer.

Non, tu veux juste que tout se déroule à ta façon. Et tu auras ce que tu veux, tu l'obtiens toujours.

Danny mit son pantalon, sans sous-vêtement, comme l'avait exigé Joshua, et agita les fesses pour empêcher la fermeture éclair de s'accrocher à son pénis.

— Bien, dit-il. Tout ce que veut Sa Majesté.

Joshua n'aima visiblement pas son ton.

— Juste à cause de ça, je vais te baiser vraiment durement, ça améliorera ton attitude.

— Comme tu veux, marmonna Danny qui se retourna pour quitter la pièce.

— Crétin, murmura Joshua.

Danny finit de mettre son pantalon noir et son pull rouge en cachemire dans le salon et s'assit sur le sofa, fronçant les sourcils. Séché, habillé et les cheveux parfaitement en place, Joshua avança à grands pas avec ses chaussures à la main.

— C'est quoi ton problème ? demanda Joshua.

— Je n'ai aucun problème, répondit calmement Danny en jetant un coup d'œil à sa montre. On devrait y aller, tu ne crois pas ? Tu ne voudrais pas être en retard.

Joshua laissa tomber ses mocassins sur le sol et s'avança vers lui. Il retira les poils de chien de son pantalon.

— Sale cabot, murmura-t-il.

Danny regarda à travers la porte du patio, là où se tenait Jingles, de l'autre côté de la fenêtre. *Il a l'air triste*, se dit Danny. Il avait l'air négligé.

Danny lui sourit, espérant que le chien comprendrait que c'était tout ce qu'il pouvait lui offrir pour le moment. Puis il soupira et s'avança vers la porte d'entrée.

— Je vais conduire, dit-il. J'ai mes clés.

— On va prendre ma Lexus, déclara Joshua de façon catégorique. Je ne veux pas que le patron me voie conduire cette merde de Toyota.

Danny s'arrêta sur le pas de la porte et se retourna.

— Hé, c'est tout ce que je pouvais m'acheter, tu le sais parfaitement. Pourquoi agis-tu comme un enfoiré ?

Joshua attrapa le bras de Danny et le força à rentrer dans l'appartement, claquant la porte et les enfermant à l'intérieur, à l'abri des oreilles indiscrètes. Il agrippa les épaules de Danny durement et le poussa contre le mur.

— D'abord, tu ne veux pas porter ton pull rouge, puis tu ne veux pas que je te baise. Et maintenant tu râles parce que je veux prendre ma voiture. Si quelqu'un agit comme un enfoiré, ce n'est certainement pas moi.

Danny tressaillit alors que Joshua serrait ses mains.

— J'attends de toi que tu sois agréable ce soir, Danny. Pas seulement avec moi, mais avec toutes les personnes présentes lors de cette fête. Je veux que tu souries, que tu sois attentif et que tu rendes tout le monde jaloux. Est-ce trop demander à un amant ? dit-il, avant d'inspirer. Ne joue pas avec moi, Danny, pas ce soir, ou tu vas le regretter.

Danny avait les larmes aux yeux, et il se détesta pour ça.

— Et que vas-tu me faire ? Me frapper encore une fois ? dit-il sur un ton accusateur, avant même de pouvoir s'en empêcher.

Joshua se força visiblement à relâcher sa poigne sur les bras de Danny. Il recula, respirant profondément. La colère s'atténua sur son visage et il sembla se calmer, sans cesser pour autant de serrer et de desserrer les mains.

— Je me suis excusé pour ça, dit Joshua.

Il s'agissait d'une simple déclaration glaçante, sans aucune tendresse.

— Si ça peut te faire plaisir, je suppose que je peux encore m'excuser, poursuivit-il.

— C'est bon, dit calmement Danny.

Les yeux de Joshua s'étrécirent, les muscles de ses mâchoires se tendirent ; s'il n'y avait jamais eu d'amour pour Danny dans les yeux de Joshua avant, à cet instant même, il n'y en avait aucun. En fait, maintenant que Danny y pensait, il était certain qu'il n'y avait jamais eu d'amour pour lui dans les yeux de son amant. Il y avait eu de la luxure, oui, de l'envie, c'était certain, un sentiment de possession, absolument, et même parfois de la rage, mais jamais de l'amour.

D'une main tremblante, comme s'il essayait toujours de contrôler sa colère, Joshua souleva doucement le menton de Danny, puis ses yeux s'allumèrent alors qu'il se penchait pour embrasser ses lèvres, durement.

— Aïe, dit Danny, reculant brusquement lorsque leurs dents se cognèrent. Aïe, répéta-t-il, alors que sa tête heurtait le mur.

Joshua pressa ses lèvres contre son oreille, l'acculant toujours contre le mur avec son corps.

— Je me moque que tu sois endolori. Ce soir, je vais te baiser jusqu'à ce que tu cries. Sache-le, dit-il dans un murmure.

Il recula, relâchant Danny, et rouvrit la porte.

— Nous allons être en retard.

Danny se mordit l'intérieur de la joue, alors que Joshua lui indiquait la sortie, essayant d'ignorer le sourire froid que celui-ci arborait.

Danny n'était pas du tout pressé d'être à ce soir, et il ne pensait pas seulement à la fête, mais aussi à ce qui allait se passer plus tard. Il soupira silencieusement en sortant du vestibule vers l'air frais de la soirée.

Joshua lui prit la main et le mena jusqu'à la voiture. Sa poigne était serrée et Danny était persuadé qu'il le savait.

— Je t'aime, Danny, dit férocement Joshua, sans le regarder, trop occupé par ses clés. Ne l'oublie jamais.

— Je t'aime aussi, répondit Danny, réalisant soudainement que ces mots ne signifiaient absolument rien.

Ni pour lui ni pour Joshua.

Il ne pouvait s'empêcher de se demander si son compagnon le savait aussi.

LA FÊTE était aussi horrible que l'avait prédit Danny. Il était resté à côté de Joshua toute la soirée, ne sachant que dire aux personnes présentes.

Il devait bien l'admettre ; Joshua avait un comportement exemplaire et était charmant. Il présenta Danny à tout le monde, apparemment fier d'exhiber son amant. Joshua plaisanta avec certains de ses collègues, dont la moitié était gay, lorsqu'ils menacèrent de lui voler Danny. Il garda sa main sur la nuque de Danny pendant une bonne partie de la soirée, tel un geste de propriété, pensa ce dernier, agacé par la façon dont son amant avait commencé la soirée, par des menaces. Chaque fois qu'ils se retrouvaient seuls, Joshua lui murmurait des mots d'amour à l'oreille, comme si la dispute qui s'était déroulée entre eux n'avait jamais existé.

De son côté, Danny essayait de jouer le rôle qu'on attendait de lui. Il était allé chercher des boissons pour Joshua, se tenait debout avec la main dans la poche arrière du pantalon de Joshua, montrant son attachement comme celui-ci le faisait. Il rougit lorsque certains menacèrent de le voler. D'habitude, ces commentaires étaient faits par de vieux types qu'il n'aurait pas même regardé dans d'autres circonstances, mais à ce moment donné, il n'avait pas vraiment le choix, il se devait d'être agréable. Il savait que s'il ne l'était pas, il devrait le payer plus tard.

Tard dans la soirée, alors que la surabondance de cocktails avait rendu cette fête un peu plus trépidante et que tout le monde était ivre, Danny fut horrifié lorsque Joshua le traîna au centre de la pièce et fit des signes de la main pour attirer l'attention de tout le monde.

Quand il eut capté l'attention de tous les convives, Joshua prit une petite boîte de sa poche et, prenant la main de Danny, mit un genou à terre devant lui. Le sang se précipita dans les oreilles de Danny alors que son compagnon se tenait agenouillé devant lui. Il voulait fuir, mais ne le pouvait pas. Il voulait disparaître, mais ne savait pas comment faire.

Oh bon sang, non.

Joshua sortit un des deux anneaux en or de la boîte et le lui tendit en le regardant dans les yeux avec une adoration flagrante que Danny n'avait jamais vue dans ses prunelles avant. Cependant, ce regard n'était pas pour lui, mais pour l'audience regroupée autour d'eux.

Joshua parla doucement, mais suffisamment fort pour que tout le monde dans la salle puisse entendre :

— Nous vivons ensemble depuis un an, dit-il en caressant la main de Danny. Ce fut la plus heureuse des années de ma vie. Nous étions faits pour nous rencontrer. S'il te plaît, dis-moi que tu resteras avec moi pour toujours. Épouse-moi, Danny, soit mon mari.

Danny se tint debout, muet, regardant cet étranger à genoux devant lui. Et alors qu'il pouvait voir de l'amour dans les yeux de Joshua, Danny avait l'impression d'avoir également surpris une lueur exprimant autre chose dans leur profondeur sombre. Il y avait une menace. Il en était sûr. Joshua s'était totalement ouvert, c'était quelque chose qu'il ne faisait que rarement. Pour la première fois depuis qu'ils s'étaient mis ensemble, Danny sentit une montée de puissance affluer en lui. Joshua était à sa merci, devant tous ses collègues et clients, tous ceux qu'il avait essayé d'impressionner ; Joshua avait ouvert une brèche dans son armure que Danny pourrait très bien exploiter.

Pendant un instant, il s'imagina le faire, lui dire non. Il essaya de reprendre sa main, mais les yeux de Joshua lui firent comprendre de ne pas le faire. De ne même pas y penser. Son pouls faisait un bruit sourd dans ses tempes, ses genoux commencèrent à trembler. Il savait pertinemment qu'il n'y avait pas d'amour dans ce qui était en train de se passer. Il n'y avait pas de sentiments. Joshua jouait un rôle et emmenait Danny dans sa comédie.

Il ne doutait pas non plus que Joshua avait pensé chaque mot qu'il avait prononcé, il voulait que Danny soit à lui, il l'avait toujours voulu, mais ce n'était pas par amour qu'il le voulait, c'était pour le contrôler totalement.

Il aurait dû le voir venir. Quelle meilleure façon de proclamer son emprise sur lui qu'en lui mettant la bague au doigt et les liants ensemble, légalement ? Danny n'arrivait pas à croire qu'il allait laisser les choses aller aussi loin. Il n'avait jamais été aussi embarrassé de sa vie et il n'avait jamais été aussi déchiré sur ce qu'il devait faire. Il n'avait jamais été aussi effrayé de le faire, peu importait de quel côté la balance allait pencher.

Et il y avait une seule chose que savait Danny. Cela lui était venu au moment où Joshua avait posé son genou à terre devant lui ; cela lui était apparu au moment où il avait compris ce que Joshua allait faire. La vérité était là ; Danny avait perdu. Si cela avait été une partie d'échecs, il serait échec et mat. Il savait que la seule solution pour se sortir de cette situation, et pour survivre à cet horrible moment et à la nuit qui allait suivre, était d'accepter. Il retroussa ses lèvres en un sourire et tendit une main tremblante pour toucher la joue de Joshua. Si celui-ci pouvait jouer un rôle, alors il le pouvait aussi.

— Oui, dit-il, sa voix était tout aussi étrange que son sourire.

Il alla chercher ses mots au plus profond de lui, ils ne voulaient pas sortir.

— J'accepte de t'épouser.

Encore une fois, Danny put apercevoir une lueur froide de triomphe enflammer ses yeux. Son amant avait gagné et il le savait. Il l'avait su depuis le début. Il savait que son amant ne l'humilierait jamais devant tous ces gens en disant non. Danny ne se serait jamais humilié de cette façon, non plus.

Joshua tendit la bague vers lui d'une façon déterminée.

— Prends-la, bébé, s'il te plaît. Lis l'inscription à l'intérieur, Danny. Lis pour que tout le monde l'entende.

Il prit la bague à contrecœur des mains de Joshua. Il prit un moment pour regarder la foule autour d'eux et il vit beaucoup d'émotions contradictoires sur les visages. Sur certains, il y vit une histoire d'amour, d'autres paraissaient simplement curieux, et il vit sur plus d'un visage un sourire incrédule, comme s'ils ne pouvaient pas croire non plus que Joshua Stone puisse faire une chose pareille.

Ce qui était exactement ce que pensait Danny.

Mais au lieu de l'admettre, il fit ce qu'on lui avait demandé. Il leva la petite bague à hauteur des yeux et lit l'inscription. Il la lut silencieusement, pour lui, et les mots lui firent froid dans le dos. Il riva ses yeux sur le visage de Joshua.

— C'est censé être romantique, expliqua Joshua.

— Vraiment ? demanda Danny en sourcillant.

— Oui, lis-la à voix haute, répéta Joshua.

Ce n'était pas une demande et Danny le savait, c'était un ordre.

Il déglutit difficilement et regarda dans les yeux remplis de jubilation de Joshua, alors qu'il récitait les mots inscrits à l'intérieur de l'anneau pour que tout le monde entende. Il n'avait pas besoin de regarder encore une fois l'anneau pour les dire ; ces mots étaient gravés dans son cerveau.

— Il est écrit « propriété de Joshua Stone ».

Danny entendit des soupirs dans la foule, même des murmures appréciateurs, mais il avait l'impression d'avoir également entendu un rire ou deux.

Si Joshua les entendit, il ne le montra pas.

— Tu es à moi maintenant, Danny, et je suis à toi. Nous nous appartenons l'un l'autre. Viens et embrasse-moi.

Les jambes raides comme des poteaux, Danny se mit à genoux sur le sol en face de Joshua et le laissa l'attirer dans ses bras. Des hurlements de personnes ivres et des acclamations se firent entendre autour d'eux lorsque leurs lèvres se touchèrent.

Les personnes se rapprochèrent en applaudissant, alors qu'ils se relevaient toujours dans les bras l'un de l'autre. Joshua était tout sourire, acceptant les éloges et les félicitations, certains étaient même sincères, comme s'il avait gagné un oscar ou un prix de ce style.

Danny ferma les yeux face à tout ce remue-ménage, et au même moment une personne ivre se pencha sur lui.

— Ça va être ta fête, gamin, chuchota-t-il.

Danny se dit qu'il n'avait jamais entendu de plus grande vérité.

— S'IL TE plaît, chuchota Danny dans l'obscurité, les larmes mouillant son oreiller sous lui. Pas ce soir.

— Je serai gentil, murmura Joshua dans son oreille.

Et il fut gentil. Alors que Danny était encore endolori de la nuit d'avant, comme il l'avait dit, il n'avait pas vraiment mal. C'était seulement une ruse pour être tranquille, mais ça ne fonctionnait pas, bien sûr. Cependant, Joshua ne savait pas que c'était une ruse, Dieu merci, il pensait vraiment que Danny était sensible à cet endroit, donc, lorsqu'il le pénétra, son sexe gonflé et avide, mais au moins recouvert d'un préservatif, cette fois, Danny se relâcha en dessous de lui pour faciliter le plus possible l'entrée.

— Dis-moi à quel point tu m'aimes, haleta Joshua alors que sa hampe forçait le passage et commençait à bouger, à glisser plus profondément, et qu'elle se gonflait toujours plus durement, toujours plus largement.

Danny ferma les yeux, se détestant pour cela, et laissa Joshua le prendre complètement, il commença même à aimer l'intrusion, comme il le faisait toujours, et Joshua le *savait* pertinemment.

Lorsque Joshua jouit, ses mouvements de balancier devinrent de plus en plus frénétiques. Il perdit tout sens de rythme et cria dans son oreille. Au même moment, Danny souleva les fesses pour rencontrer Joshua dans ses poussées incontrôlables en se caressant, et il jouit en criant.

Par la suite, Joshua le nettoya affectueusement avec un linge chaud, roucoulant des mots doux en même temps.

Malgré tout, sous la douceur de ses actions, Danny sentait un sentiment d'effroi au plus profond de lui-même, et même plus profondément que la queue de Joshua avait pu aller.

Cette nuit, il dormit dans les bras de l'homme qu'il avait commencé à détester, et malgré tous ses efforts, il ne savait pas ce qu'il était censé faire de ça. La seule chose dont il était sûr, c'était que Joshua le tuerait s'il essayait de partir. Il n'en doutait pas une minute.

Danny était aussi sûr d'une autre chose, et c'était qu'il ne voulait pas se marier à cet homme. Être amants était suffisant, quelquefois c'était même plus qu'assez.

Mais se marier avec Joshua, signer les papiers et rendre tout cela légal serait la chose la plus stupide qu'il puisse faire et il le savait pertinemment.

JAY FLÂNA pendant pratiquement un kilomètre dans l'obscurité pour vérifier sa boîte aux lettres, chose qu'il avait oublié de faire durant la journée. La boîte aux lettres se situait au croisement entre le chemin et la route départementale qui serpentait vers le haut de la montagne. Jay n'attendait rien d'important, il s'ennuyait juste et pensait qu'il avait besoin d'un peu d'air frais. Il avait une lampe torche avec lui, car les serpents à sonnettes étaient réputés pour se pelotonner et dormir sur la poussière chaude après la tombée du soleil. Marcher sur l'un d'entre eux ruinerait la soirée de *n'importe qui*.

Alors que Carly gambadait bruyamment tout autour, en aboyant et agissant comme une folle, Desi, l'un des chats, suivait royalement sur les talons de Jay, ronronnant doucement, regardant à droite et à gauche.

La lune au-dessus de sa tête était pleine et jetait des ombres bleutées sur le versant de la montagne. La lourde odeur du maquis l'entourait, Simon détestait ce parfum de sauge qui se trouvait dans l'air de la montagne, mais Jay l'avait toujours aimé. C'était l'odeur de la nature et elle avait un goût de liberté.

Il pouvait presque s'imaginer des siècles plus tôt, vivant à la lisière de la nature sauvage, tel un montagnard, portant des mocassins en cuir brut, son gagne-pain aurait été la traque et la chasse, survivant seulement de ses terres.

C'était un agréable fantasme, pour ce que ça valait, jusqu'au moment où un satellite passait, tel un éclair, à travers le ciel. Tant pis pour les anciens temps.

Avec un hurlement de triomphe, Carly déterra un lapin des buissons. Le lapin se fraya un chemin tout droit vers Jay et, quand la créature terrifiée atterrit à ses pieds, Jay poussa un cri et sauta tout droit dans les airs. Puis il sauta encore lorsque Carly le dépassa en courant, sur les traces du lapin. Quel montagnard… s'il sursautait quand un lapin croisait son chemin, que ferait-il si un ours venait vers lui ?

Il rit de lui-même, puis prit Desi pour le mettre sur son épaule.

— Il vaut mieux te tenir loin du chemin avant qu'on t'écrase, dit-il. La nature semble être déchaînée ce soir.

Le chat le remercia en frottant son nez froid contre l'oreille de Jay et en ronronnant bruyamment pendant qu'il s'installait pour son tour.

Avec Desi ancré à son épaule, Jay vérifia sa boîte aux lettres, réunissant les quelques lettres et la liasse de prospectus sans intérêt qu'il trouva à l'intérieur et reprit le chemin de la maison. Carly le rejoignit à mi-chemin, couverte de mûres sauvages, haletant toujours et la langue pendant joyeusement.

Jay se dit qu'il allait devoir la brosser avant de la laisser entrer dans la cabane.

Non pas que ça le dérangeait, ça valait le coup de la voir si fière d'elle.

41

Il jeta un regard au ciel, ce qui le dérangeait étant de ne pas avoir quelqu'un avec qui partager cette magnifique pleine lune.

Quelqu'un comme... Danny.

À la minute où cette pensée traversa son esprit, un sentiment de culpabilité le frappa directement entre les yeux. Il s'arrêta et secoua la tête tristement.

— Je suis désolé, Simon, chuchota-t-il dans l'air parfumé du maquis avant de reprendre son chemin.

IV

JINGLES N'ÉTAIT pas idiot, il savait très bien où ils allaient. Sa queue battait dans tous les sens et il sautillait au bout de sa laisse comme un cerf-volant pris dans un ouragan. Tout en riant à ses cabrioles, Danny prit le temps, sur le chemin, pour regarder une vitrine de magasin ou deux, remettant sa chemise en place et faisant courir ses doigts dans ses cheveux pour se rendre plus présentable. Il y avait du vent et il ne voulait pas ressembler à quelqu'un qui venait juste de tomber d'un avion.

Danny avait de sérieux problèmes, mais en cet instant, il refusait d'y penser. Ce qu'il faisait maintenant, il le faisait pour lui.

Ces déjeuners au bar étaient devenus une habitude que Danny appréciait et Jingles aussi visiblement, et pas seulement parce qu'il y avait un biscuit ou deux qui l'attendait. Danny appréciait ses visites pour d'autres raisons que les douceurs pour son chien, il y avait d'autres motifs qu'il ne voulait pas encore admettre, pas encore.

Mais il admettait bien volontiers qu'il avait trouvé un ami en Jay Holtsclaw. Actuellement, avec toutes les restrictions imposées par Joshua et maintenant sa proposition, c'était agréable d'avoir trouvé quelqu'un à qui parler. Le fait que Jay soit magnifique, gentil et attentionné n'avait pas échappé non plus à Danny. C'était sympa de voir Jingles se comporter comme il le voulait pour une fois, acceptant avec reconnaissance les deux biscuits, puis descendant du tabouret pour explorer la salle pendant que Jay et Danny discutaient en buvant une bière. À la maison, les mouvements de Jingles étaient tellement limités par la présence menaçante de Joshua qu'il ne quittait que très rarement le balcon, ce qui brisait le cœur de Danny, alors peut-être qu'il n'était pas le seul à avoir trouvé un ami en Jay, peut-être que son chien en avait fait de même.

Étant donné qu'il détestait autant son travail que ses cours du soir, aller au «Clubhouse» pour une bière et discuter était devenu l'apogée de son existence. Il essayait de ne pas exagérer, de limiter ses visites à deux ou trois fois par semaine, mais les jours où il n'y allait pas, il avait toujours l'impression que quelque chose manquait dans sa vie.

Aujourd'hui ne faisait pas exception, le pouls de Danny accéléra alors qu'il passait le rideau occultant accroché dans l'embrasure de la porte. Il sentit une pointe de déception à la vue de Jay se tenant derrière le bar, servant des Bloody Mary à trois hommes gays et âgés ; il devrait partager le temps de Jay avec ses clients aujourd'hui. Il préférait largement quand il n'était que tous les deux, ou plutôt tous les trois, avec Jingles.

Cependant, son cœur se réchauffa en voyant le visage de Jay s'illuminer lorsqu'il entra. Il ne pouvait pas nier que ce sourire de bienvenue emballait son pouls. Et lorsque Jay lui montra l'extrémité du bar, là où ils pourraient avoir un peu d'intimité, Danny sourit et accepta l'invitation avec enthousiasme.

Au moment où il arriva à sa place, sa bière l'attendait et à côté étaient posés deux biscuits sur une serviette. Danny remarqua que Jay s'était également servi une bière, ce qui était parfait, car cela signifiait qu'il ne boirait pas seul.

C'était une drôle de chose que ces rendez-vous galants, si c'était vraiment ce qu'ils étaient. Parfois, ils reprenaient leur conversation là où ils s'étaient exactement arrêtés la fois d'avant, comme si le temps s'était suspendu. Aujourd'hui était l'une de ces journées, ou du moins ce fut ce qu'essaya de faire Jay. Malheureusement, ses plans n'avaient pas vraiment fonctionné.

Après avoir fait signe à Danny que c'était pour lui, Jay s'accouda au bar et posa son menton dans ses mains, amenant son visage au même niveau que celui de Danny, de cette façon, il pouvait parler plus tranquillement.

— Tu étais en train de me parler de tes cours du soir, dit Jay.

L'humeur de Danny s'assombrit à cette mention et Jay dut s'en apercevoir, car il se reprit rapidement.

— Ou au diable l'école, nous étions sûrement en train de parler d'autre chose. Alors comment allez-vous, toi et le cabot ? Comment va Rocky Balboa ? Oups, je voulais dire ton petit ami.

Danny fut soulagé pendant une seconde de ce changement de sujet, mais l'évocation de Joshua le perturba tout autant.

Donnant l'impression qu'il voulait s'arracher la langue avec une paire de pinces et son couteau à découper les fruits, Jay tendit la main et caressa la main de Danny.

— J'ai tout faux aujourd'hui, pourquoi ne mènerais-tu pas la conversation ? dit Jay sur un ton taquin qui n'eut aucun effet sur Danny.

Il regarda les doigts froids de Jay qui reposaient sur son bras et les couvrit avec les siens. Il n'avait pas l'intention de parler de Joshua avec le barman aujourd'hui, mais maintenant que le sujet était sur la table, il réalisa qu'il en avait besoin ; il avait besoin de parler à quelqu'un.

— Il m'a demandé de l'épouser, dit-il.

Jay, inquiet, émit un bruit sourd, il n'y avait aucune joie dans la voix de Danny, ses lèvres étaient pincées et il leva son regard vers Jay, comme s'il venait juste d'admettre qu'il avait fait des choses horribles. Le pauvre gamin ressemblait à un animal ébloui par les phares d'une voiture. Un frisson traversa le corps de Jay lorsque le jeune homme prit sa main, mais entendre parler de cette demande en mariage de la part de cet enfoiré de petit ami était la dernière chose qu'il voulait. Le regard effrayé de Danny, comme s'il était pris au piège, alors qu'il parlait, rendait cette annonce encore pire.

Parce qu'il sentait que c'était ce qu'il devait faire, Jay fournit des efforts pour garder une voix posée. Il était calme en apparence, ou du moins il l'espérait, mais bouillonnait intérieurement.

— Et qu'as-tu répondu ?

Danny détourna les yeux et se concentra sur le bar, soit pour regarder où était allé Jingles, soit pour éviter le regard de Jay. Le fox-terrier était couché en boule sous son tabouret, en train de ronfler gentiment. Jay ne pouvait pas le voir, mais il pouvait certainement l'entendre. Finalement, Danny revint vers Jay.

— Je lui ai dit oui.

Ce fut au tour de Jay d'éviter son regard. Il baissa les yeux pour fixer ses mains, toujours sur le bras de Danny. Comme s'il n'avait aucun contrôle sur ses gestes, il regarda, comme s'il était un témoin extérieur, ses doigts glisser le long du bras du jeune homme, par-dessus son poignet pour attraper doucement sa main.

— Alors, tu l'aimes vraiment ? demanda-t-il.

Le pouce de Danny caressa le dos de la main de Jay.

— Je lui ai dit oui parce que je n'avais pas le choix. Il a choisi le pire moment pour faire sa demande, devant tous les gens avec qui il travaille. Il a fait une énorme mise en scène pour cela. Je suis même étonné qu'il ne l'ait pas posté sur YouTube. Je suis encore en train d'attendre les garçons d'honneur, qui sortiraient de nulle part. Je... je ne savais pas quoi faire d'autre, Jay. Josh m'aurait tué si je l'avais humilié en lui disant non devant ses amis.

— C'est peut-être pour cela qu'il l'a fait de cette façon, répondit doucement Jay.

— Oui, je le pense aussi, acquiesça Danny.

Jay ressentait un besoin presque incontrôlable de porter la main de Danny à ses lèvres, mais il n'osa pas. Son ami avait suffisamment de problèmes comme cela pour ne pas être choqué par la seule personne en qui il pouvait croire.

— Il a même acheté des bagues, dit Danny, regardant son doigt nu.

— Tu ne la portes pas, répondit Jay.

— Je ne veux pas, dit Danny tristement, ce qui brisa le cœur de Jay. Je vais devoir la remettre avant qu'il rentre du travail.

Danny continua à fixer leurs deux mains jointes. Cherchant un contact visuel, Jay secoua la main du jeune homme pour attirer son attention.

— Alors que vas-tu faire ? demanda-t-il dès que Danny releva la tête.

— Je ne sais pas.

— Est-ce que tu veux l'épouser ?

À l'instant même où Jay prononça ses mots, son cœur fit une embardée. Mon Dieu, voulait-il réellement connaître la réponse à cette question ?

— Non, répondit Danny.

Jay retint son sourire en l'entendant répondre sans hésitation. Danny ne lui donna aucune possibilité de répondre et Dieu seul sait ce que Jay aurait pu dire. La colère enflammait les yeux de Danny. Il se redressa sur son tabouret et resserra sa poigne sur la main de Jay.

— Il ne m'aime pas, Jay. Il veut juste me posséder, je pense. Si je l'épouse, je serai vraiment pris au piège. À certains moments, je peux aimer Josh. C'est possible. Il y a des moments où il est bon, il peut même être amusant, mais à d'autres…

— Tu es effrayé par lui, dit Jay.

Et cette fois, il envoya valser toute prudence et amena la main de Danny à ses lèvres. Il embrassa la phalange de son pouce et regarda avec stupéfaction la façon délectable dont Danny humidifia ses lèvres, le regardant les yeux écarquillés, mais sans pour autant retirer sa main. C'était la seule chose qui avait de l'importance.

Danny n'avait pas enlevé sa main.

— Il y a autre chose, révéla-t-il d'une voix à peine audible à travers les rires des trois clients caquetant à l'autre extrémité du bar.

Jay s'inquiéta de voir une larme couler le long de la joue de Danny.

— Quoi, Danny ? De quoi s'agit-il ?

Les doigts de Danny se raidirent autour de ceux de Jay alors que ce dernier les serrait tout aussi fermement.

Ses mots sortirent dans un souffle tremblant, ce fut juste un murmure, comme le bruit distant des feuilles des arbres.

— J'ai peur de le quitter, Jay. J'ai peur de ce qu'il pourrait faire.

Le silence s'abattit entre les deux hommes.

— Alors c'est une bonne raison pour le faire, finit par dire Jay, les lèvres toujours sur la main de Danny, qui le regarda simplement pendant qu'une autre larme coulait le long de sa joue.

— OÙ ÉTAIS-TU passé ?

— Je suis sorti prendre une bière.

— Il y a de la bière dans le frigo, Danny. Tu aurais pu rester à la maison et la prendre ici.

— Jingles avait besoin de sortir. J'ai fait d'une pierre deux coups.

— Où es-tu allé ? Au « Clubhouse » ?

— Oui.

— Tu y es allé souvent.

— Non. Juste une fois de temps en temps, et seulement pour quelques minutes. C'est à proximité à pied. Préférerais-tu que je roule quelque part et être arrêté pour conduite en état d'ivresse sur le chemin du retour ?

— Ce que je préférerais, c'est que tu restes à la maison.

— Josh, je suis un adulte, je devrais pouvoir prendre un verre quand je le veux. En plus, Jingles avait besoin de prendre l'air.

— Ils te laissent entrer avec ce stupide chien dans le bar ?

— Ils s'en moquent.

— Je suis pratiquement sûr que c'est contraire à la législation sanitaire. Je devrais peut-être les dénoncer pour mise en danger.

— Mon Dieu, Josh, pourquoi voudrais-tu faire un truc pareil ? C'est mesquin et rancunier.

— Tu penses que je suis mesquin et rancunier ?

Silence.

— Je t'ai posé une question, Danny. Penses-tu que je suis mesquin et rancunier ?

— Non.

— Où est ta bague ?

— Quoi ?

— Où est la bague que je t'ai donnée ?

— Je… Je l'ai retirée plus tôt pour me laver les mains.

— Alors tu sais où elle est ?

— Oui. Elle est à côté de l'évier de la cuisine.

— Non, elle n'y est pas. J'y étais.

— Mais, je…

— Ça fait seulement une semaine et tu as déjà perdu ta bague.

— Elle est dans la cuisine, je te l'ai dit.

— Va voir, si tu ne me crois pas.

— Si elle n'est pas là-bas, alors c'est toi qui l'as.

— Tu n'es peut-être pas si idiot que ça, après tout. Oui, elle est là. Est-ce que tu veux que je te la rende ?

— Oui, bien sûr.

— Je voudrais bien savoir pourquoi tu as besoin de retirer ta bague quand tu vas au bar.

— Quoi ?

— Tu m'as très bien entendu.

— Ce n'est pas ça. J'ai retiré la bague pour me laver les mains, puis je suis allé au bar. Ces deux faits n'ont aucun lien.

— Si tu n'aimes pas la bague, je peux la reprendre. Je peux reprendre beaucoup de choses, Danny. C'est ce que tu veux ?

— N… Non.

— Ne commence pas à renifler, et pourquoi pleures-tu ?

— Tu me fais peur.

— Bien. Tu as besoin de me craindre de temps en temps, et ne retourne plus dans ce bar.

— Je ne vois pas pourquoi je ne pourrais…

— Danny !

— Très bien, si c'est ce que tu veux…

— Et ne retire plus jamais cette bague, promets-le-moi.

— Je… Je te le promets.

— Dis-moi que tu m'aimes.

— Tu sais très bien que c'est le cas.

— Tu me déçois, Danny. Viens ici et prends ton anneau avant que je vienne te le mettre dans le cul.

— Josh, s'il te plaît…

— Je t'ai dit de venir. Plus près, viens plus près.

— Je suis pratiquement sur toi.

— Si jamais j'ai l'impression que tu me trompes, tu sais ce que je ferai, n'est-ce pas ?

— Je ne te trompe pas.

— Je t'ai posé une question, Danny. Est-ce que tu sais ce que je te ferai si j'ai l'impression que tu me trompes ?

— Tu... tu me feras du mal.

— Exactement.

Et le poing sortit de nulle part.

C'ÉTAIT UN jeudi et le ciel de la Californie s'était ouvert, laissant tomber un déluge de pluie sur la ville. Jay se tenait au bar, regardant le rideau qui le séparait du monde extérieur.

La semaine dernière, Danny s'était arrêté trois fois pour prendre une bière au moment du déjeuner.

Cette semaine, il ne s'était pas montré du tout et Jay était très inquiet.

Il avait commencé à apprécier les visites du jeune homme ; il avait commencé à les apprécier un peu trop, peut-être. Et alors, qu'est-ce que cela venait faire dans l'histoire ? Le fait était que Danny lui manquait chaque fois qu'il ne venait pas au bar.

Cette demande en mariage indésirable qu'il avait évoquée était suffisamment horrible, mais toute cette semaine sans le voir commençait vraiment à l'effrayer.

Il eut une vision de Danny, couché sur un lit d'hôpital quelque part, battu à mort, un ou deux membres enfermés dans un plâtre, les doigts pendus sur un horrible truc en forme de trapèze pendant qu'il guérissait de ces maudites blessures ; ces lésions infligées par son amant, Joshua.

Oh oui, Jay connaissait le nom de cet homme, à présent. Danny et lui se connaissaient bien désormais, après toutes les discussions qu'ils avaient eues autour d'une bière, alors que Jingles était sur un tabouret en train de les écouter.

Jay se souvenait de la première fois où Danny et lui avaient discuté. C'était le jour où le jeune homme était venu avec la mâchoire gonflée comme une pastèque. Jay voyait rouge chaque fois qu'il y repensait.

Danny n'avait jamais emmené Joshua au bar pour rencontrer Jay et, s'il l'avait fait, Jay savait très bien que cela reviendrait à admettre qu'ils étaient ensemble de temps en temps pour parler de cet abruti. Et bien sûr, ils avaient parlé de lui. Ils avaient suffisamment discuté de Joshua pour que

Jay sache à quel point son ami avait peur de lui. Alors qu'il se promettait de ne pas interférer dans leur relation, il savait que ce serait une promesse difficile à tenir.

Il n'y avait rien qu'il ne détestait plus qu'un tricheur, quelqu'un qui trompait son amant ou quelqu'un qui interférait dans une relation pour avoir une liaison avec l'un d'entre eux. Il ne voulait pas être ce gars. Et alors qu'il pensait que c'était la meilleure chose qui pourrait arriver à Danny, s'il arrivait à se libérer de Joshua pour de bon, il ne voulait pas être celui qui provoquerait cette rupture.

Ça avait pris longtemps à Jay pour l'admettre, mais ce qu'il voulait, ce qu'il *voulait vraiment*, c'était que Danny puisse décider par lui-même et *venir vers lui de sa propre volonté*.

Alors oui, il avait finalement admis qu'il avait des sentiments pour le gamin, pardon, pour cet homme. Il n'y avait rien que Jay ne voulait plus que de prendre Danny dans ses bras et le protéger du monde entier, et surtout de Joshua.

Mais c'était la décision de Danny, pas la sienne. Se tenant derrière le comptoir, il reporta son attention sur la rue pour la vingtième fois de la journée.

C'était bizarre de voir à quelle rapidité les températures avaient chuté, on avait l'impression que c'était hier que San Diego grillait sous un soleil de plomb, mais l'automne était arrivé depuis. Jay se tenait immobile à écouter la pluie, sentant l'air humide et froid passer sous le rideau en cuir noir, soulevant les serviettes du bar. Il lâcha un gros soupir, ne prêtant aucune attention à l'air froid qui le faisait frissonner. Ses pensées avaient éclaté en mille morceaux et malheureusement il n'y avait aucun client pour le distraire. Il se dit qu'une distraction serait vraiment une bonne chose.

Il sortit de son côté du bar et contourna la table de billard pour commencer à fermer les portes afin de stopper le vent, cela coûtait moins cher que d'allumer le chauffage. Avant de bloquer complètement la porte, il se tint debout sur l'embrasure et regarda la ville, les lignes vives, familières et floues des gratte-ciel ; la foule omniprésente des passants sur les trottoirs disparaissant rapidement, se pressant sous la pluie. Les voitures éclaboussaient les gens en roulant dans les flaques d'eau, faisant accélérer les piétons.

Ce n'était pas la première fois qu'il regrettait de ne pas avoir le numéro de téléphone de Danny, mais il ne le lui avait jamais demandé de crainte que, dans un moment comme celui-ci, il ne soit tenté de l'utiliser.

Et puis une autre pensée lui traversa l'esprit, une pensée judicieuse, une pensée *sournoise*.

Il savait que Danny travaillait toujours à Macy et commençait son travail plus tard dans la journée. Il pourrait peut-être simplement flâner dans les rayons pour hommes de ce magasin et peut-être qu'il rencontrerait par inadvertance Danny. Ce n'était pas comme s'il cherchait les ennuis. Mince, beaucoup de gens faisaient leurs achats à Macy, et Jay avait besoin d'un nouveau manteau maintenant que l'hiver arrivait. C'était vrai en plus, il en avait réellement besoin.

Il regarda sa montre, Tommy viendrait le remplacer dans quelques heures. Danny serait toujours au travail dans le centre commercial; au travail dans le magasin où il était employé, dans une galerie marchande, seulement à quelques pâtés de maisons de là.

Oui, j'ai définitivement besoin d'un nouveau manteau.

Il se remit à la tâche en sifflotant, préparant les fruits en prévision de la soirée. Il continua à garder un œil sur la porte d'entrée pendant qu'il travaillait, mais encore une fois, Danny ne vint pas.

Il coupa les citrons verts, se mordillant les lèvres, inquiet. Puis il commença à s'alarmer encore plus sachant ce qu'il allait faire. Et ce qu'il était sur le point de faire était de franchir la ligne qu'il avait toujours considérée comme sacrée : ne t'implique jamais avec quelqu'un qui est déjà dans une relation et n'essaye jamais de faire en sorte que quelqu'un s'implique.

Mais d'un autre côté, ce n'était peut-être pas une question d'implication, c'était peut-être tout simplement de l'inquiétude pour un ami, ou mieux encore, il prévoyait simplement d'acheter un manteau.

Il rit dans la pénombre, bon sang, même lui n'était pas suffisamment stupide pour y croire.

Son couteau trancha le citron vert pendant que la pluie tombait dehors. Il se sentait plus léger sachant qu'il verrait bientôt Danny.

Cette légèreté n'était probablement pas un bon signe. Oui, Jay pouvait bien l'admettre maintenant, il avait le béguin pour le gamin, mais ça ne signifiait pas qu'ils ne pouvaient pas être amis. Ça ne signifiait pas qu'il n'était pas plus qu'inquiet pour Danny. Ce n'était pas comme s'il s'apprêtait à faire une déclaration, il n'allait pas déclarer son amour inconditionnel ou un truc de ce style. Il voulait juste être sûr qu'il était sain et sauf, c'était tout, vraiment. C'était tout ce qu'il voulait.

Et acheter un manteau.

Alors qu'il vaquait à ses occupations, il se souvenait du sourire de Danny, à quel point il était doux, ouvert, honnête et magnifique. Jay dit une prière silencieuse, demandant au Ciel que le sourire du jeune homme soit toujours intact lorsqu'il le reverrait.

Et qui sait, il se pourrait qu'il soit pour lui. Un homme pouvait toujours espérer.

Il rit ironiquement. Cet espoir n'était certainement pas un bon signe.

IL ÉTAIT midi et Jay se précipita dehors dès que Tommy arriva pour le libérer. Plutôt que de conduire la jeep sur quelques pâtés de maisons et de se démener dans le trafic, il marcha sous l'averse, une casquette sur la tête, son col relevé sur sa nuque. Il était tellement préoccupé par Danny qu'il ne prêtait pas attention à la pluie.

La foule dans la galerie marchande était clairsemée. Après s'être secoué, il flâna à travers les rayons hommes de Macy, entre les rangées de chemises et de pantalons, essayant d'ignorer l'horrible musique d'ambiance, jetant des coups d'œil aux affiches, espérant passer inaperçu, ou du moins espérant ne pas passer pour un voleur, pendant qu'il cherchait un vendeur aux cheveux blonds.

Finalement, plus loin, il en vit un qui se tenait debout à la caisse, enregistrant une vente. Le vendeur tournait le dos à Jay, mais c'était Danny ; il reconnaissait ses cheveux clairs et sa façon de se tenir, ce quelque chose dans sa posture, dans la ligne de ses épaules, son corps fin.

Il prit un moment pour l'admirer ; même de dos, il était beau.

Jay s'attarda au rayon chaussures, étudiant une paire dont il n'avait pas besoin, attendant que Danny finisse sa vente. À l'instant où la cliente rassemblait ses achats et que Danny se penchait pour faire tomber des cintres dans une boîte à côté du comptoir, Jay se posta devant lui avec un sourire sur les lèvres, luttant contre son envie de dire « tadaaaa », comme un magicien sortant un lapin de son chapeau. Lorsqu'il vit le visage de Danny, il se mit à rire.

— C'est quoi ces lunettes de soleil ?

— Jay ! Que fais-tu ici ? dit Danny en sursautant.

Jay écarta ses bras et tourna en rond tel une ballerine, essayant d'être amusant, d'être charmant.

— Je fais du shopping, que veux-tu que je fasse d'autre ?

Danny le regardait, le sourire forcé, se dit Jay, ce n'était peut-être pas une si bonne idée, après tout, puis il s'aperçut que les oreilles de Danny rougissaient, il donnait l'impression de ne pas être à l'aise. Jay se rapprocha et posa ses mains sur le comptoir, pestant contre ce gros morceau de contre-plaqué et de plastique qui l'empêchait de se rapprocher encore plus.

— Danny? dit-il calmement. Je ne t'ai pas vu au bar, j'étais inquiet, alors j'ai pensé venir voir si tu allais bien.

— Tu n'as pas dit que tu étais ici pour faire du shopping? dit Danny en souriant.

— Oui, eh bien, ça aussi, dit Jay en se penchant plus près pour étudier le visage de Danny. J'ai besoin d'un manteau, du moins, je pense que j'en ai besoin. Tu n'as pas répondu à ma question, il tombe des trombes d'eau dehors, alors pourquoi portes-tu des lunettes de soleil?

Danny se mordit les lèvres

— Tu ne veux pas le savoir, répondit-il.

Le sourire de Jay s'estompa, il pinça les lèvres en une fine ligne.

— Je crois que si.

— Ne sois pas furieux, dit Danny en se raidissant. Tout le monde se met en colère en ce moment.

— Je ne suis pas en colère contre toi, Danny, dit Jay en sourcillant. Je suis certainement inquiet pour toi, mais sûrement pas furieux.

Ils se turent un moment et ce silence commença à devenir inconfortable.

— Danny, retire ces lunettes.

— Jay…

— S'il te plaît.

D'une main tremblante, Danny retira ses lunettes; son œil droit était pratiquement fermé à cause du gonflement, la chair tout autour était verte et violette et sa paupière n'était qu'une poche de sang, aussi noire que du chocolat.

Jay mordit son poing, et avant qu'il ne puisse s'en empêcher, la colère prit le dessus.

— Je vais le tuer!

— Jay, s'il te plaît, tout était ma faute, j'avais commencé. Je n'aurais jamais dû venir au bar aussi souvent, il est jaloux, c'est tout, répondit Danny en couvrant la main de Jays avec la sienne.

— S'il te plaît, ne me dis pas qu'il a fait ça à cause de moi! s'exclama ce dernier, en le regardant, incrédule.

— Non, il…

— Et ne lui trouve pas d'excuses ! Depuis combien de temps es-tu dans cet état ?

Danny hésita.

— Combien de temps ?

— Presque une semaine, ça va mieux.

— Tu vas *mieux* ?

— Jay, s'il te plaît. Tu voulais vraiment un manteau ? Quelle sorte de manteau veux-tu…

Et encore une fois, avant que Jay ne puisse s'en empêcher, il rompit toutes les promesses qu'il s'était faites de ne pas intervenir.

— Danny, tu dois le quitter, ça ne peut pas continuer comme ça, un de ces jours, il va aller trop loin et tu vas finir par être sérieusement blessé.

— Quoi ? Tu ne penses pas que c'est sérieux ? demanda Danny en imitant Joan Rivers, pointant d'un doigt tremblant son œil blessé.

— Ce n'est pas une blague, Danny, c'est sérieux.

Celui-ci soupira et remit ses lunettes en place.

— Je pense que tu devrais partir, Jay. Je ne veux pas me faire virer, j'ai besoin de ce travail.

— Je sais, mais…

La main de Danny recouvrait toujours celle de Jay sur le comptoir.

— S'il te plaît, Jay. On ne peut pas parler de ça ici. Mon chef n'est déjà pas très enchanté que je doive porter des lunettes de soleil pour travailler.

— Je pense que c'est plus important que ton travail, Danny. C'est de ta vie qu'on parle.

Danny se pencha un peu plus.

— Je sais très bien qu'il s'agit de ma vie ! murmura-t-il en colère. Et je sais très bien que je dois le quitter, mais je ne peux pas le faire sans avoir mis un peu d'argent de côté pour prendre un appartement.

— Je te prêterai l'argent.

— Je ne veux pas t'emprunter d'argent, Jay. Je suis fatigué d'être redevable. Je suis redevable envers Josh et regarde où ça m'a mené.

— Que lui dois-tu ?

Danny soupira encore une fois, jetant un regard sur le magasin comme s'il voulait s'assurer que son patron n'était pas en train de le regarder. Quand il revint vers Jay, il vibrait de colère.

— Je me sens redevable, car il m'a pris et m'a donné un bel endroit où vivre.

— Un endroit où il abuse constamment de toi, contra Jay.

Danny l'ignora.

— Il m'a convaincu de prendre des cours du soir pour que je puisse un jour trouver un bon travail.

— Dans un domaine qui ne t'intéresse pas.

— J'essaye de faire quelque chose de moi, merde !

— La seule chose que tu es en train de faire de toi, c'est d'être une victime, répondit Jay. Il va finir par te tuer, un de ces jours, Danny, ne le vois-tu pas ?

Danny resta silencieux, furieux. C'était la première fois que Jay le voyait ainsi et ce n'était pas une mauvaise chose du tout, Danny devait être en colère.

Jay saisit la main de son ami, la prenant au piège de la sienne.

— Bon sang, Danny, écoute-moi. Tu dois t'enfuir, il est dingue, il est fou.

Il restait encore des cintres sur le comptoir et Danny utilisa sa main libre pour les mettre dans la boîte par terre, avec les autres. Il se retourna vers Jay.

— Et tu crois que je ne le sais pas ? Écoute, je fais ce que je peux ! Ces choses prennent du temps, je ne peux pas partir aujourd'hui. Et qu'en est-il de Jingles ou de mes affaires ?

— Je te l'ai dit, je t'aiderai.

— Non !

— Et pourquoi pas ?

Danny essayait visiblement de rester calme, il était tellement furieux qu'il tremblait, tout comme Jay.

— Je ne peux pas le quitter tout de suite, dit Danny d'une faible voix, résignée.

Il donnait l'impression qu'il allait s'effondrer, comme un homme qui n'en pouvait vraiment plus.

Jay, tout au contraire, n'était pas épuisé, il brûlait d'énergie.

— Et pourquoi pas, Danny ? Dis-moi pourquoi ? Pourquoi ne peux-tu pas le quitter aujourd'hui ? Pourquoi ne peux-tu pas le quitter à cet instant même ?

Lorsque Danny parla, ses mots étaient imprégnés d'une émotion lasse. La main qui était dans le poing de Jay était froide et petite, tremblante.

— Parce qu'il me tuera si je le quitte, murmura-t-il en se penchant, les yeux remplis de larmes.

V

JAY SE tenait debout sur son porche, regardant le soleil se coucher en glissant vers l'ouest, sur sa minuscule montagne. La pluie s'était arrêtée, mais elle avait transformé le chemin sinueux en un tas de boue. Dieu merci, la jeep avait quatre roues motrices, sinon il ne serait jamais arrivé à la maison.

La seule chose qui était bien avec la pluie, c'était qu'elle créait le plus spectaculaire coucher de soleil. Il regarda le ciel en feu teinté de bandes mandarine et rouge, transpercé par des flèches de flammes dorées tranchantes. Au loin, on pouvait distinguer difficilement les taches sombres des derniers nuages orageux à cause de la lumière ardente du soleil couchant.

Ce qui s'était passé à Macy, lorsqu'il avait essayé de convaincre Danny de se débarrasser de son amant dès que possible, le rendait fou. Sa colère était frustrante et déroutante, et Jay n'était pas certain de savoir qui était le plus fou : Danny ou Joshua, l'homme brutal avec lequel il avait une relation.

Alors que la colère continuait de brûler en lui, il savait qu'il y avait d'autres forces en jeu. Il y avait des véracités enfouies en lui qu'il ne voulait pas faire ressortir. Il s'agissait de vérités sur sa façon de penser à Danny, de vérités à propos de la colère qu'il commençait à éprouver lorsqu'il pensait à lui, sur cette sensation de serrement qu'il ressentait à l'intérieur de son torse chaque fois que le jeune homme était dans les parages ; des vérités sur la véritable raison de Jay de vouloir que Danny rompe la relation dans laquelle il était.

Des vérités égoïstes.

Jay se pencha et caressa l'oreille de Carly qui lui rendit sa caresse en pressant son museau dans sa main et en la léchant. Il lui sourit.

— Il est trop jeune pour moi, affirma-t-il.

Les oreilles de Carly s'étaient redressées, donnant l'impression qu'elle était en train de réfléchir à cette déclaration.

— Et il est beaucoup trop mignon pour quelqu'un comme moi.

Carly inclina la tête sur un côté, à tel point qu'une de ses oreilles tomba sur sa gueule, tandis que l'autre se balançait dans le vide. Elle ne semblait pas convaincue.

— Il est vulnérable en ce moment. Je ne voudrais surtout pas essayer de m'imposer.

La queue de Carly cogna le plancher du porche en bois.

Les lèvres de Jay étaient pincées alors qu'il se tenait sur le porche regardant le chien, les sourcils froncés. Carly pleurnicha en le fixant, les yeux inquiets.

— Il est dans une position dangereuse, Carly, et il est effrayé. Je pourrais le protéger, je pense, s'il me laissait faire, mais il ne le fera pas. Il craint le bâtard avec qui il vit. Merde, il a peut-être peur de tout le monde maintenant.

L'homme et le chien se regardèrent.

— Et comme si cela ne suffisait pas, Carly, il est tout à fait possible que quoique j'essaye de faire pour l'aider, je le mette encore plus en danger.

Mis à part le fait qu'elle se redresse un peu plus en entendant son nom, Carly commença à montrer de l'ennui à ce monologue. Elle s'allongea sur le ventre et posa à nouveau son menton sur ses pattes en fermant les yeux.

Jay lui sourit tristement avant de relever les yeux vers le ciel, pas plus avisé qu'auparavant, toujours aussi incertain sur ce qu'il devait faire ou s'il devait faire quoi que ce soit.

Il trembla lorsque la brise fraîche du soir caressa son visage. Il ferait froid ce soir, à cette altitude, il n'avait pas besoin qu'un météorologue le lui dise. Il allumerait peut-être un feu dans la cheminée, les feux étaient bons pour réchauffer vos orteils, lorsque vous étiez assis devant l'âtre, buvant une bière et réfléchissant sur les mystères de la vie. En plus, il se sentait seul et étrangement chagriné. Une bonne flambée lui tiendrait compagnie et le distrairait.

Il prit du bois de chauffage de la pile qui se situait à l'arrière de la maison, et alors qu'il marchait en traînant des pieds à travers la cour boueuse, il vit Carly le suivre, comme toujours. Un mot l'accompagnait, un nom continuait de battre le rythme à travers l'obscurité de ses pensées, s'imposant dans son esprit, donnant le rythme à sa respiration. Ce nom faisait presque partie de lui maintenant. Il résonnait continuellement un bruit sourd en lui, comme un battement de cœur.

Danny – Danny – Danny.

DANNY SE cramponnait à la table de la salle à manger, fixant du regard le paquet joliment emballé. La pluie qui tombait dehors s'était légèrement calmée. C'était le crépuscule maintenant, il leva les yeux pour regarder le ciel et eut l'impression de voir une lueur vacillante au loin ; peut-être que la pluie finirait par s'arrêter. Il était toujours contrarié par sa confrontation avec Jay au magasin, plus tôt dans la journée, mais il essayait de ne pas y penser. Il détourna le regard du ciel pour fixer à nouveau le paquet en face de lui, et du même coup Joshua, qui se tenait debout pour le lui offrir.

— Qu'est-ce que c'est ? demanda Danny pour la seconde fois.

Joshua lui fit un magnifique sourire.

— Prends-le, bébé. C'est pour toi, cela t'aidera pour l'école.

Danny ne voulait pas de ce paquet, il ne voulait pas savoir ce qu'il y avait à l'intérieur, il n'en voulait pas.

— Tu n'avais pas à faire ça.

Joshua tendit la main et retira les lunettes de soleil du nez de Danny et se rapprocha pour examiner l'œil blessé.

— Ça a un meilleur aspect.

— Je sais.

— Est-ce que ça te fait toujours mal ?

— Un peu.

— Je suis désolé d'avoir fait ça, Danny. Je suis désolé de t'avoir blessé. Si tu n'avais pas bougé comme tu l'as fait, le coup que je te donnais n'aurait pas fait autant de dommages.

Danny en rit presque ; maintenant c'est sa faute parce qu'il avait bougé au mauvais moment lorsque Josh le frappait.

— Je suis sûr que c'est ce qui s'est passé, dit Danny. J'ai bougé au mauvais moment.

Visiblement, Joshua ne comprit pas le sarcasme, ou sinon il ne serait plus debout.

— Peu importe, je suis désolé, affirma Joshua, alors qu'il tenait toujours le cadeau comme une offrande. Peut-être que ce présent compensera.

Tu veux dire jusqu'à la prochaine fois ? C'était ce que Danny voulait lui demander, mais bien sûr il ne fit pas. Il n'était pas stupide.

Puisqu'il ne pouvait pas faire autrement, il prit le paquet. Il ne faisait que quelques centimètres d'épaisseur, mais il était lourd, il faisait peut-être cinquante centimètres de diagonale.

— Ouvre-le, dit Joshua avec un sourire.

Il était magnifique, se tenant là, tout excité de lui offrir son cadeau, et il l'était vraiment, mais Danny avait vu trop souvent la réalité sur ce qu'il y avait en dessous de cette beauté pour ne plus se faire avoir.

Il posa le paquet sur la table de salle à manger et commença à l'ouvrir, essayant d'ignorer les reflets de lumière qui rebondissait sur la bague brillant à son doigt. Cet anneau que Josh lui avait donné. Le même que celui que portait Josh à son doigt. Danny détestait ce bijou maintenant, mais il ne la retirait plus, il n'osait plus.

Peu importe ce qu'il y avait à l'intérieur du paquet, Danny le détestait déjà aussi, mais il n'osait pas le montrer. Il mit délicatement de côté les longueurs du ruban, comme sa tante May le lui avait montré. Non pas qu'il voulait garder le ruban. Non, ce n'était pas le cas. Il essayait tout simplement de gagner du temps, parce qu'il se *moquait* de ce qu'il y avait à l'intérieur de cette fichue boîte.

— Je suis désolé de t'avoir frappé, Danny, ça ne se reproduira plus, je te le promets.

Danny arrêta ce qu'il faisait et fixa Josh. Il avait déjà entendu cette promesse avant. En fait, il l'avait entendu chaque fois que Joshua lui avait donné des coups. En fait, cette promesse avait perdu un peu de son sérieux ces derniers temps. Si c'était de l'authenticité que recherchait Danny, il savait très bien que ce n'était pas dans les excuses de Josh qu'il la trouverait. C'était tout ce qu'il pouvait faire, pour ne serait-ce que prétendre qu'il croyait en ce que disait son amant, mais Danny pouvait aussi être un menteur et il le prouva en répétant la même chose qu'il disait toujours dans ces moments-là.

— Je sais que tu es désolé. C'est ma faute, je n'aurais pas dû faire cela.

Même si malgré tous mes efforts, je ne sais pas ce que j'ai fait de mal.

Danny ne s'attendait pas à une réponse, et elle ne vint pas. Il était très clair que dans l'esprit de Joshua leur petite altercation était la faute de Danny.

À travers l'enchevêtrement de papier cadeau déchiré, Danny aperçut le logo Apple sur un bloc de carton gris. Il déchira le reste du papier et regarda ce que lui avait offert Joshua.

— C'est un MacBook Air, dit Danny.

— Je t'ai dit que ça allait t'aider pour tes cours, dit Joshua avec fierté.

Danny acquiesça, essayant de trouver un peu d'enthousiasme, mais sans vraiment y parvenir. Son œil lui faisait mal, et avoir Joshua debout près de lui commençait à l'agacer. Cependant, il savait qu'il était en danger s'il disait quelque chose qui ne plaisait pas, et il aurait sûrement deux yeux au beurre noir pendant un mois.

Il se tourna dans les bras de Josh et pressa sa tête contre son torse, juste pour éviter de le regarder dans les yeux.

— Merci, marmonna-t-il.

— Je t'aime, Danny, dit son compagnon en glissant ses bras autour de lui.

— Je t'aime aussi, mentit Danny.

C'était la première fois qu'il admettait dire un mensonge, un mensonge froid et éhonté.

Effrayé que cette proximité donne envie à Joshua de faire l'amour, ce qui était la dernière chose que Danny voulait faire, il afficha sur son visage de la joie et recula, frottant ses mains ensemble.

— Laisse-moi voir si je suis suffisamment intelligent pour faire fonctionner cette chose. J'avais vraiment besoin d'un ordinateur, merci encore, Josh. C'est génial.

Cela fonctionna, car Josh, fier, l'observa alors allumer avec agitation l'ordinateur. Il aurait été surpris de connaître les pensées actuelles de Danny. Il n'aurait probablement pas été content de savoir que la seule chose que voulait faire son amant était de balancer l'ordinateur à travers le balcon et de le regarder exploser en un millier de pièces plastiques sur la route en bas.

Puis il aurait aimé que Jingles fasse ses besoins sur le foutu pied de Joshua. Cette pensée le fit sourire. Heureusement, Joshua ne sut jamais ce qui le fit sourire.

Si Danny avait su ce qui allait arriver avant la fin de semaine, il n'aurait pas mis Jingles dans l'équation.

DIMANCHE, JAY se rendit tôt au « Clubhouse ». Il retira toutes les bouteilles de liqueur des étagères qui se trouvaient à l'arrière du bar : des centaines et des centaines de bouteilles. Puis il enleva les verres à cocktail et divers autres accessoires nécessaires au métier, les plaçant sur le comptoir, hors du chemin. Lorsque les étagères furent vides, il les nettoya à fond. Une fois qu'il fut satisfait de son travail, il fit briller les miroirs qui recouvraient les murs derrière les étagères. Une fois ceux-ci propres, il essuya toutes les bouteilles qui se trouvaient sur le comptoir, avant de les remettre en place. Il travailla comme si sa vie en dépendait. Le bar n'était pas vraiment sale et il savait très bien qu'il était en train de soulager ses frustrations, et il en avait beaucoup. Avant de s'attaquer à sa tâche, il s'était assuré que la porte d'entrée était ouverte, dans le cas où quelqu'un aurait besoin d'une collation matinale. Après tout, il était de service, et autant ouvrir le bar pendant qu'il faisait son nettoyage. De plus, il ne savait jamais *qui* pourrait passer le voir.

Plusieurs jours s'étaient écoulés depuis son altercation avec Danny à Macy, et celui-ci n'avait pas mis un pied dans le bar depuis. Cela lui manquait de ne pas le voir. Leurs brèves discussions lui manquaient, même lorsque celles-ci touchaient parfois des sujets malheureux, telles que la relation tumultueuse de Danny avec Joshua ; tumultueuse relation était un euphémisme et c'était peu de le dire. Cependant, le jeune homme devait savoir que Jay s'inquiétait pour lui. Était-ce la façon qu'il avait de lui faire comprendre qu'il n'avait pas apprécié d'être confronté sur son propre terrain, et de se faire sermonner sur sa façon de vivre ? Ou est-ce qu'il évitait de se rendre au bar de peur de ce que pourrait lui faire Joshua s'il le découvrait ?

Jay était soulagé de ne pas avoir le numéro de téléphone de Danny. S'il l'avait eu, il était sûr et certain qu'il se serait ridiculisé en l'appelant toutes les cinq minutes, le mettant encore plus en danger qu'il ne l'était déjà.

Il travailla pendant des heures. Deux clients entrèrent et s'installèrent à l'une des tables du fond, puisque le comptoir était encombré par les bouteilles de liqueur. Jay avait allumé le juke-box pendant qu'il travaillait, c'était une autre façon d'occuper son esprit avec autre chose que Danny, mais cela ne fonctionna pas.

Il avait rangé toute la pièce lorsque l'un des barmans le remplaça vers quatorze heures

Mais il n'y avait toujours pas de Danny.

Il prit tristement ses affaires, fit un signe d'au revoir à tout le monde et rentra à la maison.

Dans la soirée, il promena Carly sur le versant de la montagne, esquivant toujours les flaques d'eau qu'avait laissées la pluie du début de semaine. Avec l'hiver qui arrivait, il portait un manteau épais avec l'écharpe en laine rouge vif que Simon portait autour du cou.

Même avec le froid de l'hiver approchant, les fleurs sauvages fleurissaient. Elles croissaient tels des rayons jaunes, serpentant jusqu'en bas de la montagne, à travers les rochers qu'aucune quantité de pluie ne pouvait rendre souples et verts. C'étaient ces fleurs, au parfum si familier, qui s'étendaient tout au long de la montagne et annonçaient toujours l'hiver pour lui. C'était ainsi qu'il savait que le temps froid arrivait. Peut-être pas dans la ville ou le long de la côte, mais ici, sur la montagne Miguelito ; là où Jay se considérait chez lui, et où les hivers pouvaient être assez froids pour la Californie du Sud. La cabane subissait même un déneigement occasionnel les années les plus froides.

Carly et lui reprirent le chemin de la maison alors que la nuit commençait à tomber, remontant le versant de la montagne. Jay fredonna pour lui-même pendant le trajet et Carly partit dans une direction ou une autre, chassant ce dont elle avait envie à cet instant.

De retour dans la cabane, il se prépara un simple dîner : des sandwichs et une bière. Il nourrit Carly et les chats, puis distribua quelques céréales aux poules qui se trouvaient derrière la maison. S'il avait eu un rat, il l'aurait amené dans le sous-sol, pour chasser ce fichu serpent à sonnettes, ou peut-être pas. Plus tard, il profita d'un feu de cheminée pendant un moment, jusqu'à ce que les braises se consument totalement, afin de ne pas avoir à s'inquiéter de brûler la cabane du sol au plafond pendant son sommeil. Finalement, il alla se coucher.

La lumière éteinte à côté du lit, dans l'obscurité de sa chambre au premier étage, il écouta les animaux remuant par-ci, par-là dans la cabane, s'installant pour la nuit. Lucy vint le rejoindre, prenant place au pied du lit, ajoutant son ronronnement à la symphonie des pinsons de la maison qui chantaient leur *bonne nuit* dans les chevrons de la mansarde.

Au moment où la maison se calma pour la nuit et alors que la pénombre l'entourait, un visage apparut dans son esprit. C'était un visage jeune, beau, avec des yeux bleus, et pas juste bleus, mais d'un bleu profond comme l'océan, avec des mèches de cheveux blonds retombant sur son front lisse. C'était Danny… et il était intact.

Dans sa rêverie, Jay tendit la main et glissa un doigt sur la joue lisse de son ami. Il était couché dans son lit, souriant alors que le jeune homme tournait la tête et que ses lèvres chaudes effleuraient la peau de ses doigts dans une gentille acceptation.

À cet instant, Jay s'assit sur le lit, renversant Lucy qui s'enfuit.

Simon ! Jay avait oublié Simon. Aujourd'hui c'était dimanche, et pour la première fois depuis qu'il était mort, Jay avait oublié de mettre des fleurs sur la tombe de Simon.

Et comme si ce n'était pas assez horrible, il eut une autre révélation déconcertante. Il rejeta les couvertures et balança ses jambes nues sur le côté du lit, ignorant la chair de poule sur sa peau à cause de la température de la chambre.

— Je dois lui dire, marmonna Jay, parlant dans l'obscurité, dans les ombres.

Ses paroles ne visaient rien ni personne, ou plus précisément, le concernaient lui, et Simon aussi.

— Je me moque de ce qui arrivera, Simon, vraiment. Je dois le faire, je vais devenir fou si je ne le fais pas.

Assis dans l'obscurité, il n'avait pas besoin de donner d'explications. Jay savait exactement de qui et de quoi il était en train de parler.

Danny, pensa-t-il à travers un sourire naissant. *Je dois lui dire ce que je ressens.*

JINGLES S'ENNUYAIT. C'était peut-être ce qui expliquait ce qui s'était passé ou peut-être que le destin avait simplement décidé d'empirer la situation, comme si Danny n'avait pas assez de drames dans sa vie ? Quelle que soit la raison, Danny se réveilla aux premières lueurs, en sachant, *il le savait,* que quelque chose n'allait pas.

Il se détacha des bras de Joshua, dont le ronflement s'arrêta un instant avant de reprendre. Danny lâcha un soupir de soulagement et sortit des couvertures, essayant de bouger le moins possible le matelas.

Il saisit le bas de son pyjama qui se trouvait par terre, à côté du lit, puis prit le haut, qui se trouvait devant son placard, là où Josh l'avait jeté la nuit d'avant. Alors qu'il enfilait son pyjama, il réalisa que ses fesses étaient douloureuses. Josh n'avait pas été particulièrement doux la nuit derrière et, même si Danny se haïssait de l'admettre, il avait aimé ça. Si Josh pouvait arrêter d'être un pauvre type et pouvait limiter les coups dans leurs relations sexuelles, Danny pourrait ne pas le détester autant.

Et ne te trompe pas, je commence vraiment à te détester. Il était dur de continuer d'aimer dans cette atmosphère de peur, et Danny le savait pertinemment. Comment pouvait-il ne pas le savoir ? Précautionneusement, il toucha son œil toujours gonflé. *J'ai des cicatrices pour le prouver.*

Il ouvrit la porte de la chambre aussi doucement qu'il le pouvait, puis la referma tout aussi lentement derrière lui. Levant les yeux, il trouva Jingles assis au bout du couloir, le regardant par en dessous. Au moment où Danny vit la honte sur la face de Jingles, son cœur se serra. Le fox-terrier avait ce regard de chien battu qui disait qu'il savait qu'il avait fait quelque chose de mal.

— Merde, bébé, qu'as-tu fait? murmura Danny dans un sifflement désespéré.

La queue de Jingles ne bougea pas, il était juste assis, la tête basse, les yeux désespérés.

Essayant de garder ses pas aussi silencieux que possible, Danny se précipita dans le couloir, passant la porte menant vers le salon. Il regarda partout, tout semblait en ordre. Jingles n'avait pas fait de trou dans le tapis, n'avait pas rongé les pieds de la table de la salle à manger, les tentures étaient toujours suspendues. Danny en pleura presque de soulagement.

Puis il découvrit une feuille de papier chiffonnée derrière le sofa en cuir de Josh. Il se rapprocha pour en faire le tour et vit un autre morceau de papier, broyé.

Danny reconnut cette feuille comme étant une page d'un grand cahier. Le carnet de Josh, de son travail.

— Oh non.

Jingles pleurnicha, sachant très bien ce que son maître était en train de penser.

Une troisième guerre mondiale allait éclater à la minute où Josh sortirait du lit et verrait ce que Jingles avait fait. Danny se tendit et regarda autour du sofa pour voir la mesure des dégâts.

— Oh, merde, putain, fait chier!

Ce n'était pas seulement le grand carnet de Josh qui avait été massacré en un millier de morceaux; le cartable qu'il utilisait pour aller au travail tous les jours avait été broyé, la courroie était déchirée en deux. Ce qui restait de son attaché-case dernier cri Samsonite portait des traces de dents et était gluant de bave de chien.

Il ferma les yeux, tremblant déjà à ce qui allait arriver.

Josh voulait déjà se débarrasser de Jingles, maintenant il n'y avait rien que Danny ne puisse faire pour l'en empêcher, rien. Il prit un moment pour se pencher et caresser le visage du petit chien, essayant de retirer un peu de la peur qu'il pouvait voir. Jingles répondit par des pleurnichements, le pauvre petit chien tremblait comme une feuille.

— Ne t'inquiète pas, murmura Danny, je vais te sortir de là. On va trouver un endroit où tu seras en sécurité, je te le promets. Au moins, jusqu'à ce que tout cela soit fini.

Si ce jour arrive.

Danny sursauta en entendant des bruits de pas dans la chambre; Joshua était debout. Danny entendit la porte de la salle de bains se fermer. Il n'avait pas beaucoup de temps, il se précipita dans la chambre, mit une chemise et un jean, chaussa ses tennis sur ses pieds nus, la panique commençant à prendre le dessus. Il chercha partout ses clés et finalement les trouva sous un tas d'affaires de Josh sur le bureau, dans la chambre d'amis. Après les avoir mis dans sa poche, avec son portefeuille et son téléphone portable, Danny attacha la laisse de Jingles à son collier et se dirigea vers la sortie.

Mais avant qu'il puisse l'atteindre, Josh arriva, nu, dans le couloir, frottant ses yeux ensommeillés.

— Je me suis réveillé et mon bébé était parti.

Il bâilla et étudia Danny d'un peu plus près.

— Où vas-tu ? Qu'y a-t-il ? On croirait que tu as vu un fantôme.

Il laissa traîner son regard de Danny vers Jingles, qui était recroquevillé au bout de sa laisse au pied de Danny.

— Et que se passe-t-il avec le bâtard ? On dirait qu'il a, lui aussi, vu un fantôme.

— Il n'y a rien, dit Danny à la hâte. Il a juste besoin d'aller dehors. Je serai de retour rapidement.

— Non, il se passe quelque chose, dit Joshua, tendu et regardant Jingles. Pourquoi est-il effrayé ? Qu'a-t-il fait ?

Danny lâcha la laisse et courut, prenant le corps nu et chaud de sommeil dans ses bras, pressant son visage sur le torse de Josh.

— S'il te plaît, bébé, ne t'énerve pas, il ne l'a pas fait exprès.

Joshua se raidit dans les bras de Danny, il attrapa ses épaules et le repoussa, sa voix bouillait déjà de colère.

— Qu'a-t-il fait ?

Danny ne put s'empêcher de glisser ses yeux une seconde vers le sofa et ce qui s'y trouvait. Lorsqu'il vit Joshua suivre son regard, la peur de Danny se transforma en terreur pour Jingles, pour ce qu'il lui ferait.

Sans réfléchir, Danny s'agenouilla aux pieds de Josh, attrapant ses jambes nues dans ses bras, pressant son visage sur le sexe de Josh, inhalant son parfum, essayant de trouver un vestige de cet homme, de ce corps qu'il avait aimé.

— S'il te plaît, ne lui fais pas de mal, plaida-t-il, ses lèvres sur l'estomac de Josh maintenant, ses yeux remontant le long du torse nu de Josh. S'il te plaît, ne me force pas à m'en débarrasser, Josh. S'il te plaît, ne m'enlève pas Jingles.

— Bouge, grogna Joshua.

Il poussa froidement Danny sur le côté et alla vers le sofa pour voir ce qu'il s'était passé.

Danny se recroquevilla sur le sol, le regardant. La colonne vertébrale de Joshua se raidit. Danny leva les mains, suppliant.

— Non ! hurla Danny lorsque Joshua se retourna, le visage plein de haine, pour foudroyer Jingles du regard.

Le chien tremblait toujours sur le pas de la porte, entouré de sa laisse.

— Petite merde ! beugla Joshua.

Avant même que Danny ne puisse bouger, qu'il ne puisse faire quoique ce soit, Josh donna un coup de pied à Jingles, si durement dans les côtes que le chien s'effondra sur la porte, faisant bouger les gonds. Son cri de douleur s'entendit dans tout l'appartement et Danny fut debout avant même de savoir ce qu'il allait faire. Quand Joshua leva son pied pour donner un autre coup à Jingles, alors même que celui-ci pleurnichait toujours de douleur et essayait difficilement de se remettre debout, Danny paniqua et attrapa la première chose qu'il trouva.

Il saisit la lampe sur la table basse et arracha le cordon du mur, puis la balança comme une batte de base-ball, pour la briser sur l'arrière de la tête de Josh dans un horrible son creux, le faisant tomber à genoux.

— Sale brute, hurla-t-il. Tu n'es qu'un salaud. Laisse mon chien tranquille.

Ce fut au tour de Joshua de se recroqueviller sur le sol, avant de se mettre à quatre pattes en secouant la tête.

— Je vais te tuer pour ça, haleta-t-il, remuant toujours la tête pour évacuer la douleur. Je vais vous tuer tous les deux.

Danny se pencha et cria dans l'oreille de Joshua.

— Tu vas d'abord devoir nous attraper.

Il souleva la lourde lampe et la balança sur le dos de Josh, le renvoyant sur le sol.

— Et considère que le mariage est *annulé*.

Joshua repoussa furieusement la lampe, crachant des injures. Il emmêla sa main à l'intérieur de l'abat-jour et le déchira en lambeaux, puis il lança la lampe à travers la pièce. Avant qu'il ne puisse se remettre debout, Danny arracha Jingles du sol, créant une autre série de gémissements de douleur, et il s'élança par la porte d'entrée, qu'il claqua derrière lui.

Alors que Danny courait vers l'ascenseur, il entendit Joshua beugler dans l'appartement.

— Je vais vous tuer tous les deux pour ça. Je vous tuerai.

Trop furieux pour pleurer, Danny entra dans l'ascenseur berçant Jingles dans ses bras alors que les portes se refermaient doucement devant eux.

— Achète-toi un nouveau porte-documents, murmura-t-il dans un souffle chancelant.

Comme s'il était d'accord avec lui, Jingles lécha son menton.

Après ce qu'il semblait être une éternité, l'ascenseur commença à descendre.

VI

UNE FOIS en sécurité dans sa voiture, Danny resta assis là comme une statue, pendant à peu près deux minutes, agrippé à son volant, essayant de calmer ses émotions.

Une fois suffisamment apaisé pour commencer à penser rationnellement, il se tourna vers Jingles, assis sur le siège passager à côté de lui.

— Es-tu blessé, petit gars ? Est-ce qu'il t'a fait mal ?

Danny fit doucement courir ses doigts le long des côtes de Jingles. Comme celui-ci ne réagit pas, Danny supposa que ses blessures n'étaient pas trop graves. Dieu merci, Joshua était pieds nus lorsqu'il l'avait frappé, s'il avait porté des chaussures, les dommages auraient été beaucoup plus graves.

Alors qu'il caressait Jingles, Danny prit conscience pour la première fois qu'il s'en était sorti sans blessure. Il avait quelques coupures aux doigts, il se les était sûrement faites lorsqu'il avait attrapé la lampe et l'avait utilisée comme une batte. Les coupures n'étaient pas profondes, mais il y avait quelques traces de sang sur le volant et ses doigts commençaient à faire mal. Danny mit un mouchoir, qu'il avait trouvé sur la console, autour de ses doigts. Lorsqu'il pensa que le sang avait cessé de couler, il prit la tête de Jingles dans ses mains et posa son front sur son museau.

— Il ne te fera plus jamais de mal, bébé, je te le promets, murmura-t-il.

Mais dès qu'il prononça ces mots, il se demanda comment il allait réussir à tenir parole. Il n'avait pas d'amis chez qui il pouvait rester, personne qui pouvait prendre un chien. Joshua y avait veillé, faisant fuir tous les vieux amis de Danny à la minute où ils s'étaient mis en ensemble.

Et je l'ai laissé faire, pensa-t-il, assis dans sa Toyota pourrie dans le sous-sol de l'appartement, secouant la tête et se demandant comment il avait pu être aussi bête pour avoir laissé Joshua prendre le contrôle de sa vie comme il l'avait fait. Et il avait *toujours* le contrôle ! Même maintenant !

Mais il devait dépasser tout cela, il le fallait. Il devait au moins réfléchir à ce qu'il allait faire avec Jingles, jusqu'à ce qu'il puisse enfin s'arracher des griffes de Joshua et trouver un endroit bien à lui. Mais comment pourrait-il faire cela ? Il n'avait pas assez d'argent pour louer un appartement. Bon sang, il avait à peine de quoi payer plus que quelques nuits d'hôtel, et la plupart des établissements refusaient les chiens.

Non, ce qu'il devait faire, c'était de trouver un endroit où Jingles pourrait rester jusqu'à ce Danny puisse se prendre en charge, qu'il ait économisé suffisamment d'argent et trouvé un endroit. Jusqu'à ce qu'il puisse louer un petit appartement. Il se moquait qu'il soit minable, il devait essayer de remettre sa vie en ordre par lui-même, Danny avait besoin d'y arriver *par lui-même*.

Il réalisa, avec beaucoup d'amertume, que la seule manière d'y arriver était de retourner auprès de Joshua, du moins pendant un temps. Il devrait le supplier de lui pardonner. Sans Jingles, Danny était pratiquement sûr que Josh le reprendrait. En fait, avec ou sans Jingles, Danny était pratiquement sûr que Josh ne le laisserait pas partir, jamais.

Bien sûr, ça n'excluait pas la possibilité qu'il puisse le frapper pour l'avoir assommé avec une lampe.

Il laissa tomber sa tête sur le volant, se rappelant la façon dont la lampe avait cogné le crâne de Joshua. Ce qui le fit sourire, un rictus mauvais, à sa plus grande stupéfaction.

Mon Dieu, ça faisait du bien, du moins de mon côté, mais probablement pas autant pour Josh.

D'un autre côté, après l'avoir pratiquement tué avec cette lampe, il est possible que Josh refuse de le reprendre, et ce, peu importe les arrangements que pourrait faire Danny pour le chien.

Il fronça les sourcils en prenant conscience de l'endroit où il se trouvait. Merde, il était toujours dans le parking souterrain de l'appartement. Dans l'emplacement à côté du sien, à même pas deux pas, se trouvait la Lexus de Joshua.

C'était vraiment stupide de rester là, il devait partir d'ici. Il démarra et quitta son emplacement pour sortir de l'immeuble. Il ne savait toujours pas où il pourrait aller, mais il savait qu'il ne trouverait pas la solution en restant dans ce sous-sol.

Alors qu'il conduisait, sans faire attention aux rues dans lesquelles il passait, il essaya de réfléchir. Il avait une main posée sur Jingles, se consolant en même temps que le chien, et essayait de trouver un plan.

Il devait bien y avoir *quelqu'un* qui pourrait prendre Jingles pendant quelque temps.

Mais il savait, pendant tout le temps de sa réflexion, il *savait* déjà vers qui il pouvait se tourner.

Il regarda sa montre, il était tôt, il pouvait probablement se diriger vers Balboa Park, promener Jingles et prendre quelque chose à manger dans un des kiosques du parc qui vendaient du café et des pâtisseries, pour faire passer un peu le temps.

Il aurait voulu avoir une brosse à dents, sa bouche avait le goût de la peur et du dîner de la veille. Alors qu'il repensait à la queue de Josh qui le prenait sauvagement la veille, tandis qu'il se tortillait en dessous, le suppliant d'aller plus fort, tout en détestant et aimant cela, il se sentait encore plus honteux qu'il ne l'avait jamais été.

Comment avait-il pu laisser cet homme, qu'il détestait aujourd'hui et qu'il avait commencé à *mépriser*, l'utiliser comme cela ? Et comment avait-il pu aimer ça ? *Suis-je réellement une traînée ?*

Il se rappela les premiers jours de leur relation, Josh avait été gentil, doux et diablement sexy. Il était toujours sexy, supposa-t-il, mais quelque part, alors que le temps passait, sa gentillesse s'était transformée en cruauté. Le respect mutuel s'était transformé en une bataille unilatérale pour le contrôle, et Danny était du côté des perdants. Parfois, pendant cette année, leur relation était devenue une question de propriété, et non d'amour. D'une certaine façon, Danny était passé de l'affection à être la propriété de Joshua. Il ne savait pas comment ni quand c'était arrivé, mais c'était ce qui s'était passé.

Danny conduisit, les joues encore une fois mouillées de larmes. Ces premiers jours de relation lui manquaient, cette gentillesse lui manquait, ces douces promesses dans le noir, ces caresses paresseuses, cette passion époustouflante, et le sexe, toujours le sexe. Le sexe avec la personne qu'il aimait, quelle addiction c'était, et il aurait pu implorer pour retrouver ces moments-là.

Mais comme toute addiction, après avoir atteint les hauteurs inaccessibles, il ne restait plus que cet horrible besoin. Mais le besoin n'était pas de l'amour, loin de là.

Il regarda sa montre encore une fois alors qu'il traversait Laurel Street Bridge pour entrer dans Balboa Park. Il était encore tôt, le parc était pratiquement désert, seuls quelques joggers couraient devant, des sans-abri s'en allaient, emportant leurs possessions dans des sacs-poubelle sur leurs épaules, les yeux vides, leurs corps ramassés, entourés d'une aura de désespoir, tel un brouillard.

Ça pourrait être moi.

Repoussant ses pensées d'horreur, Danny trouva une place isolée où s'arrêter sous les branches basses d'un poivrier. Il détacha la laisse de Jingles de son collier et ils sortirent de la voiture pour entrer dans le parc à pied, où ils passèrent le pavillon, puis le muséum d'Histoire naturelle et le carrousel.

Il s'arrêta parmi une profusion de roses recouvertes de rosée, qui se trouvaient dans une roseraie, lâchant un sanglot involontaire. Il ferma les yeux, luttant contre les larmes, pendant que Jingles attendait patiemment à ses pieds.

Il n'avait qu'un seul espoir pour Jingles. Et si ça ne marchait pas, que ferait-il? La fourrière? Non, ce n'était pas possible, il ne *ferait* pas ça, il mourrait avant d'envoyer Jingles dans cet horrible endroit.

Quand il ouvrit les yeux, la menace des larmes était passée, pour un moment du moins. Son esprit était rempli d'images de lui, assis sur un tabouret de bar, le barman en face de lui pressant ses lèvres sur sa main, lui disant des mots réconfortants et lui offrant de la gentillesse, au moment où celle-ci lui manquait le plus douloureusement, lui offrant ce qu'il ne pouvait pas avoir de son amant.

Il fronça les sourcils au souvenir de ce jour et parvint presque à sourire pour la première fois de la matinée.

— Allez, viens, mon petit gars, dit-il, tirant tranquillement sur sa laisse.

Jingles glapit de joie, lui aussi pour la première fois de la matinée, et suivit son maître à travers les roses tandis que la rosée du matin commençait à disparaître sous le soleil levant.

Au même moment, la peur de Danny recula un peu aussi. Il commença à redécouvrir les joies de l'amitié et la reconnaissance aussi. C'était une amitié offerte par un homme qui n'avait aucune autre arrière-pensée que la sécurité de Danny et son bien-être. Il lui avait également prodigué des conseils au magasin ce jour-là, et Danny se rendait compte maintenant qu'il aurait dû les écouter, mais il avait été trop têtu, ou effrayé, pour les prendre en compte.

Jay. Jay était l'ami qui lui avait offert ces choses. Il l'aiderait, Danny n'en doutait pas une seconde, même s'il se souvenait comment il lui avait parlé dans le magasin, et il en rougissait maintenant, quand il était venu lui prodiguer des conseils. Ces avertissements qu'il n'avait pas écoutés. Il se sentit honteux, sachant que, depuis, il n'était pas retourné le voir au bar, volontairement.

Quel idiot j'ai été.

Mais il devait encore attendre. Jay n'avait pas encore commencé son travail et Danny n'avait pas son numéro de téléphone et ne connaissait même pas son nom de famille, il n'avait donc aucun moyen de prendre contact avec lui. Il ne pouvait pas rester à côté du «Clubhouse» à attendre que Jay ouvre son bar, car le club n'était qu'à quelques pâtés de maisons de l'appartement. Les probabilités que Joshua le trouve là-bas étaient trop grandes.

Alors, trop effrayé pour aller à la maison ou pour attendre dans la rue, Danny passa la matinée à marcher et à réfléchir. Il traversa le Balboa Park en empruntant des chemins dont il ne connaissait même pas l'existence, jusqu'à ce jour.

Quand ses jambes commencèrent à lui faire mal et son estomac à gargouiller de faim, il s'installa sous le parasol en métal d'un bar à snack, pas loin de l'entrée du zoo, et commanda deux cafés et trois donuts, deux pour lui et un pour Jingles. Après avoir léché avec contentement le glaçage de ses doigts et regardé un groupe d'écoliers en sortie scolaire passer, main dans la main, pour entrer dans le zoo, il regarda sa montre une dernière fois et retourna à sa voiture.

JAY VENAIT juste de laisser tomber ses sacs derrière le bar et d'allumer les lumières lorsque Danny passa la porte derrière lui. D'un seul regard, il sut que quelque chose était arrivé.

— Mon Dieu, tu saignes !

— Qu… Quoi ? dit Danny en s'arrêtant.

— Il y a du sang sur ton visage.

Danny regarda ses mains.

— Je me suis coupé les doigts. J'ai dû…

Mais Danny ne put finir sa phrase. Les mots restaient coincés dans sa gorge alors qu'il se tenait debout dans l'embrasure de la porte et commençait à trembler.

Jay se précipita à travers la salle et ferma la porte d'entrée. Ce fut seulement après avoir tiré le loquet, pour que personne ne puisse entrer, qu'il prit Danny dans ses bras et le tint serré contre lui, chuchotant des bruits rassurants à son oreille. En un rien de temps, les larmes de Danny mouillèrent la chemise de Jay. Ses bras s'enroulèrent autour de lui pour le serrer encore plus fortement que le barman n'était en train de le faire.

Le crâne de Danny était à la hauteur parfaite pour se positionner sous le menton de Jay, alors celui-ci pressa ses lèvres sur les mèches blondes, murmurant des mots apaisants.

— Ça va aller, Danny. Ne t'inquiète pas. Arrête de pleurer, ça va aller.

— Il a frappé Jingles, bafouilla Danny.

— Quoi ?

— Joshua a donné un coup de pied à Jingles, alors je l'ai frappé à la tête avec la lampe qui était sur la table.

Jay fit gentiment reculer Danny pour pouvoir le regarder.

— Vraiment ?

— Oui, deux fois, affirma-t-il, en larmes.

Jay ne put se retenir, il esquissa un sourire. Quand Danny le vit, il sourit également, même s'il était en pleine crise de larmes.

— Eh bien, c'est bien, dit Jay toujours en souriant. Il était temps qu'il goûte à son propre traitement. Mais dis-moi, tu ne l'as pas tué ?

— Non, il était sur le sol, jurant, quand je suis parti.

— Ça ne m'étonne pas, répondit Jay.

Il tendit la main et ébouriffa les cheveux de Danny, qui paraissait un peu sauvage ce matin. Après ce qu'il avait vécu, Jay se dit qu'il ne pouvait pas lui en vouloir. Le jeune homme renifla, prit une longue inspiration et essaya d'arrêter de pleurer.

Jay tourna son attention vers les mains de Danny.

— Laisse-moi voir tes coupures.

Il tendit ses doigts blessés, comme un petit garçon qui serait tombé de son vélo et aurait couru auprès de sa mère pour être réconforté. Le geste était tellement innocent que le sourire de Jay s'agrandit, compatissant. Il prit doucement la main de Danny dans la sienne et embrassa ses doigts ensanglantés. Puis il le regarda dans les yeux.

— Voilà, dit-il. C'est mieux ?

Danny acquiesça, silencieux, le fixant avec des yeux aussi gros que des balles de ping-pong, même l'œil blessé était grand ouvert.

— Allez, dit Jay. Allons nettoyer le sang séché sur ton visage et tes doigts. J'ai des pansements derrière le bar.

— Je ne sais pas ce que je vais faire, Jay, dit Danny sans bouger.

Jay le réconforta lorsque ses larmes se remirent à couler. Il tendit les mains et les posa sur les joues du gamin, utilisant ses pouces pour les essuyer.

— On va trouver, gamin. Viens maintenant, allons te rafistoler.

— Je ne suis pas un g… gamin.

Jay reprit le visage de Danny entre ses mains, se pencha pour presser ses lèvres sur son front, puis recula pour étudier ses yeux remplis de larmes.

— Je sais que tu n'es pas un gamin. Je suis désolé. Viens au comptoir, laisse-moi te nettoyer et nous déciderons quoi faire ensemble, d'accord ? Je ne laisserai rien arriver, ni à toi ni à Jingles, je te le promets. On va arranger ça.

Danny se pencha, posant son front sur le torse de Jay.

— Je savais que tu voudrais m'aider, dit-il doucement dans un souffle tremblant. Je savais que tu serais un ami.

Jay posa sa main sur la nuque de Danny, l'attirant vers lui, le berçant, caressant son dos, faisant des bruits réconfortants, essayant de le calmer.

— C'est bien que tu le saches, Danny. Je suis content que tu sois venu me voir.

— Vraiment ? demanda-t-il en relevant la tête.

— Vraiment, mais si tu dois mourir du tétanos parce que tu ne m'as pas laissé soigner tes doigts, je ne me le pardonnerais jamais.

— Alors nous devrions nous assurer que ça n'arrivera pas, répliqua-t-il en souriant.

— Oui, nous devrions. Viens.

Jay lui prit la main et le mena vers le bar. Danny le suivit, tout comme Jingles. Il installa le *gamin* sur un tabouret, puis attrapa le chien et le plaça sur celui juste à côté.

— Je n'ai pas de biscuits pour chien, dit Jay à Jingles, comme s'il était un client et non un fox-terrier. Que dirais-tu d'un bâtonnet de viande séchée à la place ?

Jay mit la main dans un grand saladier, posé sur le comptoir derrière lui, en sortit un bâtonnet, le déballa et le coupa en morceaux, puis les posa sur le bar, devant Jingles, qui se jeta dessus. Puis il reporta son attention sur le maître du chien.

Il mit un torchon propre sous le robinet pour le mouiller et essuya doucement le sang séché de la joue de Danny, effaçant les quelques nouvelles larmes dans le mouvement. Il remit même ses cheveux en place, puisqu'ils étaient toujours décoiffés.

— Tu donnes l'impression que tu viens juste de sortir du lit, dit Jay.

— En fait, j'étais debout depuis trente secondes lorsque les coups ont commencé. M'arrêter pour me coiffer avant de m'enfuir aurait été suicidaire.

— Effectivement, je suppose que ça aurait été suicidaire, acquiesça Jay en riant.

Il tamponna soigneusement le linge propre pour nettoyer ses doigts, se concentrant sur les coupures, parlant toujours doucement. Il ignora les battements remplis d'espoir de son cœur pendant qu'il travaillait,

— De quoi as-tu besoin, Danny ? Comment puis-je t'aider ?

Ce dernier tendit sa main libre pour caresser l'avant-bras de Jay du bout des doigts, presque paresseusement, comme si toucher sa peau pouvait l'aider à penser.

— Tu es si gentil, dit-il.

Jay grogna, embarrassé, mais content.

— Merci. Dis-moi ce que je peux faire.

— J'ai besoin que tu prennes Jingles quelque temps, jusqu'à ce que je puisse économiser suffisamment d'argent pour avoir mon propre appartement.

Jay arrêta ce qu'il faisait pour le regarder avec une expression incrédule.

— Ne me dis pas que tu vas retourner vers lui !

— Je le dois, je ne peux pas vivre dans la rue. Mes affaires sont toujours là-bas. Je n'ai même pas de chaussettes.

— Je te prêterai des chaussettes.

— Ne sois pas stupide, tous mes vêtements sont là-bas. La chemise et le seul pantalon que j'ai sont ceux que je porte, même si je vis dans la rue, j'ai besoin de changer de pantalon de temps à autre.

— Je te prêterai des pantalons.

— Tu mesures deux mètres de haut, gloussa Danny. Je nagerai dedans.

Voici une idée fascinante, pensa Jay.

— C'est quelque chose que je voudrais bien voir, dit-il, faisant rougir Danny.

— J'étais sérieux, répondit-il, ravalant un sourire.

— Moi aussi, dit Jay, sans sourire.

En l'entendant, Danny se tendit.

— Écoute, c'est vraiment le pire moment pour flirter. Je dois y retourner et arranger les choses. Je dois lui faire croire que je veux retourner avec lui pour que je puisse rester, au moins le temps de remettre ma vie en ordre. J'ai aussi besoin que tu gardes Jingles pendant ce temps. Je ne l'amènerai pas à la fourrière, Jay. Ce n'est pas une option, et je ne l'exposerai pas non plus aux coups de Joshua. Si tu refuses de m'aider, je ne sais pas ce que je vais faire.

— Ne t'inquiète pas, Danny. Je serai plus qu'heureux de prendre Jingles avec moi… mais à une condition.

Danny ne savait s'il devait soupirer de soulagement ou essayer de ne pas paraître soupçonneux.

— Quelle est ta condition ?

— Tu dois venir avec moi.

Une ride se forma sur le front de Danny.

— Que veux-tu dire ?

Les doigts de Danny étaient à présent propres et secs. Les coupures n'étaient pas vilaines, pensa Jay, qui posa soigneusement des pansements dessus, enveloppant les fines bandes collantes tout autour des doigts pour les coller ensemble, les forçant ainsi à rester en place. C'est seulement après qu'il releva les yeux et fixa Danny.

— Ce que je veux dire, c'est que tu n'as pas besoin d'y retourner, Danny. Dieu seul sait ce qu'il te fera si tu y retournes. Tu peux rester avec moi jusqu'à ce que tu aies économisé suffisamment pour avoir ton endroit à toi. J'ai une chambre d'amis dans la cabane. Je me comporterai bien, je te le promets. Il n'y aura aucune avance indésirable, rien. Je veux juste t'aider, je veux juste que tu sois en sécurité.

— Je ne suis pas sûr que ces avances seraient indésirables, révéla Danny doucement.

Ils se dévisagèrent pendant un instant. Le seul son qu'on entendait dans la pièce était celui de Jingles, qui se léchait les babines après avoir dévoré sa viande séchée.

— C'est bon à savoir, répondit Jay tout aussi doucement.

Ils s'étudièrent en silence jusqu'à ce que Danny détourne son regard pour fixer les pansements à ses doigts.

— Mais je ne peux pas faire ça, dit-il. Je dois y retourner. Toutes mes affaires sont là-bas ; mes livres d'écoles, mes vêtements, tout. Ne rends pas cela plus difficile que ça ne l'est déjà, Jay, s'il te plaît. Je voudrais juste que tu prennes soin de Jingles pour moi jusqu'à ce que je remette ma vie en ordre. Ça ne durera pas plus que quelques mois, c'est tout ce que je te demande.

— Non.

Danny sourcilla, le menton tremblant.

— Non ? Mais mes affaires, Jay. Tout ce que je possède, il n'y a pas grand-chose, certes, mais tout se trouve dans l'appartement de Josh. Je ne peux pas me payer une nouvelle garde-robe, je n'ai pas les moyens…

— J'irai avec toi pour récupérer tes affaires.

— Tu… quoi ?

— Je viendrai avec toi, Danny. Je demanderai même à mon videur de nous accompagner, juste pour avoir un peu plus de protection.

Un sourire apparut enfin sur les lèvres de Danny.

— Ton videur ? Tu veux parler du gorille qui vérifie les cartes des gens à la porte d'entrée chaque soir ?

Jay lui sourit.

— C'est bien lui. Il s'appelle Ernie, et pendant que nous serons là-bas, toi, moi et Ernie, tu pourras lui renvoyer quelque chose qui lui appartient.

— Lui qui ? Tu veux dire Joshua ?

— Oui.

— Que dois-je rendre à Joshua ? demanda-t-il, confus.

— Ça, répondit Jay en levant la main de Danny sur laquelle se trouvait la bague.

Danny la regarda, c'était la bague qui ressemblait trait pour trait à celle de Joshua.

— Oh, bon sang, avec tout ça, j'ai oublié qu'elle était toujours là.

Il retira violemment la bague de son doigt et la laissa tomber sur le bar, où elle tournoya, brillant selon la lumière, jusqu'à ce que Jay la saisisse pour la glisser dans sa poche.

— Je la lui rendrai moi-même, dit Jay.

Une mauvaise étincelle brillait dans ses yeux. Danny sembla douter, aussi Jay se radoucit.

— Ou alors nous demanderons au gorille de la lui rendre, avec élan, enveloppée dans un poing.

Finalement, Danny rejeta sa tête en arrière et éclata de rire. Jay se mit à rire avec lui pendant que Jingles enroulait sa queue autour du tabouret et regardait avec envie l'endroit où se trouvait le grand saladier de viande séchée, tel le Saint Graal.

Jay comprit son regard et lui donna un autre bâtonnet avant de revenir vers Danny, les yeux chaleureux, le visage sombre. Il prit sa main dans la sienne et, du bout des doigts, il frotta l'endroit où se trouvait antérieurement la bague.

— Je ne vais pas te laisser y retourner seul, Danny. Il ne s'agit pas de moi qui veux te prendre entre mes griffes ou quoi que ce soit. Il s'agit seulement de te garder en sécurité. Je n'ai pas confiance en lui. Et après l'avoir frappé avec la lampe, *deux fois*, tu ne crois quand même pas qu'il te pardonnera et agira comme si rien ne s'était passé? Il pourrait réellement te blesser cette fois, Danny. Mince, il est peut-être tellement furieux qu'il pourrait même te tuer. Je veux dire *vraiment* te tuer.

Les yeux de Danny étaient embués, encore une fois. Jay ne savait pas si c'était une bonne ou mauvaise chose.

— Je ne peux pas emménager avec toi, Jay. Je… Ce que je veux dire, c'est que j'ai encore un peu de fierté. Je n'ai rien, à part quelques dollars en banque. Je ne suis pas venu pour faire pitié, je suis venu ici pour Jingles, pas pour moi.

— Je suis désolé, Danny, je ne vais pas aider ton chien sans t'aider. Je ne te demande pas de dormir avec moi à la cabane, je ne te demande pas de faveurs sexuelles, je te demande juste d'occuper ma chambre d'amis, pendant que les choses s'arrangent pour toi. C'est gratuit. Tu peux aller et venir comme ça te chante. Tu peux faire tout ce que tu veux, faire venir du monde, je m'en fiche. La seule chose que je te demande, c'est que tu vives dans un endroit où Joshua ne pourra pas te retrouver et où tu n'auras pas peur à chaque instant. Un endroit où Jingles et toi serez tous les deux en sécurité, loin des poings de Joshua.

— En sécurité, répéta Danny dans un soupir, ça fait longtemps que je ne me suis pas senti en sécurité.

Une fois encore, comme il avait fait il y a quelques semaines, Jay souleva la main de Danny du bar et posa ses lèvres sur son pouce.

— Je le sais bien, dit-il en caressant la peau de Danny. Laisse-moi faire ça pour toi. N'y retourne pas. S'il te plaît. J'ai trop peur pour toi pour te laisser faire. Il ne te pardonnera jamais ce qui s'est passé, tu le sais très bien. Viens avec moi, là où tu seras en sécurité, s'il te plaît.

Il avait toujours la main de Danny dans la sienne, ses lèvres toujours posées dessus, son souffle chaud glissant sur le poignet de celui-ci.

— S'il te plaît, Danny, tu seras en sécurité sur ma montagne. Il ne te trouvera jamais. Je t'offre un endroit où guérir sans être dérangé par ce tyran jusqu'à ce que, comme tu l'as dit, tu aies remis ta vie en ordre.

Il tendit la main pour toucher du bout de ses doigts l'œil au beurre noir.

— Je ne le laisserai pas recommencer ce qu'il t'a fait. Je ne pense pas que je pourrais le supporter, Danny, s'il recommençait. Je… Je t'aime bien, je ne veux pas encore te voir souffrir.

— Tu es mon ami, murmura Danny, n'est-ce pas ?

— Oui, Danny, je suis ton ami.

— Je le savais, depuis ce premier jour où nous avons parlé, répliqua-t-il en baissant la tête pour la poser sur leurs deux mains jointes.

— Oui, Danny. Depuis le tout premier jour où je t'ai parlé ici même, dans ce bar. Tu avais alors une mâchoire gonflée. Tu t'en souviens ? Aujourd'hui, tu as un œil au beurre noir, des doigts blessés et un chien contusionné. Entre ces quatre blessures, tu en as eu d'autres qui viennent de la part de la personne qui dit qu'elle t'aime, mais qui n'aurait jamais fait ces choses si elle t'aimait vraiment. Il va te tuer si tu y retournes, je le sais, tout comme toi. Peut-être pas aujourd'hui, peut-être pas demain, mais tôt ou tard, il te tuera.

— Peut-être.

— Ce n'est pas un peut-être, Danny. C'est la réalité et tu le sais.

— Je n'ai jamais voulu être une plaie comme ça, Jay.

— Tu n'es pas une plaie. C'est toi qui l'as dit, tu es un ami. Les amis s'entraident. Ce n'est pas un nouveau concept, gamin. Les amis ont toujours fait ça depuis la nuit des temps, tu le sais, n'est-ce pas ?

Danny releva la tête et acquiesça en silence.

— Alors, c'est un oui ? demanda Jay.

Son cœur s'inonda soudainement de plus d'espoir qu'il n'en avait jamais ressenti depuis la mort de Simon.

— Tu viendras ? Tu viendras vivre avec moi ?

— Oui, Jay, dit Danny dans un murmure. Je vais venir… mais j'ai une condition moi aussi.

— Ah oui ? Et quelle est-elle ?

Danny simula un grognement.

— Arrête de m'appeler gamin.

Jay fit une croix sur son cœur, comme les boy-scouts.

— Je te le promets.

Ils se regardèrent pendant un moment, mais même avec la meilleure intention, Danny n'arrivait pas à empêcher ses émotions de le submerger.

— Oh merde, dit-il, les larmes aux yeux. Je vais recommencer à pleurer. Je ne suis vraiment pas une mauviette, tu sais. J'ai plus pleuré au cours de ces trois derniers mois, que je ne l'ai fait dans toute ma vie. Je te jure. Je suis désolé.

Il se tut et renifla de colère.

— Ne le sois pas, chantonna Jay.

Il essuya avec une serviette ses larmes par-dessus le comptoir.

— Et les mauviettes ne frappent pas leurs amants tyranniques avec une lampe. Seuls les hommes virils le font. De toute façon, tu peux pleurer. Tu pleures et j'essuie, dit Jay en souriant. Ça s'appelle la répartition des tâches.

Danny hoqueta.

— Je suppose qu'être essuyé est meilleur que d'être frappé.

Jay fit un sourire sardonique.

— Ou frappé à la tête avec une lampe, deux fois.

Ils restèrent silencieux un moment, Jay était ravi d'avoir réussi pendant que Danny semblait abasourdi par sa générosité.

— Je ne sais pas comment te remercier, finit par dire ce dernier. Je ne sais vraiment pas.

Jay secoua légèrement la tête.

— Tu m'as déjà remercié en disant non. Laisse tomber.

— Je ne peux pas laisser tomber, dit Danny.

Et se levant entre la rangée de tabourets, il se pencha au-dessus du bar et fit un câlin à Jay, plantant un baiser sur sa joue en même temps.

— Jusqu'à ce que je te rembourse, dit Danny.

Les oreilles de Jay brûlèrent.

— C'est le seul paiement dont j'ai besoin. C'est le meilleur salaire que je n'ai jamais eu, en fait.

Danny rit.

— Oh, s'il te plaît.

Jay recula du comptoir, toujours embarrassé.

— D'accord, je devrais peut-être appeler Ernie le Gorille et voir s'il a du temps pour faire une démonstration musculaire pendant une heure à peu près, le temps que nous récupérions tes affaires.

— Josh va être furieux, dit Danny.

Il ne souriait pas.

— C'est l'idée, répondit Jay.

Il eut un large sourire, pour deux.

Danny sembla soudainement mal à l'aise.

— Puis-je avoir un bâtonnet de viande séchée, moi aussi ? Je n'ai pas beaucoup mangé au petit-déjeuner, demanda-t-il.

Jay rigola quand le *gamin* pointa du doigt le comptoir, et il lui en donna deux.

ERNIE LE Gorille était aussi muet qu'un poteau, aussi doux qu'une tarte et aussi large qu'un camion poubelle. Quand Joshua ouvrit la porte pour trouver Ernie sur le seuil, il le regarda de haut en bas comme un touriste regarderait pour la première fois un séquoia géant.

— Que diable voulez-vous ?

Ernie fronça les sourcils.

— Ce n'est pas une manière sympathique de saluer quelqu'un, dit-il.

Il attrapa Joshua par les aisselles et le mit de côté pour permettre à Jay et Danny d'entrer.

Jay surprit le sourire que Danny essayait de cacher en voyant le regard choqué de Josh et la compresse qu'il tenait sur sa nuque, là où il l'avait assommé avec une lampe. Une lampe qui n'avait plus d'abat-jour, nota Jay, était posée en bout-de-table. Son abat-jour abîmé se trouvait dans la poubelle, contre le mur. Un attaché-case mâchouillé reposait sur la table basse, ainsi que tout un tas de papiers du livre de comptes, dont avait parlé Danny. Josh était en train d'essayer de réparer les dégâts, mais sans trop y parvenir.

— Je vais appeler la police, dit l'homme.

— Danny vit ici, répondit calmement Jay.

C'était la meilleure façon d'énerver encore plus Joshua. Jay ne l'aimait pas, aussi l'énerver semblait être une bonne idée.

— Ou, du moins, Danny vivait ici. Il est venu récupérer ses affaires, puisqu'il a décidé de déménager. Vous seriez bien avisé de ne pas essayer de le stopper, ou les policiers pourraient être tout autant intéressés par l'œil au beurre noir et la série d'autres blessures que vous lui avez infligées cette année. Laissez Danny prendre ses affaires et nous partons.

Les yeux de Joshua s'étrécirent pour devenir de petites fentes, une partie de son effet étant diminué par le fait qu'il avait toujours une compresse sur sa nuque, telle une vieille dame qui avait une migraine.

— Je vous connais, vous êtes le gars qui possède le bar de pédés en bas de la rue.

Ernie planait au-dessus de lui comme un nuage menaçant.

— Ne soyez pas méchant, dit-il, sa voix était douce, mais sa position menaçante. Vous ne pouvez pas vous sentir mieux en tabassant quelqu'un d'autre.

Josh le regarda, la bouche grande ouverte, comme si, tout d'un coup, il prenait conscience que le gars avait deux têtes.

— Quel genre de boniment New Âge est-ce ? Êtes-vous sérieux ?

— Chut maintenant, ou je vais vous attraper par les pieds et vous pendre dehors jusqu'à ce que vous vous évanouissiez, dit Ernie en agitant un doigt d'avertissement vers son visage.

Joshua essaya de le repousser, mais c'était comme pousser un mur.

— Ne me menacez pas, espèce de gros idiot.

Il jeta un regard de haine vers Jay, mais à la façon dont il continuait de regarder Ernie du coin de l'œil, il était clair qu'il commençait à le prendre vraiment au sérieux.

— Alors, c'est pour vous que Danny n'arrêtait pas d'aller au bar. Je savais bien qu'il me trompait.

— Je ne t'ai jamais trompé, dit doucement le jeune homme avant de tourner les talons et de se diriger vers la chambre. J'aurais dû, mais je ne l'ai pas fait. Et sois gentil, avant tu savais comment faire.

— Va te faire voir, Danny. Tu es devenu bien courageux maintenant que tu as ces idiots avec toi. Tu m'as blessé lorsque tu m'as frappé. Tu m'as fait vraiment mal.

— Pas plus que vous ne l'avez fait vous-même intervint Jay.

Il se tourna vers Danny.

— Va prendre tes affaires.

Ernie tapota l'épaule de Josh, l'expression sur son grand visage rond faisant vraiment comprendre qu'il était profondément blessé.

— Je ne suis pas gros, je suis bien charpenté.

Josh l'ignora, criant toujours après Danny.

— Et où penses-tu pouvoir vivre ? Tu n'as pas d'argent !

Danny eut l'air mal à l'aise, secouant la tête pendant qu'il avançait. Mais il se tenait droit. Il ne s'effondra pas. Il voulait finir ce qu'il était venu faire et essayer de sauver le peu de fierté qu'il lui restait.

— Je n'ai pas besoin d'argent, dit-il par-dessus son épaule. J'ai des amis, tu devrais essayer, ils sont vraiment pratiques.

— Touché, marmonna Jay dans son souffle.

— Très perspicace, dit Ernie.

Il hocha la tête comme Gandhi et se tourna vers Jay.

— Ce mot vient du calendrier « *Nouveau mot pour aujourd'hui* » que tu m'as offert à Noël, Patron. C'est très instructif. Je l'utilise pratiquement autant que le livre que tu m'as donné pour mon anniversaire, le « *Livre des proverbes* ».

Jay rit, puis se détourna pour suivre Danny.

— Je suis content que tu les aimes.

— « La reconnaissance est le signe des âmes nobles » [3], cita Ernie. C'est un proverbe. Tu vois comment il convient dans cette situation ?

Jay retint un rire.

— Mon Dieu, Ernie, tais-toi.

Joshua les regarda comme s'il avait atterri sur la lune et qu'ils étaient les deux premiers aliens qu'il rencontrait.

Danny était dans la chambre et avait commencé à sortir ses affaires des placards. Toujours sur des cintres, il les déposait sur les bras tendus de Jay. Lorsqu'il ne put plus rien mettre dessus, il drapa d'autres affaires sur ses larges épaules.

— Tu es pratique, dit Danny, essayant de plaisanter à travers la peur qu'il avait dû ressentir en étant proche de Josh. Comme un gros portemanteau ambulant.

— Merci, dit Jay en souriant.

Puisqu'il avait les mains pleines, Jay tendit son menton vers la fenêtre.

— Est-ce ton ordinateur ?

— Oui, répondit Danny. C'était un cadeau, mais je n'en veux pas.

Ils entendirent tous les deux Joshua bafouiller des injures dans l'autre pièce. Il avait dû les entendre.

Lorsque Jay eut tous les effets de Danny sur lui, ce dernier se rendit dans la cuisine, où il attrapa un sac poubelle, sous l'évier. Puis, son sac-poubelle en main, et en ignorant Josh comme s'il n'existait pas, Danny se dépêcha de retourner dans la chambre d'amis où il récupéra ses affaires posées sur le bureau : carte bancaire, carnet de chèques, un tas de papiers, ses livres préférés et deux manuels de cours, ainsi que diverses autres choses. Puis il passa dans la salle de bains afin de récupérer tout ce qui lui appartenait dans les tiroirs et dans la pharmacie. Il en profita pour se brosser les dents, tant qu'il y était.

---

3 Dans le texte le proverbe utilisé est : « When eating fruit, remember the one who planted the tree », qui est la traduction d'un proverbe vietnamien dont l'équivalent anglais est « Gratitude is the sign of noble souls »

— Regarde-moi, Danny, je suis toujours un portemanteau, tu ne voudrais pas te dépêcher ? plaisanta Jay.

Pendant tout ce temps, Ernie se tenait devant Joshua, tel le mur de Berlin, les bras croisés, comme si rien ne pourrait lui faire plus plaisir que de voir Josh chercher la bagarre.

Joshua parla derrière le videur :

— Tu n'as pas besoin de partir, Danny. Nous pouvons arranger les choses, je te pardonne pour ce matin.

— Non, c'est impossible, répondit Danny. Et moi, je ne te pardonne pas, tu as frappé mon chien ! Seul un salopard pourrait frapper un petit chien.

C'était de toute évidence beaucoup trop pour lui.

— Il a mangé mon attaché-case ! Il a détruit tous mes papiers importants.

Danny pencha la tête par la porte.

— Il s'ennuyait parce que tu ne le laisses jamais venir à l'intérieur, cria-t-il en retour.

— Et j'avais une bonne raison, non ?

Ernie planait au-dessus de Joshua, tel un nuage menaçant, déçu.

— Vous recommencez à être méchant.

Il leva son énorme poing, le brandit au-dessus du visage de Joshua, et quand celui-ci s'y attendait le moins, il assena une pichenette sur le nez de l'ordure avec son index.

— Oh ! cria Josh, en reculant.

— J'adore faire ça, dit Ernie en pouffant de rire.

Jay suivit le *gamin* dans la salle à manger ; Danny étant lesté du sac poubelle rempli de ses affaires et Jay toujours avec ses vêtements dans les bras. En inclinant soigneusement son chargement, Jay put mettre sa main dans sa poche. Ernie s'écarta alors que Jay s'avançait devant Joshua, tenant la bague que Danny avait retirée.

— Je crois que ceci est à vous, dit Jay.

Joshua prit la bague de sa main. Quand il leva son regard pour fixer Danny à travers la pièce, il y avait une telle fureur dans ses yeux que celui-ci fit un pas en arrière.

— Tu étais censé m'épouser, s'emporta Joshua.

Les poings serrés, il se précipita vers son ex-amant, mais il fit seulement deux pas avant qu'Ernie ne l'attrape par le col et le force à s'arrêter.

Jay se plaça devant Josh et avança son visage jusqu'à ce que les deux hommes soient nez à nez. Il était beaucoup plus furieux que l'autre homme.

— Si jamais j'apprends que vous le cherchez, que vous avez l'intention de le blesser, ou encore de vous venger d'une façon ou d'une autre contre Danny pour vous avoir quitté, je vous jure que je vous battrai à mort. Je n'aime pas les gens comme vous, monsieur Stone. Vous donnez une mauvaise réputation aux homosexuels. Bon sang, vous donnez une mauvaise réputation à *l'Humanité*. Alors, laissez Danny tranquille, laissez-le partir. Il ne veut plus être avec vous.

Joshua lui lança un regard furieux, sa langue sortit pour humidifier ses lèvres, ses yeux passant de Jay à Ernie, puis à Danny, pour finalement revenir vers Jay.

— Tu vas payer pour ça ! hurla-t-il. Je vous ferai tous payer pour ça.

— Mauvaise réponse, dit Ernie, tel un maître mécontent.

Il prit Joshua par surprise en lui donnant une autre pichenette, cette fois, sur son oreille, le faisant sursauter et hurler de douleur.

Jay était trop furieux pour rire du regard effrayé de l'homme.

— N'oubliez pas ce que je vous ai dit, laissez Danny tranquille. Est-ce que nous nous comprenons ?

— Sortez, siffla Joshua. Tous, sortez de chez moi !

Il tourna son regard malveillant vers Danny.

— Toi aussi, putain ! Dégage !

Danny se précipita vers la porte, ses affaires contre son torse, la tête basse, sans jamais regarder en arrière. Jay et Ernie le suivirent. Ernie, le dernier à sortir de l'appartement, commença à fermer la porte derrière eux, mais pas avant d'avoir fait un signe de la main à Joshua.

— La bonté est un don, dit-il de façon professorale. Vous devriez être gentil de temps en temps.

— Sortez d'ici !

— En voilà un autre, continua le grand homme, ceux qui éclairent la vie d'autrui ont toujours une lueur en eux.

— Sortez !

Ernie ne se découragea pas pour autant, il s'amusait beaucoup à tourmenter Joshua.

— Je suppose que vous êtes un cas désespéré, dit-il. Alors que pensez-vous de ça : ceux qui ne disent rien n'ont jamais tort, ou on ne peut pas empêcher un cochon de se vautrer dans la boue[4], ou encore, on ne fait pas d'omelette sans casser des...

Joshua donna un coup de pied dans la porte pour la fermer sur le nez du videur. Celui-ci gloussa et fit des cabrioles dans le couloir, marchant à grands pas vers Jay et Danny, qui l'attendaient devant l'ascenseur.

DE RETOUR dans l'appartement, tremblant de colère, Joshua regarda la bague dans sa main. Avec un cri de rage, il lança le bras en arrière et jeta l'anneau aussi fort que possible. La bague de Danny vola par la porte-fenêtre ouverte du patio et passa par-dessus le balcon, pour tomber dans la rue, attrapant les rayons de lumière pendant un bref instant, tel un minuscule météore fendant le ciel à toute vitesse. Regardant sa main, Joshua retira la bague identique qu'il portait et l'envoya aussi par-dessus bord.

Tremblant de rage, il regarda à travers le patio alors qu'un silence moqueur s'installait dans l'immeuble, tout autour de lui.

---

4 Proverbe africain dont la traduction anglaise littérale est « you can't stop a pig from wallowing in the mud »

VII

DANNY, JAY et Ernie se tenaient devant le bar. Jay avait juste appelé un de ses barmans et lui avait demandé s'il pouvait venir plus tôt pour qu'il puisse prendre un jour de congé.

— Je ne sais toujours pas comment te remercier, dit Danny en regardant Jay.

Puis il tourna son regard vers Ernie, le gars ressemblait vraiment à un arbre, un énorme arbre sauvage.

— Toi aussi, Ernie. Le coup du doigt était particulièrement amusant.

À la surprise de Danny, le videur rougit et prit Danny dans ses bras comme une poupée de chiffon, le ballottant comme un enfant, jouant à l'avion avec un bambin et terminant dans une prise d'ours qui vida l'air des poumons de Danny. Au moment où il le reposa, les vêtements de Danny étaient de travers, une chaussure était tombée et ils riaient tous les deux sottement comme des idiots.

Ernie fit mine de réfléchir intensément.

— Tu es bien à l'abri de ce gars, Danny. C'est une mauvaise personne. Le mal est ce qu'on en fait.

Encore des proverbes, sérieusement ? Danny réussit à sourire.

— Il faut être deux pour danser le tango.

— Les abrutis sont des connards.

Ernie regarda l'horizon et se gratta la tête.

— Celui-là n'est pas dans mon livre.

Jay donnait l'impression d'être aussi fier qu'un père.

— Mes deux meilleurs garçons, citant des proverbes, marmonna-t-il.

Reniflant gaiement, Danny ramassa sa chaussure, qui avait atterri dans le caniveau. Ernie se pencha pour caresser Jingles, puis fit un signe d'au revoir et s'éloigna, les épaules penchées et les mains dans les poches.

— Je pense que cet homme a le béguin pour toi, dit Danny en le regardant s'en aller.

Jay regarda avec surprise Ernie disparaître au bout de la rue. Il sourit à la façon dont les gens s'écartaient du chemin de l'homme imposant comme si un camion-benne leur fonçait dessus.

— Ne sois pas bête, dit-il, je ne suis même pas certain qu'il soit gay.

— Et moi qui pensais que tu étais intelligent, dit Danny, tournant le regard vers lui.

Mais Jay ne répondit pas.

— Tu me suis ? demanda-t-il à la place.

Il semblait pressé de prendre la route.

Danny acquiesça.

— Ne conduis pas trop vite, ma Ferrari est au garage et la Toyota est à bout de souffle, enfin plutôt à bout de volant, dans ce cas précis.

— J'ai compris, dit Jay en reniflant. Pas plus de trente kilomètres-heure.

— Eh bien, tu peux aller jusqu'à quarante dans les descentes.

Ils prirent la voiture de Danny jusqu'à celle de Jay, là où il l'avait stationnée à quelques pâtés de maisons plus loin. Une fois arrivés, Jay monta dans sa Jeep Sahara et prit le chemin de sa montagne, avec Danny le suivant juste derrière.

Le premier aperçu que put avoir Danny sur la maison de Jay, ainsi que sur l'isolement tant promis, lui fit venir les larmes aux yeux pour la dernière fois de la journée. Avant qu'ils ne s'arrêtent, une voiture derrière l'autre, Danny essuya toute trace d'émotion. Jay l'avait suffisamment vu pleurer, Danny lui-même s'était suffisamment vu pleurer comme ça. Il était temps de reprendre sa vie en main, d'aller de l'avant, et grâce à Jay, il avait un endroit pour cela.

Il sortit de la voiture en même temps que Jay sortait ses longues jambes de sa jeep, ses cheveux noirs s'envolant.

— C'est un sacré chemin, dit Danny.

Il détourna son regard de Jay pour regarder en dessous de sa Toyota, pour s'assurer que le moteur n'avait pas dégringolé, lors d'un passage dans un nid-de-poule.

— Tu ne pourras peut-être pas venir ici dans ta voiture au moment des pluies, mais chaque chose en son temps.

Il mit son bras sur les épaules de Danny et se tourna pour regarder la cabane.

— Alors, qu'en dis-tu ?

Danny regarda la vieille maison, étudia les fenêtres du premier étage et la mansarde au deuxième, avec une charmante verrière ronde dépeignant un chevalier essayant de terrasser un dragon. Enfin, il observa le large porche devant la maison, qui contenait des chaises mal assorties et… une tasse à café sur la rampe où Jay l'avait probablement laissée.

— C'est génial. Et waouh ! c'est vraiment grand.

Il vit trois visages confus regarder par la fenêtre de devant.

— Ce doit être tes enfants, dit-il.

Jay rayonna fièrement.

— Ce sont bien eux, et les gloussements que tu entends viennent des poules qui se trouvent derrière la maison. Avant de ranger tes affaires, nous devrions présenter Jingles aux bêtes.

Jingles était toujours enfermé dans la voiture, regardant par le pare-brise et tremblant d'excitation. Danny le fit patienter pendant que Jay ouvrait la porte et que Carly surgissait, la langue pendante, remuant la queue et les oreilles volant joyeusement alors qu'elle traversait le porche en bois et descendait les marches. Les chats furent un peu plus réservés, mais ils se frottèrent contre le pantalon de Jay pour dire bonjour tandis que Carly sautait tout autour comme une folle, comme chaque chien le faisait.

Les trois animaux s'arrêtèrent quand Danny ouvrit la portière de la voiture, faisant sortir Jingles qui émit une salutation méfiante à la foule d'animaux qui le regardait. Carly aboya un bonjour enthousiaste, mais Lucy et Desi avaient apparemment décidé que les présentations pouvaient attendre et couraient vers la maison. Jingles essaya de les suivre, mais la laisse que tenait encore Danny l'en empêcha.

— Tu devrais tout aussi bien le lâcher, dit Jay à Danny. Laisse-les faire connaissance.

Danny fit ce qu'il lui avait suggéré et les deux chiens devinrent les deux meilleurs amis du monde en un rien de temps, se pourchassant autour de la maison. Quand ils entendirent des caquètements, des cris rauques et des bruits d'ailes, Danny sut que Jingles avait fait connaissance avec les poules. Une fois les premières démonstrations d'amitié passées, Carly et Jingles arrivèrent au pas de course dans la maison pour finir leur tour. Les chats, ces êtres réticents qui avaient un minimum de bon sens, s'étaient simplement cachés sous le canapé et grondaient.

Les animaux étant occupés de leur côté, Jay se tourna vers Danny, qui était toujours debout à côté de la voiture. Il était d'un coup frappé de timidité. Il était confus et hésitant sur ce qu'il devait dire ou faire, mais Jay le rassura d'un sourire.

— Nous allons mettre tes affaires à l'intérieur et t'installer. Puis, je nous ferai à manger. Je sais que tu es affamé.

Danny hocha la tête, et avant que Jay ne puisse faire quoi que ce soit, le jeune homme fit un pas et le prit dans ses bras pour l'étreindre avec force. Il posa sa tête contre son torse.

— Je ne pourrai jamais te remercier pour tout ça. Je crois que tu m'as sauvé la vie.

Jay posa ses doigts sur la nuque de Danny.

— Il n'y a personne d'autre que je voudrais sauver. Maintenant que j'ai rencontré ton petit ami, je me dois de te le dire, Danny, je pense que l'adage réarrangé d'Ernie convenait parfaitement; ce connard est vraiment un abruti.

— Il n'est plus mon petit ami, dit doucement Danny, la joue toujours pressée sur la large poitrine accueillante de Jay.

— Non, dit Jay, je suppose qu'il ne l'est plus.

Le câlin dura une autre minute, tandis que Danny respirait l'essence de l'homme qui le tenait, mélangé au parfum de la montagne. Après avoir passé toute sa vie en ville, l'air grouillait de nouvelles odeurs, vivant, propre et plein de promesses. Parmi ces odeurs se trouvait l'arôme enivrant de Jay et la sensation voluptueuse de ses bras forts et doux qui l'entouraient.

— Ta montagne est magnifique, dit Danny.

— La maison est grande, dit Jay en souriant, et la montagne l'est encore plus. Mais souviens-toi, c'est ta maison, maintenant, Danny. Aussi longtemps que tu seras sous mon toit, je veux que tu te sentes en sécurité et je veux que tu sois heureux. Tu auras beaucoup de pièces pour mettre tes affaires et faire ce que tu as à faire, sans que nous nous rentrions dedans toutes les cinq minutes.

— Ça ne me dérange pas de te rentrer dedans, dit doucement Danny.

Puis il mordit sa lèvre, se demandant s'il n'en avait pas peut-être trop dit.

Jay pressa ses lèvres contre les cheveux de Danny.

— Moi non plus, murmura-t-il, avant de se dégager des bras de ce dernier.

— Défaisons tes affaires et mangeons, puis je vous ferai faire un tour, à Jingles et toi. Qu'en dis-tu?

— C'est parfait, dit Danny.

Il avait toujours ses mains sur le torse de Jay et ne voulait pas le laisser partir, il ressentait aussi la réticence du barman. Malgré tout, il se secoua mentalement et recula. Ça ne faisait que deux minutes qu'il avait rompu avec Joshua, ce n'était pas le moment de plonger tête la première dans une nouvelle relation. En plus, Jay était un ami et c'était bien suffisant pour Danny pour l'instant.

Ça devrait aussi lui suffire qu'il se sente en sécurité pour la première fois depuis des mois. Il devait tellement à Jay et ce qu'il lui devait le plus c'était d'être ici, dans cette montagne isolée. Josh ne pourrait jamais le retrouver, jamais. Et seulement pour ça, Danny en était soulagé.

Malgré tout, Danny était tourmenté par des pensées qui s'efforçaient d'évincer toutes les bonnes choses qui étaient en train d'arriver, pour le laisser complètement perdu et misérable. Danny essaya d'ignorer ses pensées, alors qu'avec Jay, il s'attaquait à décharger la voiture, mais elles revenaient sans cesse dans sa tête, le menaçant de peurs qui ne devraient plus être un problème.

C'étaient des pensées concernant Josh, elles étaient inquiétantes et douloureuses. L'explosion de douleur venant des poings de Josh, les mots cruels, la façon dont il le baisait comme s'il voulait lui faire mal, et il y arrivait bien trop souvent, la façon dont sa voix devenait froide quand Danny faisait quelque chose qui lui déplaisait d'une façon ou d'une autre, la lueur de colère qui brûlait parfois dans les yeux marrons de Josh. Ces yeux qui parfois pouvaient montrer de la bonté, mais qui se transformaient en pure rage en un seul battement de cils, et la perte de satisfaction quand la peur de ces yeux haineux devenait foudroyante, la perte de l'amour, l'impuissance.

Et pour finir, les mots qu'avaient prononcés Joshua, qu'il avait même criés, alors qu'ils quittaient l'appartement avec ses affaires.

— *Tu vas payer pour ça !* avait-il hurlé. *Je vous ferai tous payer pour ça.*

Que Dieu leur vienne en aide, Danny avait l'horrible pressentiment, étant donné sa chance, que Josh le ferait.

— J'AI DES cours dans deux heures à l'université, dit Danny.

C'étaient les premiers mots qu'il prononçait depuis plusieurs minutes et Jay était, lui aussi, resté silencieux, respectant l'état d'esprit du *gamin*. Ils étaient assis sur le porche, des assiettes sur leurs genoux, du soda par terre à côté de leurs fauteuils. Ils avaient mangé des hamburgers et des pommes de terre cuites au four dans du beurre. Carly et Jingles étaient couchés dans la cour, sommeillant côte à côte. Lucy et Desi ronronnaient et se léchaient sur les marches, ignorant royalement les chiens.

Jay leva les yeux vers lui pendant qu'il essuyait une goutte de ketchup sur sa lèvre.

— Combien de soirs par semaine vas-tu en cours ?

— Deux soirs.

— Aimes-tu y aller ?

Danny soupira.

— Je déteste, mais Josh a insisté pour que j'étudie la comptabilité. Il voulait que je devienne comme lui, je suppose. Il voulait que j'y aille pour que je gagne un salaire décent. Je suppose que je ne peux pas lui en vouloir pour ça.

Jay se demanda, pendant au moins trente secondes, s'il devait ou non s'immiscer. En réalité, ça ne lui prit pas plus de vingt, voire quinze secondes.

— Danny, Joshua ne contrôle plus ta vie. Gagner un salaire décent est un noble but, mais pas si tu le gagnes en faisant quelque chose que tu détestes. Tu es trop jeune pour t'en contenter. Si tu n'aimes pas les cours que tu suis, laisse-les tomber. Choisis des cours que tu as envie de suivre. Il ne s'agit plus de lui, mais de toi, de ce qui te rend heureux. Je pense que tu mérites un peu de bonheur après tout ce que tu as vécu.

Danny regarda l'autre homme assis confortablement sur sa chaise, les jambes reposant sur la rampe. Il ne parla pas, il le fixa simplement jusqu'à ce que Jay ressente le besoin de se trémousser sous son regard minutieux. Finalement celui-ci détourna le regard pour le poser sur la montagne, là où un duvet nuageux commençait à s'installer.

— Josh était bien pour moi, au début, dit-il doucement, tu sais. Il n'a pas toujours été… violent.

— Danny, si tu commences à te reprocher la façon dont ta relation avec Joshua a évolué, je vais partir finir mon repas sur le toit. Je n'ai jamais compris pourquoi les victimes ont tendance à s'accuser. Cela n'a aucun sens pour moi.

Danny releva son col sur son menton, le visage pensif.

— Je ne m'accuse pas, enfin pas pour tout, mais je pense que je suis fautif de l'avoir laissé faire aussi longtemps. J'aurais dû le quitter dès la première fois qu'il a posé la main sur moi. Et je n'ai pas réussi. Je…

— Tu… quoi ?

— Je l'aimais toujours, dit Danny en évitant les yeux de Jay.

— Est-ce que tu l'aimes aujourd'hui ? demanda Jay.

Danny posa son regard sur ses mains.

— Non, je pense que cet amour est mort depuis un moment déjà, dit-il en esquissant un sourire. Probablement depuis l'instant où j'ai eu mon troisième ou quatrième œil au beurre noir.

— Et n'oublie pas, tu en as *toujours* un, dit Jay, tu portes *toujours* les marques qu'il t'a faites.

Danny toucha son œil comme s'il avait pratiquement oublié qu'il était là.

— Je… je sais, mais c'est le dernier, dit-il, convaincu. Je ne laisserai plus personne me frapper.

— Bien, marmonna Jay

Il tendit la main et tapota le bras de Danny

— Et pour l'école ? Si tu détestes autant ces cours, n'y va pas. Envoie-leur un e-mail et dis-leur que tu laisses tomber.

— Je n'ai pas d'ordinateur, j'utilisais tout le temps celui de Josh.

— J'en ai un, Danny, et tu peux l'utiliser chaque fois que tu en as envie. Utilise-le pour tes devoirs, une fois que tu auras décidé les cours que tu veux prendre, de préférence ceux que tu aimerais suivre.

Danny repoussa ses cheveux de son front, là où le vent les avait balayés et les retint loin de ses yeux pendant qu'il fixait Jay.

— Je n'ai jamais connu quelqu'un d'aussi féroce que toi.

— J'essaye juste d'être ton ami, dit Jay, qui avait les oreilles chaudes.

— Je sais, dit Danny en souriant.

Encore une fois, il détourna le regard en fixant ses mains.

— J'espère que je pourrais être un aussi bon ami que toi.

Jay plissa les yeux avec humeur.

— Tu as mangé cette nourriture, ça fait de toi un très bon ami. Pas tellement brillant, peut-être, mais un ami.

Danny rit, mais au milieu de son rire, son visage s'assombrit.

— Je veux parler affaires.

Jay sourcilla face au sérieux de Danny.

— Oh mince, dit Jay avec une pointe de moquerie. Ça n'annonce rien de bon.

— Je ne veux pas vivre ici gratuitement, Jay. Je veux te payer.

— Danny, je pensais que nous étions parvenus à un accord tous les deux. Ma chambre d'amis est là, que tu y dormes ou pas. Je n'attends rien de toi. Pourquoi veux-tu me payer ?

— Et qu'en est-il de la nourriture ?

Jay posa son assiette par terre à côté de lui et tout en gardant ses longues jambes sur la rampe, il poussa du bout du pied ses chaussures, qui tombèrent dans la cour, surprenant les chats qui allèrent regarder.

— Très bien, dit Jay, si tu penses que tu dois absolument faire les courses une fois de temps en temps, fais-toi plaisir, mais ne dépense pas trop et n'en fais pas une habitude. Tu es ici pour économiser pour ton nouveau départ, tu te rappelles ?

— Jay ?

Celui-ci arrêta de se gratter la cheville au son de la voix de Danny et le regarda.

— Quoi ?

Danny tourna son fauteuil, lui faisant face, ses yeux étaient tristes ou peut-être apeurés, Jay ne pouvait le dire. D'une façon ou d'une autre, il n'aimait pas ça.

— Qu'y a-t-il, Danny ? À quoi penses-tu ?

— Quand je commencerai ma nouvelle vie, seras-tu toujours là ? Pourrons-nous rester amis ? Enfin, si tu en as envie. Pourrons-nous continuer à nous voir quand je vivrai ailleurs ? Comme des amis ?

Jay n'en était pas certain, mais il se demanda si son cœur n'avait pas fait un saut périlleux dans sa poitrine. Il tendit enfin la main pour prendre celle de Danny.

— Danny, j'aimerais que nous restions amis jusqu'à ce que nous tombions à la renverse, morts de vieillesse. Et si tu vis toujours dans ma chambre d'amis à ce moment-là, il n'y aura pas de problème.

— Je ne plaisantais pas, répondit Danny, triste.

— Moi non plus, dit Jay en le fixant.

Danny prit une inspiration tremblante, tout comme Jay.

— Alors nous sommes vraiment amis ? Tu n'es pas en train de faire ça parce que tu... tu sais... tu as pitié ?

Jay laissa tomber ses pieds par terre et se leva. Il prit l'assiette de Danny de ses genoux et la posa sur le sol à côté de la sienne, puis il le leva de son fauteuil et entoura ses bras autour de lui.

— Je t'ai apprécié depuis la première fois où nous nous sommes parlé dans le bar, dit-il doucement à l'oreille de Danny. Déjà, je voulais être ton ami. Je suis heureux de faire ce que je fais, de t'avoir ici, en sécurité. Je ne connais personne qui mérite plus que toi un tant soit peu de compassion, un peu de sécurité. S'il te plaît, si tu es mon ami, ne remets plus en question mes sentiments pour toi, d'accord ? Laisse-moi juste apprécier de t'avoir ici, Danny. Laisse-moi juste te voir te transformer en l'homme heureux que tu devrais être. L'homme heureux que tu peux devenir maintenant que tu n'es plus utilisé comme un punching-ball. Maintenant, dis-le-moi haut et fort pour que je sache que c'est bien entré dans ta tête : Danny et Jay sont amis.

Danny le repoussa juste suffisamment pour le regarder. Ils souriaient tous les deux.

— Danny et Jay sont amis, dit-il.

Il se tenait droit, tel un élève de troisième qui récitait un poème de Milton.

— Ça te convient ?

Jay secoua la tête, feignant un manque de conviction.

— Je n'ai pas entendu beaucoup d'enthousiasme, tu devrais peut-être réessayer.

Danny enfonça un doigt dans les côtes de Jay, le faisant sursauter. Jay rit.

— Jay, le grand propriétaire bien foutu du «Clubhouse», est mon ami, dit Danny, les yeux brillants. Il n'est pas seulement mon ami ; il est mon *meilleur* ami, nous sommes même colocataires. Nous vivons dans une grande et vieille maison au sommet d'une magnifique petite montagne avec un paquet d'animaux de compagnie qui courent partout et il m'a fait des hamburgers. *Amis.*

Il inclina la tête et fixa Jay comme un gros malin. Il était simplement mignon.

— Est-ce mieux ?

Jay n'avait même pas écouté. Il avait été perdu dans la beauté de Danny, dans sa douceur. Il se secoua pour revenir au présent et essaya de comprendre que c'était à lui de parler.

— Mmm, oui ! Absolument. Amis, colocataires, hamburgers. Y a-t-il autre chose ?

— Mon Dieu, essaye de suivre, plaisanta Danny en riant sottement.

— Alors, tu ne vas pas aller en cours ce soir ? demanda Jay.

Il lança à Danny un regard moqueur, comme s'il avait tout ce temps connu la réponse.

— Mmm, non, Jay. Je crois que je ne vais pas y aller. Je n'ai jamais voulu être comptable.

— Bien. Je vais faire du pop-corn et nous allons allumer un feu et apprendre à nous connaître un peu mieux.

— Nous connaître un peu plus semble être une bonne idée.

Et cela signa la fin des cours de comptabilité.

CE JOUR était l'un de ces jours que Danny ne voudrait jamais oublier. Il avait été épuisant, encourageant, libérateur et effrayant.

Il avait passé l'après-midi à ranger ses affaires, essayant de personnaliser la chambre d'amis pour en faire la sienne. Jay lui avait dit de s'installer et de faire comme chez lui, mais Danny n'y arrivait pas. Pas encore. Il ne se sentait pas à sa place, il avait l'impression de gêner. La gentillesse de Jay était toujours plus que ce qu'il pouvait accepter sans être déchiré ou sangloter, encore une fois.

Alors que les heures de ce premier jour défilaient, Danny devint de plus en plus silencieux. Jay avait tous les ingrédients pour faire des hamburgers et des petits pains, qu'il servit, accompagnés de chips pour le dîner, encore une fois sur le porche.

— J'espère que tu n'es pas accro à la nourriture saine, plaisanta Jay.

— Ce n'est pas de la nourriture saine ? demanda Danny en plaisantant.

Mais à la minute où il prononça ces paroles, il redevint sérieux, mélancolique pour tout ce qui s'était passé. Après le dîner, Jay lui proposa de venir marcher avec lui. Alors que le crépuscule commençait à envahir le sommet de la montagne, il chercha sa main tandis qu'ils flânaient tout au long de la piste.

Appréciant le geste, Danny enroula ses doigts autour des siens. Carly et Jingles couraient dans les ronciers sauvages, poursuivant quelque part des lapins. Régulièrement, des glapissements excités indiquaient à Danny qu'ils n'étaient pas loin et saufs.

— J'espère que ça ne te dérange pas que je te tienne la main. Ce chemin peut être difficile si tu ne le connais pas. Je ne veux pas que tu tombes, dit Jay.

— Ça ne me dérange pas du tout, répondit Danny. J'aime tenir ta main.

Jay ouvrit la bouche comme pour lui répondre, mais la referma sans rien dire. Danny se demanda ce qu'il avait voulu dire, mais sans oser poser la question. Il voulait, lui aussi, lui dire certaines choses, mais il n'y arrivait pas. Jay ne le regardait pas, ce qui aurait pu rendre les choses plus faciles, mais avant qu'il puisse essayer, il trébucha sur une pierre. La main forte de Jay le retint et l'empêcha de tomber. La métaphore était évidente pour lui.

— Tu n'as pas arrêté de me maintenir debout de toute la journée, Jay. Je n'aurais jamais pu faire ce que j'ai fait aujourd'hui sans ton aide.

Jay grogna.

— Amis, dit-il, comme si cela suffisait à expliquer ses actions.

Danny lutta contre l'envie de poser sa tête contre son épaule alors qu'il marchait. Il était tellement attiré par cet homme, tout en Jay l'excitait, mais ce n'était pas pour cela qu'il était là. Il était ici pour échapper à une relation qui, franchement, le tuait à petit feu. Jay avait totalement raison là-dessus ; un jour, Joshua serait allé beaucoup trop loin, et que ce soit par accident ou intentionnel, Danny en aurait payé le prix fort. Il n'en doutait pas une minute. Joshua l'aurait tué.

C'était le contact de Jay qui lui avait donné le courage de lui révéler ce qu'il avait à dire. Son contact et sa gentillesse. C'était une toute nouvelle expérience pour Danny. Avec Josh, il avait été forcé de peser chaque mot qu'il disait ; avec Jay ce n'était pas le cas.

La liberté était presque déroutante.

— Jingles est avec moi depuis le lycée, tu sais. Je ne pourrais jamais l'abandonner.

Jay glissa son pouce le long de son doigt et sourit gentiment.

— C'est certain, ce que nous ressentons pour nos animaux est une chose complexe, les perdre, c'est comme perdre un membre de notre famille.

— Je n'ai pas besoin d'aller à l'école, Jay, à la place, je peux avoir deux travaux.

Jay s'arrêta et força Danny à stopper lui aussi.

— Non, tu dois aller à l'école, tu as besoin d'apprendre les affaires. Crois-moi, un jour tu le regretteras si tu ne le fais pas.

— Je suppose, dit Danny en mâchouillant sa lèvre tout en réfléchissant.

— Quelquefois, j'oublie à quel point tu es jeune, dit Jay en souriant. À vingt et un ans, rien ne fait peur, n'est-ce pas ?

— Joshua me fait peur, répondit Danny.

— Il ferait peur à n'importe qui, Danny. Ernie avait raison, tu es en sécurité. J'espère que tu en es conscient.

— Oui, mais…

D'une gentille secousse de la main de Danny, Jay commença à les mener plus bas sur le chemin.

— Mais quoi, Danny ? Qu'est-ce qui te dérange ?

98

Danny se rapprocha pour trouver du réconfort dans le frottement du bras musclé de Jay alors qu'il marchait.

— Je ne pense pas qu'il acceptera de me laisser partir.

Les chiens étaient plus loin, reniflant autour d'un maquis et Danny gardait son regard sur eux pour éviter de regarder Jay. Néanmoins, il sentit que celui-ci le fixait.

— Tu l'as déjà quitté, Danny, finit par dire Jay. Il n'y a rien qu'il puisse faire, ce n'est pas un état féodal. Tu n'étais pas son esclave sexuel, il ne t'a pas acheté. Tu étais son amant, ou tu aurais dû être son amant. Il a abandonné son droit à être aimé de toi en te traitant comme il l'a fait. Ne regrette jamais de l'avoir quitté. Arrête de penser que ce n'est pas fini, car c'est fini, tu t'es échappé, tu es sain et sauf. Il ne sait pas où tu es, il ne peut plus te faire de mal.

— Il sait où je travaille.

— Il ne va rien commencer dans un magasin, Danny. Quel en serait l'intérêt ? Il doit savoir maintenant qu'il t'a perdu. Mince, il doit déjà être en train d'écumer les bars pour trouver un nouveau punching-ball.

Danny se rapprocha encore plus, abandonnant finalement la bataille, et reposa sa tête sur l'épaule de Jay alors qu'ils marchaient.

— Tu ne le connais pas. Il est… impitoyable.

Jay secoua la tête.

— Je n'ai pas vu beaucoup de cruauté aujourd'hui. Tu as dû remarquer qu'il t'a laissé partir sans se battre.

— Il n'y avait pas grand-chose qu'il pouvait faire avec Ernie dans les parages.

Ils atteignirent l'endroit où Jay avait voulu les mener. Il y avait un rocher de grande taille qui était perché précairement au bord d'un précipice abrupt. Il relâcha la main de Danny et escalada le rocher, puis se pencha pour lui tendre la main. Tapotant le rocher à côté de lui, il l'invita à le rejoindre. Danny fut surpris d'être aussi confortablement installé sur le rocher. Il s'assit à côté de Jay et ils pendirent tous les deux leurs jambes dans le vide. La brise du soir refroidit le visage de Danny qui avait chauffé après la marche vigoureuse qu'ils avaient faite jusqu'au haut de la montagne. Le monde s'étendait à leurs pieds alors que le soleil couchant laissait des traînées rouges à l'horizon.

— Je suppose que tu ne connais pas Ernie, dit Jay.

Danny mit ses mains entre ses jambes, se demandant s'il n'avait pas abusé du bien-être qu'il avait ressenti en tenant la main de Jay.

— Que veux-tu dire ?

Jay rit.

— C'est un gros nounours, il ne ferait pas de mal à une mouche. Il ne s'est jamais battu de toute sa vie. Ne te trompe pas, ce n'est pas un lâche, c'est juste qu'il ne sait pas se battre et n'en a pas envie.

— Mais, c'est ton videur.

Tels de minuscules entonnoirs, les fossettes de Jay apparurent et Danny eut un aperçu de ses dents blanches alors qu'il éclatait de rire.

— Un videur, tout ce qu'il a à faire c'est de se tenir debout à l'entrée, menaçant tel un éléphant solitaire. Aucune personne saine d'esprit n'irait chercher la bagarre avec ce gars ou lui désobéir. C'est un bulldozer ou, du moins, il donne cette impression. En réalité, c'est un hippie en camping-car Volkswagen avec des pâquerettes peintes sur le côté et un grand signe peace and love sur le coffre.

— Josh avait peur de lui.

Jay balança ses pieds comme un enfant de neuf ans.

— Qui n'aurait pas peur de lui ?

— J'espère que tu as raison à propos de Joshua, Jay. Vraiment.

— Il n'a pas le choix. Tu l'as quitté, Danny. Il n'a eu que ce qu'il méritait.

Ils restèrent assis dans le silence de la montagne. Deux gros oiseaux, bruns avec une calotte orange, jouaient sur un grand cactus, ils se faisaient peut-être la cour, sifflant leur chanson. Danny sourit en les regardant. Jay, encore une fois, chercha sa main et l'enlaça. Danny regarda leurs mains, profitant du silence de la montagne pendant un instant. Les oiseaux s'étaient déplacés et tout était devenu silencieux. Puis quelque part derrière eux, Carly aboya, suivie immédiatement de l'aboiement de Jingles.

Danny n'était apparemment pas le seul à avoir un poids sur la poitrine.

— Il y a quelque chose que je voulais que tu saches, dit Jay en interrompant cet instant silencieux.

Danny se rapprocha jusqu'à ce que leurs jambes se touchent. Jay tira la main du jeune homme et la posa sur sa cuisse, le faisant trembler de désir en sentant la chaleur de sa cuisse solide. Il ne disait rien, aussi Danny attendit.

Jay toussa et se racla la gorge.

— Je veux que tu saches que je suis content que tu sois là. C'était… Oh, la vache, je ne peux pas croire que je suis en train de dire ça ; je me sentais très seul ici, sur cette montagne, depuis la mort de Simon. Avoir quelqu'un avec moi me manquait, avoir quelqu'un avec qui partager mes repas, passer le temps, et même écouter quelqu'un me chercher des poux me manquait. Oublie ce dernier point, dit-il en reniflant.

— Oublié, dit-il en souriant.

Jay se tourna et le regarda dans les yeux.

— Avoir un ami aussi m'a manqué, Danny, tout comme toi, je pense. Si je dépasse les bornes, dis-le. Si je fais quelque chose que tu n'aimes pas, ne le garde pas pour toi. Fais-le-moi savoir. Et honnêtement, Danny, ne t'inquiète pas pour le loyer ou autre chose pour l'instant. Économise ton argent et reprends tes marques. Comme je te l'ai dit plus tôt, sans toi ici, cette chambre resterait vide, tout comme la maison. Vide à l'exception de ce vieux barman souhaitant ne plus être seul.

— Tu n'es pas vieux.

— Comparé à toi, si.

Il leva les yeux vers l'horizon, puis les ramena vers Danny.

— Je veux juste que tu saches que je t'aime bien, et je veux que tu sois heureux ici. Et... et je veux être ton ami.

— Oh, merde, jura Danny.

Jay sourcilla.

— Quoi ? Qu'y a-t-il ?

— Rien. C'est juste que mes yeux vont encore déborder de larmes. Après tous ces pleurs, je vais sûrement mourir de déshydratation.

— Eh bien, il faut y remédier. Si tu veux bien, nous pouvons retourner à la maison et prendre une bière, ou dix. Du liquide, mec, du liquide. C'est la clé d'une bonne hydratation. Je suis barman, je le sais bien.

Danny ignora l'invitation, il ignora aussi la plaisanterie. Il continuait à regarder Jay, les larmes au bord des yeux.

— Je n'ai jamais rencontré quelqu'un comme toi.

Jay sourcilla encore une fois.

— Oh oh.

— Non, c'est une bonne chose, dit Danny en souriant.

— Oh, pfiou.

— Je vais essayer d'être un bon ami aussi, Jay. Je le promets, je le serai.

Jay caressa le dos de la main de Danny.

— Je le sais. Je n'en ai jamais douté ne serait-ce une minute.

— Mais, s'il te plaît...

Danny fronça les sourcils et serra plus fort la main de Jay.

101

— Quoi ? demanda Jay, les yeux dans le vide. S'il te plaît, quoi ?

Danny fixa encore une fois les lignes rouges tremblantes du soleil. Le coucher du soleil miroitant ressemblait au dernier éclat d'une flamme de bougie, juste avant de s'éteindre, pensa-t-il. Il essuya impatiemment une larme tremblante, sur le bord de ses cils, menaçant de tomber, comme le soleil ou une bougie imaginaire, menaçant de glisser dans l'oubli.

— S'il te plaît, ne sous-estime pas Joshua, dit Danny. S'il te plaît, ne pense pas que c'est fini. Je n'ai pas confiance en lui, je ne veux pas que tu sois blessé.

Jay serra sa main et, avec son autre main, il releva son menton d'un doigt, le forçant à le regarder.

— Ernie est la mauviette, Danny, pas moi. Dans un combat, je pense que je peux gagner contre ton méchant ex-amant. Je me fiche de savoir combien de fois il a aiguisé ses compétences en boxe sur ton pauvre visage innocent, mais crois-moi, Josh ne viendra pas après toi ou moi. C'est fini pour lui, il t'a perdu pour toujours. Je suis sûr qu'il le sait et je suis sûr qu'il l'accepte.

Danny hocha la tête, mais ne dit rien, luttant contre son envie d'enfouir son visage dans la poitrine de Jay. À la place il détourna la tête pour attraper les derniers rayons de soleil qui brillaient sur l'horizon. Lorsque cette minuscule lueur de lumière vacilla et que la nuit commença à s'installer sur la montagne, Jay se leva et força son ami à faire de même. Ils retournèrent tous les deux vers la maison en silence, dans la pénombre, tandis que les chiens galopaient autour de leurs jambes.

Danny tint la main de Jay tout au long du chemin, se sentant coupable sans pour autant le lâcher.

VIII

LES JOURS passèrent, puis les semaines. En surface, la vie était simple. Poussé par Jay, Danny commença à chercher d'autres cours du soir, mais les nouveaux cours ne commençaient pas avant le semestre prochain, soit dans deux mois. Et il ne savait toujours pas vers quelle carrière il voulait s'orienter, alors il fit des heures supplémentaires à Macy. Jay se réjouissait que Danny vienne le voir pour avoir des conseils ; il comptait sur le barman pour les lui prodiguer et il tenait presque systématiquement compte de ses suggestions.

La vie simple de Jay était aussi revenue à la normale, en surface. Il appréciait la compagnie de Danny à la maison et ils étaient devenus rapidement très proches. Puisqu'ils travaillaient tous les deux en journée, ils passaient inévitablement leurs soirées ensemble, jouant avec les animaux, partageant leur dîner, escaladant la montagne et discutant. Ils parlaient tout le temps.

Cette habitude de se tenir la main, à chaque promenade sur le versant de la montagne, devint rapidement l'une des choses que Jay appréciait le plus. Danny riait plus souvent et c'était une chose que Jay recherchait également. Rien qu'en se *souvenant* du rire de Danny, il sourit. En réalité, l'entendre rire à côté de lui, alors qu'ils exploraient la montagne ensemble, le rendait bien plus heureux qu'il ne pouvait s'en souvenir. En tout cas, il ne s'était pas senti autant en paix depuis la mort de Simon.

Et c'était grâce à Danny.

Cependant, il ne partageait pas avec lui ses désirs, ses secrets à propos du *gamin*. Et ce, jusqu'en octobre, lorsque Jay et Danny, une fois de plus, redescendaient le long de la montagne, suivant le chemin en plissant les yeux, aveuglés par une bruine légère surgie de nulle part et qui les surprenait sans chapeau. Danny ne semblait pas se préoccuper de la pluie, Jay non plus. Il avait d'autres choses en tête, et elles avaient été dans son esprit toute la journée. Non, en fait, ces pensées avaient été présentes dans sa tête depuis des semaines.

Il avait décidé aujourd'hui de partager ses pensées avec le jeune homme à côté de lui. Contre vents et marées, il ne pouvait plus vivre avec ces pensées en lui une minute de plus. Il devait les libérer, il devait dire à Danny ce qu'il ressentait depuis quelques semaines, même avant que Danny déménage, mais la vie s'était interposée ; le bon moment n'était jamais venu et maintenant le bon moment était arrivé.

Comme toujours, la main de Danny était blottie confortablement dans celle de Jay alors qu'il prenait le virage sur le chemin. Plissant les yeux contre la pluie froide, ils escaladèrent l'un des endroits favoris de Danny sur la montagne. C'était sur le côté est, hors de vue de la cabane, là où d'anciens soulèvements tectoniques avaient poussé plusieurs rochers de sable à la surface ; de gros rochers, aussi gros que des voitures, créant une avancée. Le chemin serpentait ici et là, autour des grosses pierres. C'était le même endroit où Danny s'était une fois caché derrière un rocher plus grand que lui et avait bondi pour faire peur à Jay alors que ce dernier ne savait pas où il était.

Abrités sous les rochers, ils étaient protégés de la pluie froide qui devenait de plus en plus forte, et Danny fit arrêter Jay. Ils se tenaient debout, secouant les gouttes d'eau de leurs cheveux, alors que Jay se demandait quelle serait la meilleure façon d'avouer à Danny ce qu'il voulait lui dire.

— Attendons quelques minutes, la pluie va peut-être se calmer, dit Danny.

Comme s'ils étaient totalement d'accord, Carly et Jingles, devenus les meilleurs amis maintenant, les rejoignirent sous l'avancée de rochers, s'ébrouant pour se sécher, comme les humains l'avaient fait, puis ils s'allongèrent pour lécher leurs pattes boueuses, et peut-être dormir un peu pendant que leurs maîtres faisaient ce qu'ils voulaient.

Jay leur sourit, puis ramena son regard vers Danny. Il y avait une pierre placée sous l'avancée, juste à la bonne hauteur pour leur permettre de se poser convenablement. Jay fit signe à Danny de grimper dessus et le rejoignit. Ils s'assirent dessus et gigotèrent pour s'installer de leur mieux. Jay prit une fois de plus la main de Danny.

— Tu as froid, constata-t-il.

— Non. Je n'ai pas froid.

À part le tapotement paresseux de la pluie sur la pierre qui les abritait et les cliquetis des gouttes d'eau sur les buissons à quelques pas de là, l'endroit était silencieux, mais seulement pour un moment. Danny parla avant que Jay ne puisse trouver le courage de commencer.

— Parle-moi de Simon, dit-il d'une voix douce. Comment était-il ?

Jay fixa les yeux bleu azur, puis détourna le regard ; il pouvait facilement se perdre dedans. Si Danny voulait vraiment lui parler, Jay ne pourrait pas aligner deux phrases cohérentes s'il devait le regarder dans les yeux. Au lieu de cela, il scruta la brume grise, observant la bande de brouillard argenté qui traversait les rochers dispersés autour d'eux et laissa ses pensées revenir vers l'homme qu'il avait aimé. Le sourire qui éclairait son visage était devenu une habitude lorsqu'il pensait à Simon. Avant, lorsque la peine de l'avoir perdu était trop fraîche, ces souvenirs l'avaient rendu malheureux, mais avec le temps, c'était comme un pansement sur l'âme.

Jay ferma les yeux, alors que les souvenirs revenaient ; c'était la meilleure façon pour sentir la brise nettoyer son visage. C'était la meilleure façon de bloquer toutes distractions, y compris l'homme assis à côté de lui et qui lui tenait la main.

Après un soupir, il se mit à parler.

— Simon était beau. Il était calme, mais quand il voulait être amusant, il était hilarant. Personne ne pouvait dire une blague comme lui ; personne ne pouvait me faire sentir aussi important qu'il le pouvait.

Il s'arrêta et garda volontairement les yeux fermés pour ne pas voir Danny le regarder, puis il continua :

— Nos marches me le rappellent. Il tenait parfois ma main aussi alors que nous flânions dans la montagne. Tu es la première personne avec qui je parcours ces chemins depuis qu'il est parti. La première personne avec qui je veux partager ces sentiers.

Danny ne parla pas et Jay le regarda, se demandant ce qu'il pouvait bien penser. Il fixait Jay si intensément que c'en était déconcertant, ce qui incita ce dernier à détourner les yeux, alors que les souvenirs affluaient.

— Simon était un horrible conducteur, raconta-t-il, souriant à ces vérités douloureuses. Je l'ai vu une fois foncer dans deux parcmètres, et ça dans la même journée. Une poignée de pièces sont tombées du second quand il l'a percuté. Nous riions comme des bananes alors que nous descendions de la voiture pour les ramasser et les mettre dans nos poches.

Danny éclata de rire.

— Il cuisinait pour moi chaque jour, parce qu'il quittait le travail avant moi ; à ce moment-là, je travaillais plus tard au bar, et il était physiothérapeute, alors il avait des horaires normaux. C'est Simon qui a adopté les chats parce qu'il pensait que Carly se sentait seule lorsque nous étions au travail. C'est lui aussi qui a apporté les poules, parce qu'il pensait qu'avoir des œufs frais était génial, dit Jay en riant. Je pense que nous avons eu seulement quatre œufs frais en deux ans.

— Il te manque, dit Danny.

Ce n'était pas une question. Il haussa les épaules, ravalant la douleur familière et d'autres mots qu'il ne parvenait pas encore à dire ; des mots à propos du jeune homme à côté de lui.

— Simon me manque moins qu'avant. Je suppose que c'est une bonne chose.

Il ne semblait pas convaincu.

Les doigts de Danny se resserrèrent autour des siens.

— Jay ?

— Mmm ?

— Penses-tu... penses-tu que tu seras prêt un jour pour aimer, maintenant que Simon est parti ? Je veux dire, penses-tu que tu seras un jour capable d'aller vers quelqu'un d'autre ?

Sur cette question, Jay rouvrit les yeux et fixa le regard de Danny.

— Oui, dit-il doucement, sans hésitation. Je pense que je suis finalement prêt.

— Est-ce que tu penses... ?

— Quoi, Danny ? Que veux-tu savoir ?

Mais Danny secoua la tête et détourna le regard. À la place, il changea de sujet, ou du moins c'est ce qu'il sembla faire.

— Te souviens-tu de la première fois où nous avons parlé dans le bar ? Ce jour où ce vieux type me draguait et que tu es venu te placer en face de moi pour m'éloigner de sa ligne de mire.

Jay acquiesça.

— Je m'en souviens. Ta joue était enflée par un des coups de Joshua. Je t'ai fait une poche de glace, espérant diminuer le gonflement.

— Tu te souviens comment je t'ai appelé ce jour-là ?

— Oui, Danny, je m'en souviens.

— Dis-le, demanda Danny, effrayé par la réponse. Dis-moi ce que c'était.

— Tu m'as appelé héros, dit Jay en rougissant.

EN UN rien de temps, Danny avait perdu toute peur des mots qu'il voulait dire. Il était assis tranquillement, écoutant Jay parler de Simon si gentiment. Il était ravi de partager ce moment, mais jamais autant que lorsque Jay admit

106

qu'il était prêt pour aller de l'avant. Danny avait attendu une ouverture appropriée pour pouvoir lui parler, lui dire ses propres révélations ; car elles étaient là, elles étaient là depuis un moment maintenant. Il pouvait les sentir trépigner, comme un pur-sang dans les starting-blocks, impatientes d'être libérées.

Il se tordit, faisant face à Jay sur le rocher. Il tenait sa main, et il se blottit plus près, laissant la chaleur de l'homme le réchauffer.

— Tu es mon héros, murmura Danny, verrouillant son regard dans celui de Jay, se penchant et pressant ses lèvres sur sa joue.

Jay lâcha un soupir. Son souffle doux et chaud sortit dans un frisson, vola à travers le visage de Danny, envoyant une onde d'émoi dans le bas de son épine dorsale. Il avait les yeux rivés sur le visage de Jay, sur son profil élégant, ses cils sombres sur ses yeux bruns. Il admira aussi ses longs cheveux mouillés par la brume, tombant sur son front ; Jay les repoussait de temps en temps avec sa main large et forte. Il regarda les ombres sur sa mâchoire osseuse et eut très envie de sentir la rugosité de sa barbe naissante sous ses doigts, une envie de la caresser.

Il lâcha la main de Jay et repoussa ses cheveux mouillés de ses yeux. Ses doigts s'attardèrent dans ses mèches noires, alors que Jay fermait les yeux et posait sa bouche sur le poignet de Danny.

Des frissons parcoururent le jeune homme et il lutta pour retrouver sa voix.

— Tu n'es pas seulement un héros pour moi, Jay. Tu le sais sûrement maintenant.

Comme s'il avait vécu pour ces mots, Jay parla d'une voix tremblante, comme un buisson de maquis remuant dans la brise, trempé par la pluie.

— Je l'espère, mais je ne veux pas précipiter les choses.

— Nous ne sommes pas pressés.

— Je ne voulais pas te mettre la pression.

— Je ne suis pas sous pression.

Jay prit en coupe la joue de Danny, leurs visages n'étant qu'à quelques centimètres l'un de l'autre.

— Alors, dis-moi… dis-moi ce que je suis pour toi, Danny, s'il te plaît. Je veux te l'entendre dire.

— Tu es… Tu es l'homme avec qui je veux être.

— Est-ce tout ce que je suis ? demanda Jay avec une petite moue triste, comme s'il essayait d'être drôle.

— Non, dit Danny.

Ses yeux étaient concentrés uniquement sur la bouche de Jay, parce qu'il ne pouvait supporter de le regarder une seconde de plus dans les yeux. Pas encore, pas maintenant.

— S'il te plaît, ne plaisante pas.

— Je suis désolé, je voulais…

La détermination durcit le visage de Danny.

— Laisse tomber, dit-il en regardant Jay. Je me fiche de ce qui s'est passé. J'ai besoin de parler. Je ne peux pas vivre avec ça en moi plus longtemps.

Jay caressait sa tempe avec le pouce, alors que le bout de ses doigts cajolait l'oreille de Danny, refroidie par la bruine hivernale.

— Que veux-tu dire, Danny ? Parle-moi.

Le pouls de Danny s'accéléra, mais il resta silencieux ; son courage l'avait abandonné.

Jay se pencha et posa un chaste baiser sur le bout du nez de Danny.

— Dis-moi, n'aie pas peur.

Danny ne pouvait pas parler sous la pression du regard de Jay, il ne pouvait vraiment pas. Une fois encore, il détourna les yeux et cacha son visage dans la poitrine de Jay. Il respira son odeur, écouta son cœur, ce qui lui donna le courage de parler, il en fut lui-même surpris.

— Je… Je ne peux pas passer une autre nuit à t'entendre remuer dans ta chambre où je ne peux pas t'atteindre. Tu ronfles, tu sais, c'est mignon, mais énervant. Je veux être là, à côté de toi, dans ton grand lit à baldaquin, tout chaud de sommeil. Et puis, quand tu ronfles, je veux pouvoir taper dans tes jambes pour te faire taire. Je veux pouvoir tendre la main à tout moment et te sentir dormir à côté de moi. Je veux sentir ton souffle sur moi pendant que tu dors. Je veux que tu me désires de la même manière que je te veux. J'ai envie que tu me revendiques, comme si je t'appartenais, Jay, et je veux que tu saches que tu peux faire tout ce que tu veux de moi, parce que, quoi que ce soit, tu peux être sûr que c'est exactement ce que je veux aussi !

Il claqua sa bouche pour la fermer, comme on ferme le coffre d'une voiture.

— Mince, d'où ça vient ? bafouilla-t-il.

Il déglutit difficilement, puis s'effondra pratiquement sur Jay, pinçant les lèvres pour garder le silence. Les mots étaient sortis comme dans un orgasme, l'un de ses plus spectaculaires, déchirant son corps, l'épuisant, le drainant, le vidant.

Il appuya son visage durement sur la poitrine de Jay, qui l'entoura de ses bras, le tirant plus près, lui donnant une place chaude où se blottir pour se protéger de l'air frais. Un endroit sûr.

Danny réalisa qu'il n'était pas complètement vide, tout compte fait. Il avait encore des choses à dire. Ces mots étaient les plus importants ; ces mots étaient ceux qui l'avaient tourmenté le plus longtemps. Tout en parlant, ses mots caressaient la chemise de Jay, et derrière le tissu, à travers la flanelle chaude, il entendait les battements de son cœur.

Ce fut ce son qui lui donna le courage de prononcer les derniers mots :

— Je suis amoureux de toi, Jay. Je veux être ton amant. Je ne suis pas sûr, mais je pense que peut-être toi aussi tu m'aimes. Du moins, c'est ce que j'espère, autrement, je suis en train de me ridiculiser en ce moment. Dis-moi que ce n'est pas le cas. Dis-moi que je ne suis pas stupide. Dis-moi que ton cœur bat contre mon visage comme un moteur à turbine pour une raison, et que tu n'as pas une attaque cardiaque ou autre chose.

Sur cette tirade, Jay se mit à rire et le serra plus fermement dans ses bras. Danny entendit quelque chose sauter, mais, quoique ce soit, cela ne causa aucune douleur, alors il l'ignora. Jay le repoussa et se plaça au-dessus de lui, le visage rayonnant de joie. Ses yeux s'embuèrent tout d'un coup.

— Ne pleure pas, dit Danny. C'est mon travail.

— La ferme.

Danny sourcilla.

— D'accord, mais tu n'as toujours pas répondu à ma question. Je commence à m'inquiéter là. Je suis en train de retenir mon souffle comme une manche à air. Penses-tu que tu pourrais peut-être m'aimer ? Au moins un petit peu ?

— Qu'en penses-tu ? demanda Jay doucement.

Une fraction plus tard, il recouvrait la bouche de Danny avec la sienne. Le goût des lèvres de Jay sur les siennes ; il savait qu'il ne l'oublierait jamais. Ce n'était pas seulement un baiser ordinaire. C'était un énorme baiser. Il était spectaculaire. Et il dura encore et encore jusqu'à ce que finalement il martèle la large poitrine de Jay pour l'arrêter.

— Eh bien ? demanda-t-il, pris entre la chaleur sexuelle et une pure colère. Dis-moi, bon sang ! Donne-moi une réponse !

Le sourire de Jay ressemblait étonnamment à un des sourires niais de Carly.

— Oui, Danny, dit-il.

Ses yeux brillaient d'un éclat particulier, comme des braises, ses joues étaient rouges à cause de l'air froid et du baiser, et Danny en avait toujours le goût sur ses lèvres.

— Je t'aimais même avant que tu emménages. Je voulais te le dire depuis des semaines.

— Alors pourquoi ne l'as-tu pas fait ?

— Je me suis dégonflé, je suppose. Je craignais que tu dises non.

— Promets-moi que tu n'auras plus jamais peur que je dise non, pour quoi que ce soit… à l'exception peut-être de tes lasagnes ; elles sont vraiment mauvaises.

— Merci, il y a une autre raison pour laquelle je ne te l'ai pas dit, Danny.

— Et quelle est-elle ?

Jay trébucha sur ses mots.

— Eh bien, j'ai cette chose à propos de la tromperie, tu vois. Je veux dire, je ne triche pas, jamais. Je ne trompe pas mon amant, si j'en ai un, ou même personne d'autre.

Danny fronça les sourcils de confusion.

— C'est une attitude noble, c'est sûr, mais qu'est-ce que cela a à voir avec moi ? Je suis célibataire, maintenant.

— Oui, mais quand tu es venu ici la première fois, tu étais à peine célibataire. Je devais être sûr que tu avais bien quitté Josh, que tu n'avais aucune intention de revenir vers lui.

Danny lâcha un grognement exaspéré.

— Tu ne le savais pas encore ?

Les oreilles de Jay rougirent, tout comme ses joues.

— Je n'en étais pas sûr.

— Merde, tu es un idiot.

Jay renifla.

— Merci.

Danny redevint sérieux. Il détourna son regard du visage de Jay, suffisamment longtemps pour regarder la montagne mouillée par la pluie.

— Ça ne se calme pas, dit-il. La pluie.

— Non, c'est vrai, acquiesça Jay.

Il tendit la main en dehors du rocher pour laisser les gouttes de pluie glacée asperger sa paume.

— Et même si la pluie empire, quelle importance ?

Danny cligna des yeux quand plusieurs éclairs de foudre illuminèrent le versant de la montagne.

— Aucune, dit-il juste avant que le tonnerre ne se manifeste sur leurs têtes, dégringolant au loin.

Danny se détourna du ciel pour se blottir dans l'univers alternatif qu'il préférait ; l'univers des bras de Jay, là où il pouvait ressentir les battements de son cœur contre son visage et presser son nez dans la chaleur de sa chemise qui sentait bon sa délicieuse odeur.

— Rentrons à la maison, dit-il.

— Mais pas comme des colocataires, dit Jay, blague à part.

Il n'avait jamais semblé aussi sérieux.

— Pas cette fois, s'il te plaît.

— Non, dit Danny. Pas en tant que colocataires, plus jamais en tant que colocataires. Enfin… si c'est ce que tu veux vraiment.

Jay posa ses lèvres sur le creux du cou de Danny et suça légèrement sa peau. Celui-ci savoura la sensation de chaleur, le doux souffle de son compagnon contre sa joue.

— Aie confiance en moi, Danny. Je te veux, je te veux plus que tout au monde. Je l'ai toujours voulu.

Leurs bouches se rencontrèrent encore une fois avant que Jay recule gentiment.

— Merci, dit-il.

Ses doigts glissèrent sur les joues de Danny et leurs regards se rencontrèrent.

— Je ne te ferai jamais de mal, Danny. Je veux que tu le saches.

Ce dernier laissa tomber son front sur le menton de Jay, souriant.

— Je le savais avant de comprendre le reste, dit-il. Il y a quelque chose de gentil en toi, Jay. Gentil, honnête et doux. Je l'ai su dès notre première rencontre.

Jay ferma les yeux.

— Bien.

Danny trouva la bouche chaude de Jay et l'embrassa jusqu'à ce que la pluie, le froid et toutes ces inquiétudes disparaissent.

JAY MENA Danny en haut de l'étroit escalier qui menait au premier étage. Il retira son manteau et défit ses chaussures tout en avançant, suivi par le jeune homme. Derrière eux, les derniers éclats de feu dans la cheminée éclairaient les quatre animaux, les deux chats et les deux chiens, allongés sur un tapis de chiffon devant les flammes mourantes. Leurs têtes étaient toutes dans la même direction, tournées vers le feu, comme s'ils absorbaient toute la chaleur qu'ils pouvaient avant qu'elle disparaisse.

En haut de l'escalier, Jay se tourna et prit dans ses bras un Danny tremblant, qui se dressa sur la pointe des pieds pour quémander un baiser. Quand leurs lèvres se scellèrent, ses mains glissèrent sous la chemise de Jay et caressèrent la douce peau de son dos. Ses doigts brossèrent le duvet de poils sur la base de la colonne vertébrale et il sourit contre les lèvres de Jay. Avec son autre main, le jeune homme commença à déboutonner la chemise de son compagnon.

— J'en avais envie depuis longtemps, murmura-t-il.

Jay le mena dans la chambre, alors qu'il déboutonnait sa chemise, et ferma calmement la porte derrière eux. À ce moment-là, le dernier bouton fut défait, et Danny fit glisser le tissu des larges épaules de Jay, exposant complètement sa poitrine.

La chemise glissa sur le dos de Jay et tomba à ses pieds.

— Oh, bon sang, murmura-t-il.

Danny fit courir sa bouche sur la peau chaude du torse de Jay. Ses lèvres frottèrent légèrement les poils du torse, faisant frissonner Jay de désir.

— Oh, bon sang, répéta-t-il dans un murmure.

Jay semblait incapable de parler, sa capacité à former des mots paraissant avoir pris des vacances ou quelque chose de ce genre. Il hocha simplement la tête, ce qui le surprit aussi et il tendit la main pour défaire la ceinture de Danny. D'un coup sec, il sortit la ceinture du pantalon et la jeta sur le côté. Puis il défit le bouton du jean de Danny, sortit la chemise et la tira au-dessus de sa tête.

— Aïe, dit Danny en riant sottement, mon nez.

Les bras de Jay étaient déjà autour du torse de Danny, leurs poitrines nues s'unissant dans une étreinte brûlante. Jay n'avait jamais rien ressenti d'aussi incroyable de toute sa vie. Il souleva Danny et le tint serré, lovant sa tête dans son cou, appréciant le toucher de ses doigts fins dans ses cheveux, essayant de les rapprocher encore plus.

— On s'en fiche de ton nez, dit-il dans un souffle.

— Si tu veux, haleta Danny.

Et avant qu'aucun des deux ne puisse rire, leurs bouches se fermèrent dans un autre baiser.

Jay continua à le bercer dans ses bras comme s'il ne pesait rien du tout, puis il recula et fit apparaître un sourire sexy sur son visage qui fit réagir son futur amant.

— Ça fait un mois que tu as emménagé, dit Jay. Cela m'a pris tout ce temps pour te mettre dans mon lit.

— Tu es lent, répondit Danny, entourant sa taille de ses jambes, ses doigts enfouis dans ses cheveux, une lueur affamée dans les yeux.

Jay le porta à travers la chambre, dévorant sa bouche encore une fois, et il le posa soigneusement sur le lit, rompant le baiser.

— Ne pars pas, supplia Danny, alors que Jay reculait pour le regarder, étendu sur le lit.

Il lui sourit simplement, se pencha, attrapa les jambes de son jean, tira dessus pour le déshabiller en une seule saccade rapide et le lança à travers la pièce. Danny était couché, désormais nu, à l'exception des chaussettes blanches à ses pieds.

Jay se figea en le regardant, la passion échauffant sa chair et écarquillant ses yeux. Danny était magnifique. Ses jambes étaient couvertes de poils clairs, son estomac était lisse, impeccable et pâle. Son membre était parfait, en érection et fort, pointant vers le haut, émergeant d'une touffe de poils pubiens.

Danny tendit la main pour attraper sa verge et Jay se pencha pour écarter doucement sa main.

— Non, s'il te plaît, dit-il, laisse-moi faire.

Danny déglutit en même temps que lui, et c'en était presque comique, alors que Jay se relevait, retirant son boxer dans le même mouvement. Sa hampe tressauta à sa libération, et il se tint devant le lit, nu à l'exception de ses chaussettes et d'un fard aux joues. Danny se releva sur le lit et passa ses doigts frais sur l'érection de Jay, presque respectueusement, repoussant doucement le prépuce en arrière.

— Tu n'es pas circoncis, murmura-t-il.

Et une seconde plus tard, il attirait Jay pour le faire tomber sur le lit à côté de lui.

Ils se rapprochèrent en même temps pour leur première étreinte, leurs sexes s'entrechoquant, leurs jambes nues entrelacées. Danny prit l'initiative avant que son amant puisse faire le moindre geste vers sa hampe. Il poussa Jay sur le dos et enjamba sa taille, planant au-dessus de lui. Il posa ses mains sur son torse, le regardant un instant, puis il baissa son visage vers ses lèvres. Danny fit glisser sa bouche vers le menton de

Jay avant de descendre sur sa pomme d'Adam non rasée, tandis que son amant caressait ses cuisses.

Il ne s'arrêta pas, sa bouche effleura la poitrine de Jay, faisant un détour sur chaque mamelon. À partir de là, il continua vers le sud, pressant son visage dans la chaleur de son estomac et inhalant profondément. Puis il retraça de la langue la traînée de poils sombres qui se trouvaient sur le bas-ventre et continua plus bas, jusqu'à ce que son menton bute contre la hampe de Jay.

Ce ne fut qu'à ce moment-là qu'il releva la tête et rencontra le regard de Jay, captivé par tout ce qu'il lui faisait. Il sourit, ses yeux toujours accrochés à ceux de son compagnon, et inclina le sexe épais vers lui. Tout en prenant son temps, il fit courir sa langue autour de la couronne, plongea sous le prépuce et sur le point sensible au-dessous. Il posa délicatement sa bouche sur le gland, pour lécher la goutte de liquide qui y perlait. Jay tressauta, submergé par les sensations.

Jay se força à s'asseoir et amena le visage de Danny vers le sien. Il embrassa voracement ses lèvres, mais ce baiser n'était pas vraiment ce qu'il voulait.

— Tourne-toi, Danny, le visage dans l'autre sens. Couche-toi de cette façon avec moi, s'il te plaît.

Danny s'allongea comme Jay le lui avait demandé, sans relâcher sa verge de sa douce poigne. Il se mit tête-bêche sur le lit jusqu'à ce que sa hampe soit face à la bouche de Jay, juste là il où la voulait, et son propre sexe exactement en face du visage de Danny.

Jay soupira et entoura la taille de Danny de ses mains. Il l'attira plus près et prit sa hampe dans sa bouche, tous les deux haletant et frissonnant. Danny commença à trembler quand Jay la fit disparaître entre ses lèvres. En retour, il glissa son poing le long du sexe de son amant et le prit profondément dans sa bouche. Ses mains caressèrent les fesses de Jay, qui fit de même avec les siennes. Jay effleura du bout des doigts l'entrée de Danny, ce fut un doux contact ; ce dernier poussa un cri d'agonie… ou un rire, Jay n'en était pas sûr.

— Ça fait un moment, dit Danny dans un murmure à peine audible.

Il tressauta et se tordit sous les attentions de la bouche de Jay.

— Jay, arrête !

— Non, répondit-il, souriant malicieusement avant de prendre la hampe de Danny tout du long et de taquiner la couronne avec sa langue,

114

glissant délicieusement sur la fente, appréciant le goût du liquide préséminal qu'il y trouva.

Il en voulait plus, il en voulait plus immédiatement.

Il arqua le dos et la hampe de Jay glissa autour de sa bouche. Si son plan était de lui faire oublier ce que Jay était en train de faire et retarder la fellation, ça ne fonctionnait pas, certainement pas pour Jay.

— Oh, Danny, je vais jouir.

— Moi aussi.

— C'est rapide.

— Tu m'étonnes.

Encore une fois, Jay sourit autour du sexe dans sa bouche et quand le magnifique corps du jeune homme sous lui se courba et que Danny attrapa les cheveux de son amant de sa main libre, il s'arqua aussi.

— Oui, dit Danny dans un soupir.

Un instant après, ils jouirent tous les deux. Jay remplit la bouche de Danny au même moment que lui libérait sa verge de sa bouche pour se déverser sur son visage.

Jay accueillit les jets du sexe de Danny et s'accrocha, acceptant tout ce qu'il avait à lui offrir, alors qu'il déversait sa propre semence dans Danny. Même lorsque la fureur de leur jouissance commença à s'apaiser, leurs bouches continuèrent à savourer la semence l'un de l'autre. La hampe de Jay dégonfla alors que Danny continuait à le travailler. Quant à Danny, il s'amollit dans la bouche humide et chaude de Jay, tandis que celui-ci le serrait fortement dans ses bras, ses doigts toujours contre son entrée, le nez enfoui dans le doux coussin de ses poils pubiens. Jay passa le bout de ses doigts dans la semence que Danny avait laissé sur son visage et il les porta ensuite à sa bouche pour la déguster.

Ils se relaxèrent lentement, les muscles détendus.

La verge de Jay glissa de la bouche de Danny et resta posée sur ses lèvres, fuyant toujours, alors qu'il reposait sa tête contre l'estomac de son amant. Leurs cœurs battaient au même rythme, faisant écho au pouls qui tambourinait dans la verge de Danny ; tandis qu'ils continuaient à se tenir l'un l'autre comme s'ils craignaient de se lâcher. Danny caressa les jambes de Jay, ses paumes frôlant doucement ses poils. Alors que l'urgence du premier désir se calmait, Jay trouva la cuisse de Danny et pressa ses lèvres dessus, la goûtant de sa langue, savourant la chaleur et la douceur de la peau de Danny, chatouillant doucement sa jambe avec son nez.

— Merci, murmura Jay.

Les mots atteignirent à peine ses propres oreilles. C'était comme si toute sa force avait disparu. C'était tout ce qu'il pouvait faire pour ne serait-ce que prononcer un mot, un son.

Danny fit mine de bouger comme s'il voulait se retourner sur le lit, mais Jay le retint en place.

— S'il te plaît, ne bouge pas, Danny, reste comme ça encore un instant. J'aime la sensation de ta jambe contre ma bouche. Tu as bon goût.

Danny se détendit une fois de plus, reposant son visage sur l'estomac de son compagnon. Il glissa sa main autour de la verge flasque et la blottit contre sa joue.

— Tu es beau, dit Danny, ton sexe est si délicat, si doux et tendre maintenant, alors qu'il était dur et lourd tout à l'heure.

Jay sourit et le rapprocha, glissant vers le haut du lit, juste assez pour presser son visage contre l'estomac de Danny, comme celui-ci le faisait.

— C'est toi qui es beau, Danny. Tu es même plus beau que ce que je pensais.

Le jeune homme ne savait que répondre. Ils laissèrent le silence de la nuit s'installer entre eux. Lentement, alors qu'ils se reposaient, serrés l'un contre l'autre, Jay commença à bouger sa main, pas de manière impatiente ou entraînée, mais plutôt de façon oisive, presque négligemment, comme s'il explorait calmement et joyeusement les secrets de son amant. Ce dernier fit de même.

Finalement, Jay posa la question qu'il voulait lui poser, depuis qu'ils s'étaient tenu tous les deux sous la pluie, dans la montagne. C'était à peine quelques minutes auparavant, mais il avait l'impression que c'était il y a longtemps, à une époque où les secrets n'avaient pas encore été dévoilés.

— Danny ?

Son compagnon sembla trop satisfait pour parler, appréciant un peu trop le moment pour essayer de formuler une phrase.

— Hum ?

Jay pressa ses lèvres sur le ventre de Danny, pour y trouver du courage.

— Danny, est-ce que tu m'aimes vraiment ?

À ces mots, Danny releva la tête et le fixa. Leurs regards se rencontrèrent. Il passa ses doigts sur la bouche de Jay, se rappelant les sensations qu'elles avaient fait naître en lui quelques instants plus tôt.

— Oui, dit-il simplement. Je veux être ton amant, s'il te plaît.

Jay acquiesça, incapable de parler. Il tira Danny plus près et ferma les yeux, se perdant dans la sensation de cet homme à côté de lui.

— Mon amour, finit-il par dire, deux mots qui s'échappèrent de ses lèvres.

Et ce furent les deux derniers mots qu'ils dirent et entendirent, avant que le sommeil les emporte.

ALORS QUE les premières lueurs du jour passaient par la fenêtre, Danny ouvrit les yeux. Au cours de la nuit, Jay et lui s'étaient tournés pour pouvoir dormir dans une position plus appropriée. Ils étaient enlacés sous les couvertures, l'un enroulé autour de l'autre, l'étreignant.

Le bras de Jay était posé sur le torse de Danny. Ce dernier avait glissé dans la chaleur du bras de son amant, le visage dans son aisselle. Il décida immédiatement que c'était son endroit favori dorénavant. Il se dit que c'était génial d'aimer cette position, au point qu'il pouvait même la trouver dans son sommeil.

Le corps de Jay était chaud de sommeil et divin contre le sien. Son aisselle, avec ses poils désordonnés et parfumés, collait contre son nez. Danny s'était réveillé en érection, rien de bien étonnant, ce qui était surprenant, c'était la sensation géniale de sa hampe pressée contre la cuisse de Jay, avec ses poils chatouillant la tendre partie sous la couronne gonflée. Danny pressa le plus doux baiser sur la cage thoracique de son amant, puis il se dégagea doucement de son bras, le reposa affectueusement sur le lit et se leva sans bruit.

Aussi discrètement que possible, il marcha pieds nus sur le sol froid de la chambre pour aller à la salle de bains. Il se soulagea, se nettoya et se gargarisa avec du dentifrice alors qu'il regardait son reflet groggy dans le miroir. Une fois fini, il traversa le couloir pour aller dans sa chambre, attrapa les préservatifs, qui étaient sur la table de nuit depuis ce qui semblait être une éternité, puis badigeonna son intimité de lubrifiant. Se préparer ne faisait jamais de mal, non ? Puis il revint sur ses pas dans le couloir sombre afin de retourner dans la chambre de Jay. Il s'allongea doucement dans le lit et reprit sa position initiale. Jay grogna dans son sommeil et le rapprocha avec son bras chaud contre son corps, puis se rendormit complètement.

Mais cela ne dura pas longtemps.

L'érection de Danny retrouva sa vigueur en sentant le long corps nu de l'autre homme contre lui. Gardant les couvertures sur eux pour empêcher l'air froid du matin de s'infiltrer dessous, il se glissa plus profondément et lentement dans le lit, tout en déposant une traînée de baisers sur le torse de Jay. Au moment où sa bouche frôlait la hanche de Jay, il constata une certaine tension.

Souriant, Danny prit les bourses de Jay doucement dans ses mains, puis déposa un baiser sur le sommet de sexe, qui rebondit en réponse. Il prit cela pour un signe d'encouragement.

Une main se posa sur sa nuque et la massa pendant qu'il prenait la longueur de Jay dans sa bouche, le goûtant, lui donnant un instant d'attention. Les jambes de son compagnon s'ouvrirent en grand et Danny rampa entre elles, pour s'y positionner à quatre pattes. Alors il laissa glisser sa bouche sur la hampe, et elle se trouva à l'endroit exact où il voulait qu'elle soit, sur les bourses. Il les inonda de baisers et en mit une dans sa bouche, ou du moins il essaya, et fut récompensé par les doigts de Jay qui se raidirent dans ses cheveux, et par un gémissement divin qui éclata dans sa gorge.

Pendant qu'il continuait à torturer les bourses avec sa bouche, et que ce dernier continuait à gémir et se tortiller, Danny sortit discrètement un préservatif de son emballage et, après l'avoir positionné soigneusement sur le haut de l'érection de Jay, il commença à le dérouler sur toute la longueur.

— Je me demande ce que fait mon bébé ? dit Jay d'une voix profonde et sexy, grave et pleine de désir.

— Tu vas voir, murmura celui-ci.

Une fois les préparatifs terminés, il enjamba les cuisses de Jay et remonta vers la tête du lit, jusqu'à ce que ses genoux enserrent les hanches de son compagnon et que sa bouche trouve la sienne dans la pénombre.

Ils s'embrassèrent tandis que les mains de Jay caressaient le dos lisse de Danny, puis il les glissa plus bas, empauma ses fesses et il le tira un peu plus vers le haut.

— Tu n'es pas si idiot, chuchota malicieusement Danny sans cesser de l'embrasser.

Il tendit la main pour guider le sommet de la hampe de Jay, couvert de latex, vers son anneau lubrifié.

— Quelqu'un s'est préparé, marmonna Jay, sur le même ton, en sentant le lubrifiant.

— La ferme, dit Danny en souriant après avoir rompu le baiser.

Il posa ses mains sur le torse de Jay afin de conserver son équilibre et se força à se détendre. Il céda lentement aux douces poussées de Jay pour entrer, et une fois que le muscle anal accepta l'inévitable, heureusement soit dit en passant, il se baissa sur la verge tendue. Il inspira à mi-chemin,

118

car Jay était beaucoup plus grand que Josh, et ravala un cri d'extase alors qu'il se forçait doucement à l'accepter complètement. Il s'accroupit avec l'impression d'être transpercé jusqu'à l'âme. Les poils pubiens de Jay grattèrent sa tendre ouverture, et Danny frissonna de tout son corps.

Jay retint Danny en place, lui permettant de s'ajuster en prenant tout son temps.

— Est-ce que tu as mal ? demanda Jay d'une voix haletante de désir.

— Bon sang, non, s'exclama le jeune homme, stupéfait.

Jay sourit. Ce sourire disparut alors qu'il luttait visiblement pour retenir son érection remplie de sang ; il ne voulait pas faire de mal à Danny, peu importe ce que le jeune homme pouvait dire.

Danny continua à planer au-dessus de Jay, à quatre pattes, empalé, immobile, s'habituant à la circonférence de son amant. Il se pencha dans l'obscurité, cherchant la bouche de Jay de la sienne. Il fondit contre ses lèvres accueillantes lorsqu'il les trouva. Son compagnon sourit dans le baiser, tandis qu'il commençait à caresser les fesses de Danny. Il les écarta doucement, l'aidant ainsi à s'adapter. Sa respiration devint saccadée lorsque la langue de Danny trouva la sienne.

Le jeune homme souleva ses hanches, faisant glisser le sexe de son compagnon dans son tendre canal, remontant jusqu'à ce qu'elle soit pratiquement libérée. Puis il se rassit sur l'érection une fois encore, forçant cette divine longueur en lui, aussi loin qu'elle pouvait aller.

Ses mouvements commencèrent à s'accélérer. Les mains de Jay resserrèrent leur poigne, leurs langues bougèrent de plus en plus frénétiquement dans un baiser pendant encore un moment. Puis Jay releva les genoux du lit, pliant ses jambes pour prendre une meilleure position, et rompit le baiser ; mais une fois mieux installé, le jeune homme se berça confortablement sur la hampe de Jay, et l'accepta comme une part de lui-même.

— Maintenant, chuchota Danny.

Il trouva encore une fois la bouche de Jay pour l'embrasser. Puis il abandonna le contrôle à son amant, se donnant complètement à cet homme, pour qu'il lui fasse tout ce qui lui plaisait.

Jay prit les rênes avec autant d'impatience que Danny les lui avait offertes, mais ses mouvements restèrent toujours doux, ses gestes contrôlés. Indépendamment de son propre plaisir, il s'efforçait de plaire à son *gamin* à chaque coup, à chaque poussée. Danny se mit à haleter de plaisir, et Jay sut qu'il atteignait la profondeur voulue pour stimuler le point sensible du jeune homme. Il concentra alors tous ses efforts dessus, jusqu'à ce que Danny ne puisse plus être retenu par le baiser. Il se releva sur ses genoux, arquant son dos, sa tête bascula en arrière, les tendons de son cou tressaillirent, et il cria chaque fois que son amant touchait le point magique. Le visage de Jay reflétait un plaisir bienheureux alors que sa hampe allait plus profondément, entrant, sortant, rentrant encore.

Danny se caressa, puis s'arrêta assez longtemps afin de prendre ses bourses dans ses mains ; sa hampe se tenait droite, sautillant en rythme avec les battements de son cœur. Dans ce pur moment, il ferma les yeux et rejeta la tête en arrière, sa bouche relâchée, aveugle à tout sauf aux sensations. Jay relâcha une main de la fesse de Danny et l'entoura autour du sexe de son amant. Quand Danny resserra plus fort ses genoux autour de la poitrine de Jay, ce dernier commença à le masturber, un regard de pur désir sur son visage. À chaque remontée, il glissait son pouce sur la fente fuyante, la relâchant parfois suffisamment longtemps pour amener son pouce enduit de gouttes argentées à sa bouche et les déposer sur sa langue.

Sans prévenir, Danny vacilla de manière incontrôlée, son dos s'arqua, poussant son torse en avant. Il ôta ses mains de la poitrine de Jay pour attraper ses cheveux ébouriffés, et s'y tint tel un cavalier s'accrochant à la crinière d'un cheval indompté. Jay encercla la hampe de son amant de ses doigts et, à l'instant où il le fit, un geyser aspergea son torse, son menton et ses lèvres. Il lécha immédiatement le sperme de Danny, du moins celui auquel il avait accès.

Un moment plus tard, ce fut lui qui convulsa et il prit Danny dans ses bras, dans une étreinte d'ours. Il se poussa profondément et se déversa dans le préservatif, avec un cri de joie tellement féroce qu'il fit sursauter son compagnon.

Tandis que Jay convulsait sous lui, Danny se mit à frissonner, le chevauchant toujours, un sourire aux lèvres, gémissant joyeusement lorsque Jay cria sous lui. Finalement, les mouvements de celui-ci diminuèrent et Danny s'effondra sur lui, entourant sa tête de ses bras pour le bercer, roucoulant des sons relaxants dans son oreille. Son amant continua à le pilonner, moins intensivement, presque paresseusement, comme une douce épée perçant un cœur vaillant. Danny continua à le bercer jusqu'à la fin de son orgasme explosif. Il le relâcha seulement lorsque les mouvements et grognements de Jay s'arrêtèrent complètement, susurrant de discrètes paroles, chantonnant de doux sons.

Et ce fut lorsque Jay se renversa que Danny se détendit totalement. *C'est comme cela que ça devrait être. C'est comme ça que ça devrait toujours se passer.*

Les lèvres chaudes de Jay, toujours parfumées de sa semence, frôlèrent son oreille. Sa mâchoire barbue gratta les joues lisses de Danny. Il lui chuchota des mots doux qui firent sourire ce dernier de contentement.

— Je sais ce qu'aime mon bébé, maintenant.

— Tu étais si doux, dit Danny en soupirant.

Il ne put s'en empêcher, il avait besoin de le dire. Il le devait. Il inclina la tête suffisamment pour frotter son visage dans les cheveux de Jay, fermant les yeux alors que leur douceur recouvrait son nez et effleurait sa tendre bouche. Le sexe de son compagnon reposait toujours profondément à l'intérieur de lui, il avait diminué, mais était toujours présent. C'était merveilleux. Le long corps puissant de Jay était étendu sous lui, aussi exalté au toucher qu'il avait été la première fois que Danny l'avait exploré la nuit d'avant.

Les bras de Jay se raidirent autour de lui.

— Pourquoi ne serais-je pas doux ? Je t'aime.

— Toujours…

Il attira Danny encore plus près, l'enveloppant encore plus solidement dans ses bras, comme s'il voulait reporter l'inévitable détachement à plus tard, encore une seconde.

— Est-ce que Josh te faisait mal, Danny, lorsque… tu sais… lorsqu'il te baisait ? Essayait-il de te blesser ?

— Parfois, répondit Danny.

Il avait eu du mal à trouver une réponse, mais c'était le mieux qu'il pouvait faire.

— Il ne le voulait peut-être pas, dit Jay pour le consoler. Il ne savait peut-être pas.

— Il le savait.

Ses froides paroles sonnant toujours dans sa tête, Danny ferma les yeux et cala son visage dans le creux chaud du cou de Jay, laissant la gentillesse de l'homme le gagner. Enfin il se sentait en sécurité, enfin, il se sentait aimé.

Et comme s'il était entièrement conscient de ce que pensait Danny, de ce qu'il ressentait, Jay le tint dans ses bras jusqu'à ce que le soleil se montre par la fenêtre de la chambre pour les réveiller sur cette toute nouvelle journée.

IX

LE TEMPS passa peu à peu, et Jay découvrit à quel point Danny pouvait être doux et gentil, à quel point il pouvait être dévoué à son amant et Danny apprit la même chose de lui. Leur confiance l'un en l'autre grandit rapidement. Éloigné de Danny, Jay se sentait incomplet. Lorsqu'ils se retrouvaient ensemble, c'était comme si deux pièces d'un puzzle s'emboîtaient, ils étaient entiers, telle une parfaite unité. La journée, ils étaient occupés avec leurs travaux respectifs, mais Jay comptait les heures jusqu'à ce qu'il puisse se précipiter à la maison et qu'enfin ils soient ensemble. Danny resplendissait d'un bonheur qu'il jurait n'avoir jamais ressenti. Jay avait connu ce bonheur avec un autre, pourtant même ces années paisibles passées avec Simon ne lui avaient pas apporté la pure joie qu'il ressentait en sachant que Danny l'aimait. Et Jay le savait vraiment, car son amant le lui prouvait chaque jour.

En retour, Jay s'efforçait de lui prouver combien l'amour pouvait être quelque chose de doux. Il n'était pas forcément accompagné d'une peine de cœur, de douleur, d'œil au beurre noir, de poings rageurs, de cris perçants ou encore de mots blessants. L'amour pouvait être inerte et calme, patientant jusqu'à ce qu'un simple contact ou le plus innocent des baisers le ramène à la vie. Pourtant, même quand la passion naissait et que le désir devenait pressant, la douceur pouvait toujours être de la partie. Et Danny semblait toujours stupéfait de ça.

Jay commença à siffloter au travail, son sourire quittant rarement son visage. Ses clients au bar et les autres barmans se moquaient de lui à ce sujet. Ernie, plus que les autres, semblait heureux de voir sa joie soudaine, après tous ces mois de tristesse qui avaient suivi la mort de Simon.

— Danny te fait du bien, chuchota le videur dans son oreille un jour, alors qu'il se penchait au-dessus du poste des serveurs pour voler une poignée de cerises au marasquin.

— Ces cerises seront retenues sur ton salaire, plaisanta Jay.

— Danny te fait toujours du bien, rétorqua Ernie, même si tu es un radin. Je suis heureux pour vous deux.

Jay se rappela ce que lui avait dit un jour Danny, à propos du béguin qu'avait Ernie pour son patron. Il se dit que c'était possible, mais il n'y avait toujours pas prêté attention. Toutes les questions d'amour étaient centrées sur Danny, ces derniers jours. Jay n'avait pas eu besoin, ou n'avait aucun intérêt pour les autres. Toutefois, cela faisait du bien d'avoir la bénédiction du géant et son amitié.

— Merci, Ernie.

À la surprise de Jay, le grand homme fit sauter une cerise dans sa bouche et se pencha plus près.

— Il est venu la nuit dernière.

— *Qui* est venu ? demanda-t-il en le regardant.

— Le gars avec qui sortait Danny, Joshua.

Jay réfléchit.

— A-t-il créé des difficultés ? T'a-t-il dit quoi que ce soit ?

— Non, puisqu'il est visiblement suffisamment vieux pour boire, je n'ai pas vérifié sa carte. Il est juste passé devant moi comme si je n'étais pas là et je l'ai laissé faire. Il a pris un verre, il a discuté avec le barman un moment, puis il est parti.

— Et c'est tout ?

— C'est tout.

Ernie affichait une expression si inquiète sur son grand et lourd visage que Jay se pencha et lui donna une tape sur la joue, comme s'il était un enfant.

— Eh bien, ne t'inquiète pas. Ce gars est gay, nous sommes un bar gay et il ne vit qu'à quelques pâtés de maisons d'ici. À moins qu'il ne commence quelque chose, laisse-le faire.

Ernie ne parut pas convaincu, mais fit un salut à Jay.

— D'accord, dit-il. J'ai juste pensé que tu devais le savoir.

Jay hocha la tête et le regarda s'éloigner, puis il oublia tout ce qui venait d'être dit quand les quatre clients qui jouaient au billard dans le coin lui commandèrent une nouvelle tournée.

IL SEMBLAIT que l'hiver sur la montagne de Jay serait froid et humide ; mais ce n'était pas le mauvais temps qui allait effacer la joie dans le cœur de Danny ou refroidir le désir omniprésent de Jay. Danny acceptait le temps de la même manière que Jay, de la même façon qu'il avait accepté le reste : en faisant front ensemble courageusement, chacun dans les bras de l'autre,

123

chacun dans le cœur de l'autre. Ce qui pouvait bien se passer à l'extérieur de leur bulle d'amour ne les atteignait jamais. Ils avaient trouvé leur port d'attache et le monde extérieur pouvait exploser et tempêter tant qu'il voulait, avec les fortes mains de Jay sur son dos et la tête sur sa poitrine, Danny n'avait peur de rien. Son bonheur était impénétrable.

C'était Jay qui partait en premier au travail, alors c'était lui qui cuisinait le dîner tous les soirs ; il était prêt, un simple plat ou autre, lorsque Danny rentrait. Celui-ci accrochait son manteau et son écharpe en appelant son compagnon, puis retirait ses chaussures et traversait la maison en chaussettes à sa recherche. Une fois trouvé, il se jetait dans ses bras comme s'ils avaient été séparés pendant des semaines.

Après dîner, ils allaient se promener dans la montagne et se parlaient doucement de choses sans importance, dans l'air parfumé de sauge. Ils se tenaient toujours la main et n'étaient jamais éloignés à plus d'un chuchotement de distance. Ils se dépêchaient de rentrer à la maison pour faire l'amour et parler doucement dans la chambre à l'étage, pelotonnés l'un contre l'autre jusqu'à ce que le sommeil les gagne ou que leur désir paresseux les réunisse pour un second round de sexe, ou un troisième.

Danny n'avait jamais été aussi satisfait de sa vie, au point de devenir une extension de Jay, et ce dernier, il en était sûr, la sienne. Ils ne gardaient aucun secret, ne cachaient aucun désir, à l'exception d'un seul.

C'était la semaine avant Thanksgiving, cela faisait environ un mois qu'ils étaient ensemble en tant qu'amants, quand Danny dévoila son désir secret.

Ils étaient assis en bas, devant la cheminée. Jay buvait une bière, jonglant avec les deux chats sur ses genoux, et lisait un livre. Danny fixait simplement les flammes, les orteils fouillant dans la fourrure de Jingles, couché près du feu, à ses pieds. Carly était en haut, elle courait partout, le cliquetis saccadé de ses griffes s'entendant dans toute la maison comme l'écho de tirs éloignés. Dieu seul savait ce qu'elle faisait.

— J'ai pensé à Simon, dit Danny.

— Pourquoi ? demanda Jay en fermant son livre et en regardant Danny avec surprise.

— Je veux le rencontrer. Ce que je veux dire, c'est que je veux aller avec toi au cimetière et voir sa tombe. Je sais que tu lui apportes parfois des fleurs. La prochaine fois que tu y vas, je veux venir avec toi.

— Très bien, dit Jay, le visage adouci. Nous ne travaillons pas demain, nous pouvons y aller si tu veux.

— Merci, dit Danny.

Il tourna son visage vers le feu, mais garda un œil sur Jay.

Ce dernier étudia le profil de Danny pendant un moment, puis rouvrit son livre. Cependant, après une minute ou deux, il le posa à côté et tendit la main entre les deux chaises pour attraper la main de Danny.

Le jeune homme sourit, et comme toujours quand il le faisait, Jay lui répondit d'un sourire aussi.

Plus tard, quand leurs mains jointes ne semblèrent plus suffisantes, il suivit avec impatience Jay en haut de l'escalier vers leur chambre.

IL NE S'était passé que quelques jours depuis que Jay avait apporté des fleurs au cimetière. Puisque cela faisait moins d'une semaine depuis sa dernière visite, les fleurs étaient toujours là. Elles étaient déjà en train de faner, et pendaient tristement du vase se trouvant sur la pierre froide et plate où était gravé le nom de Simon. Avant même que Jay ne retire les fleurs pour faire de la place aux œillets rouges et blancs frais qu'il tenait dans sa main, Danny se pencha et prit les fleurs fanées pour les emmener d'office à la poubelle placée à quelques tombes de là.

Au moment où Danny revenait, Jay positionnait les nouvelles fleurs et écartait les débris se trouvant sur la pierre tombale. Danny prit son bras et ils se tinrent ensemble au pied de la tombe de Simon, les yeux baissés.

— C'est trop triste, dit Danny.

Sa voix était étouffée par les bruits environnants, par les pierres tombales solennelles qui se tenaient telles des sentinelles sur la colline autour d'eux. Elle était étouffée aussi par des bruits venant de quelque part sur la colline, là où des obsèques avaient lieu en cette froide matinée de novembre et où des inconnus pleuraient une autre âme ; un ami ou un membre de la famille peut-être, perdu pour toujours, relégué à un souvenir silencieux.

— Simon était plus jeune que toi lorsqu'il est mort.

— Je sais.

— Est-ce qu'il te manque toujours, Jay ? Penses-tu beaucoup à lui ?

Jay prit un instant, comme s'il réfléchissait à la question, avant de poser son regard sur celui de Danny.

— Parfois, tu me le rappelles.

— C'est vrai ?

— Oui, Simon pouvait être énervant, lui aussi, plaisanta Jay.

Danny rit puis s'arrêta lentement et retourna son regard vers la tombe, vers les fleurs si belles à côté ; mais elles avaient, elles aussi, été arrachées à la vie, réalisa-t-il, elles étaient condamnées à faner, les tiges coupées, elles n'étaient plus connectées à la terre qui les avait nourries.

Danny s'accrocha à la main de Jay alors qu'ils se tenaient au pied de la tombe. L'air était rempli de l'odeur sucrée du chèvrefeuille qui grimpait le long d'une barrière en fer forgé à quelques pas de là. Des corbeaux tournoyaient au-dessus, criant leur joie de vivre alors que le cimetière était silencieux comme la mort qui se trouvait en dessous. C'était une parfaite dichotomie.

— Je suis désolé que tu l'aies perdu, Jay. Je suis désolé que tu aies autant souffert.

— Ça fait partie de la vie, Danny. Nous perdons des gens. À un moment ou un autre, nous souffrons tous.

— Je ne sais pas ce que je ferais si je te perdais.

La main de Jay se resserra sur celle de Danny.

— Tu survivrais. C'est ce que nous faisons tous, puis tu trouverais quelqu'un d'autre.

— Comme tu m'as trouvé ?

— Comme lorsque nous nous sommes trouvés tous les deux, répondit Jay.

Danny se pencha pour redresser une fleur qui avait glissé sur les autres œillets, c'était une des rouges, aussi rouge que le sang. Il la remit doucement en place, et pendant qu'il était à genoux sur la pelouse, il fit courir ses doigts sur la pierre froide, sur les lettres gravées dans le marbre.

— J'espère que tu sais que je prends soin de lui pour toi, dit-il doucement, ses doigts enfouis dans les œillets. Je l'aimerai autant que tu l'as aimé, Simon, je te le promets. Je ferai n'importe quoi pour le rendre heureux.

Jay se mit à genoux à côté de lui et glissa son bras autour de sa taille. Ils avaient tous les deux le regard fixé sur la pierre.

— Merci, chuchota Jay.

Danny hocha la tête, laissant tomber sa tête contre son épaule.

SUR LE front de mer, ils déjeunèrent de crevettes et d'une soupe épaisse de palourdes dans un restaurant de fruits de mer. Au moment où ils finirent de manger, leur mélancolie était partie et ils riaient comme des imbéciles en regardant les cabrioles d'une mouette qui était déterminée à voler la serviette de Danny.

Laissant le continent derrière eux, ils regardèrent les bateaux dans la baie, tandis qu'ils traversaient le long pont incliné qui reliait le littoral à l'île Coronado. Avec la horde de touristes en ville pour les vacances de Thanksgiving, Jay eut du mal à trouver une place pour se garer. Une fois stationnés, ils flânèrent dans les rues désuètes de Coronado pour arriver sur une plage de sable blanc en face de l'hôtel Coronado.

L'air qui balayait l'océan était glacé et ils flânèrent sur le sable, main dans la main, bien emmitouflés dans leurs manteaux.

Danny avait très envie de retirer ses chaussures et d'enfoncer ses orteils dans le sable alors qu'ils marchaient, mais il faisait trop froid. Il trouva une pierre grise, polie et arrondie sur les angles par le nombre incalculable de frottements des vagues et du sable. Il la glissa dans sa poche en souvenir pour ce jour, rougissant un peu lorsque Jay lui sourit.

— Tu es tellement romantique, dit Jay.

— Je suis juste heureux, répondit Danny en haussant les épaules.

Il s'arrêta et prit Jay dans ses bras. Il n'y avait personne d'autre sur la plage, personne pour les voir, non pas que cela l'inquiétait, et il était certain que son compagnon ne s'en préoccupait pas non plus. L'homophobie n'existait pratiquement pas à San Diego, et encore moins à l'intérieur de leur petite bulle d'existence. Et il en était très reconnaissant.

Serrés l'un contre l'autre, la tête de Danny sur le torse de Jay, ils regardèrent les déferlantes mousseuses avancer dans la mer. Ils avaient les cheveux ébouriffés par le vent et les joues rougies par le froid.

— Je suis heureux, moi aussi, Danny. Chaque jour avec toi est comme une nouvelle aventure pour moi. Je n'arrive pas à croire que tu m'aimes. Je ne sais toujours pas ce que j'ai bien pu faire pour te mériter.

Danny se blottit plus près. Jay était un véritable paravent. Il enfouit son nez dans son écharpe pour avoir un peu plus de chaleur.

— Tu avais raison, tu sais.

— À propos de quoi, bébé ?

— À propos de Josh. Il m'a laissé partir, comme tu l'avais dit. Il n'a pas cherché après nous. Il n'a pas essayé de me blesser, je ne l'ai même pas vu une fois.

— Il n'a pas essayé de t'appeler ? demanda Jay.

— Il l'a fait une fois, mais pas plus. Je pense qu'il a laissé tomber quand je n'ai pas répondu. Dieu merci.

Jay lui lança un regard que Danny ne put interpréter, puis il secoua la tête.

— Je suis certain que Josh a sa propre vie à vivre, Danny. C'est un imbécile, et même les imbéciles doivent pointer, vivre au jour le jour, se soucier du travail, essayer de trouver un peu de joie, ou essayer de ne pas se faire arrêter pour avoir battu son ex-amant. Je ne pense pas qu'il sache que nous sommes ensemble, mais il sait que tu ne veux plus rien à voir avec lui. Il l'a accepté et est allé de l'avant. Laisse-le partir et essaye de ne plus penser à lui. Je te l'ai dit une fois et je vais te le répéter : il ne peut plus te toucher, tu es avec moi maintenant, Danny, et je ne laisserai rien ni personne te faire du mal.

Danny ferma les yeux et passa ses mains sous le manteau de Jay.

— Je t'aime tellement, chuchota-t-il.

— Je t'aime aussi, dit Jay en déposant un baiser sur les cheveux de son compagnon.

— Pouvons-nous rentrer à la maison ? Les enfants vont s'impatienter.

Jay rit et pencha la tête pour embrasser son front.

— Je suppose que c'est ce que nous devrions faire. Jingles et Carly doivent sûrement être en train de comploter pour tuer les chats à l'heure actuelle.

— Je parie mon argent sur les chats, dit Danny en souriant.

Jay claqua ses fesses.

— Allez, allons-y, je suis gelé. Nous sommes à San Diego, pourquoi est-ce qu'il doit faire si froid ?

— C'est le mois de novembre le plus froid jamais enregistré.

— Dans ce cas, je suis bien content de ne plus dormir seul.

Les yeux de Danny brûlèrent tout d'un coup de désir. Il fit glisser un doigt le long du menton de Jay.

— Oh, moi aussi.

Ils traversèrent la plage en sens inverse, suivant leurs propres pas, laissés lors de leur arrivée. Ils dépassèrent l'hôtel et se dirigèrent vers leur voiture.

— Je pense que je sais comment je vais nous réchauffer, plaisanta Danny alors qu'ils passaient à travers un café en plein air, ne prêtant aucune attention sur ce que pouvaient penser les gens.

Personne ne regarda dans leur direction.

— Je suis curieux. Que pourrais-tu faire pour me réchauffer ? demanda Jay, un éclat malicieux réchauffant ses yeux bruns.

— J'aime ça quand tu es curieux, affirma son compagnon en riant et en le tirant vers le bas de la rue, marchant plus vite.

JAY SUT que quelque chose n'allait pas au moment où il ouvrit la porte d'entrée.

La maison était froide, comme si une fenêtre avait été laissée ouverte. Il se tint sur le pas de la porte, se demandant pourquoi les animaux ne se précipitaient pas vers eux pour les accueillir. Danny se tenait derrière lui, regardant fixement l'épaule de Jay.

— Où sont-ils tous passés? demanda Danny.

— Je ne sais pas, dit Jay en secouant la tête. Carly ! Jingles! cria-t-il.

Il n'eut aucune réponse.

Danny se précipita à travers le séjour pour aller dans la cuisine et dans la buanderie à côté.

— Nous avons laissé la porte ouverte! cria-t-il.

Jay se hâta de le rejoindre.

— Elle s'est peut-être ouverte avec le vent, dit Jay. Parfois, le loquet ne se ferme pas correctement. Toujours est-il que je me souviens de l'avoir fermée avant que nous partions, dit Jay en regardant partout. Attends.

Il poussa Danny sur le côté et alla vers la porte qui menait au sous-sol. La porte était entrebâillée. Le crochet avec lequel Jay gardait la porte fermée était sur le sol à ses pieds, avec quelques éclats de bois et une empreinte boueuse.

— Quelqu'un est entré, dit Jay sans y croire. Quelqu'un était dans la maison.

Jay se tourna et passa de pièce en pièce, vérifiant les téléviseurs, montant l'escalier pour s'assurer que l'ordinateur était toujours dans la mansarde, fouillant dans les tiroirs de la table de nuit où il gardait un peu d'argent, il fourragea ici et là pour essayer de découvrir si quelque chose manquait ; l'iPod ou l'iPad, sa montre, les deux téléphones portables, les cartes de crédit qui se trouvaient dans la boîte en métal dans le placard.

A priori, rien n'avait été dérangé.

Au bruit d'un glapissement éloigné, Jay descendit en courant l'escalier et passa la porte de derrière, où il trouva Danny penché et caressant les deux chiens.

— Regarde, dit Danny.

Il montra du menton les branches de l'eucalyptus au-dessus de leurs têtes. Jay suivit son regard et trouva Lucy assise dans le creux d'une branche, les fixant. Dès qu'elle comprit qu'ils la regardaient, elle émit un miaulement plaintif et commença à descendre pour les rejoindre. Jay prit la tête de Carly dans ses mains.

— Le méchant garçon, ma fille, où est-il passé ? l'exhorta Jay. Est-il toujours ici ?

Carly le regarda, puis tendit le cou et lécha son visage.

— Je suppose que tu n'es pas Lassie, hein ? dit-il d'une voix traînante.

Il se remit debout et se tourna vers Danny.

— Je n'ai rien vu qui manque. Est-ce que tu as vu quoique ce soit ici ?

— Je ne pense pas, mais je n'ai pas trouvé Desi. J'ai regardé partout.

— Il va se montrer, dit Jay en haussant les épaules. Il est sûrement effrayé.

Il retourna dans la maison avec Danny sur les talons.

— Mais pourquoi quelqu'un viendrait-il dans la maison sans voler quoi que ce soit ?

Jay regarda fixement le crochet et les éclats sur le plancher, puis l'endroit déchiqueté sur le montant de la porte où se trouvait initialement le crochet. Soudain, Jay comprit, la seule raison pour que les objets se retrouvent dans cette position était que la porte avait été ouverte par la cave.

— Ils ont dû entrer par la trappe du sous-sol. Ils ont donné un coup de pied dans la porte de la cuisine pour accéder à la maison et quand ils sont partis, ils sont passés par-derrière, laissant la porte grande ouverte derrière eux.

Il descendit l'escalier et, évidemment, il vit un rayon de lumière sur le sol de la cave. Le voleur, ou peu importe ce qu'il était, avait laissé la trappe à l'arrière de la maison ouverte. Jay la vérifia et vit un pied-de-biche, qui se trouvait précédemment dans l'abri ouvert, posé dans la poussière à côté du verrou qui avait été violemment forcé. Le bout du panneau qui comprenait la trappe avait éclaté en morceau.

— C'était à moitié pourri de toute façon, dit Jay, inquiet, mais pas trop non plus. Je devais la remplacer.

Danny n'avait pas passé beaucoup de temps dans le sous-sol, parce que Jay lui avait parlé de Georges, et il n'était pas fan des serpents. Il regarda tout autour, comme s'il pensait que, peut-être, Georges attendait juste d'avoir une chance de planter ses deux crochets dans sa cheville, mais aucun serpent n'apparut, il n'y avait aucun bruit caractéristique.

Il regarda tout autour, le sol était en désordre, des affaires répandues partout.

— Est-ce le voleur qui a fait ça ? demanda Danny.

— Je crains bien que non, répondit Jay en riant. C'est toujours comme ça. En fait, je suis surpris qu'il n'ait pas trébuché sur quelque chose et qu'il ne se soit pas tordu le cou.

— Ça aurait simplifié les choses, je suppose, dit Danny en souriant.

Ils entendirent Lucy miauler en haut des marches. Carly et Jingles partirent en premier, puis Jay et Danny suivirent. Lucy se tenait sur le réfrigérateur dans la cuisine, le dos arqué, les dents découvertes, hurlant comme une banshee.

Jay l'arracha du frigo et la prit dans ses bras. Immédiatement, elle se tortilla et sauta sur le sol, puis sur le fourneau. De là, d'un saut gracieux, elle retourna sur le sommet du réfrigérateur, où elle recommença à crier.

— Tu es sûr qu'il ne manque rien ? demanda Danny.

— Assez sûr ; l'ordinateur est toujours là, mon argent dans la table de nuit, pour le peu que j'ai.

— Il n'y a vraiment pas grand-chose à voler.

Jay lui sourit sardoniquement.

— C'est vexant.

Danny rit. Lucy continuait à miauler dans la cuisine. Jay suivit Danny qui faisait le tour de la maison et vérifiait sa propre liste d'affaires. Il ne fallut pas longtemps à Jay pour réaliser que Danny avait raison ; il n'y avait pas grand-chose à voler. Aucun voleur qui se respectait ne pourrait être intéressé, à part l'ordinateur et la télévision à écran plat, et ils étaient toujours là où ils avaient toujours été.

— C'était peut-être un sans-abri, dit Danny

— Peut-être qu'il cherchait de la nourriture.

Ils retournèrent dans la cuisine, les deux chiens sur leurs talons. Ils passèrent la porte de la cuisine et vérifièrent le cellier, où toutes les conserves étaient stockées. Le congélateur, une ancienne relique qui pesait une tonne, était collé à la porte du sous-sol. Et là aussi, il ne manquait rien. Dans la cuisine, Lucy miaulait encore plus fort, envoyant des frissons glacés dans le dos de Jay. Merde, ce son était horrible.

Danny vérifia les armoires où se trouvaient d'autres produits alimentaires, tout paraissait en place.

Un bruit de griffure interrompit leur recherche et ils se tournèrent vers Lucy, qui était maintenant en train d'attaquer le sommet du frigo, utilisant

131

ses griffes comme pour l'ouvrir. Ses griffes aiguisées crissèrent sur le métal, faisant grincer les dents des deux hommes. Finalement, Jay la prit dans ses bras et la tint pendant qu'elle luttait contre lui.

— Qu'y a-t-il, ma fille ? roucoula Jay. Qu'est-ce qui ne va pas ?

Danny avança et ouvrit la porte du frigo, son dos se tendit.

— Oh, non.

Jay, qui tenait toujours Lucy, s'avança à côté de Danny et regarda dans le frigo allumé. Sur l'étagère du bas se trouvait Desi. Il était étendu là, immobile, sa petite langue pendante, il avait les yeux fermés. Le pain qui avait été posé sur l'étagère dans la porte, en face de lui, était déchiqueté et il y avait des miettes partout.

Danny se mit à genoux en face de la pauvre bête et prit son corps toujours immobile, le berçant dans ses bras. Les poils du chat étaient froids, son corps était mou.

— Pauvre petite chose, murmura Danny, pressant son visage contre le pelage glacé de Desi.

Il regarda le pain déchiqueté.

— Il a essayé de tout déchirer pour s'échapper.

Avec un autre hurlement, qui effraya Danny et Jay jusque dans leurs entrailles, Lucy sauta des bras de Jay et tendit ses longues pattes sur le bras de Danny, posant ses coussinets sur le corps immobile de son compagnon.

— Éloigne-toi, chuchota Jay.

Il la reprit dans ses bras et mit son visage contre son cou, roucoulant des bruits doux pour la calmer. Finalement, elle cessa de miauler.

— Attends… dit Danny après un moment.

Jay put entendre de l'espoir dans sa voix. Il regarda par-dessus l'épaule de Danny, ahuri, alors que celui-ci commençait à masser le poitrail de Desi, le caressant rudement, ses doigts creusant des tranchées profondes dans sa fourrure glaciale. Tout en le caressant, Danny soufflait de l'air chaud sur le visage de Desi. Le cœur de Jay s'emballa quand il vit une des pattes de Desi tressauter, puis bouger une autre fois, sa queue balança, sa langue qui pendait de sa bouche se rétracta. Au grand étonnement de Jay, les yeux de Desi s'ouvrirent.

— Il est vivant ! cria Jay. Putain de merde, il est vraiment en vie !

Il tomba à genoux à côté de Danny et glissa sa main sous la tête du petit félin. De son pouce, il caressa doucement le front du chat.

— Il respire, haleta Jay. Il respire vraiment ! Je peux le sentir sur ma peau !

Au-delà de tout espoir, il entendit un ronronnement éclater. Tandis que Lucy se tordait sur les genoux de Jay, déterminée à être relâchée, Desi leva sa tête et regarda autour de lui. Un miaulement plaintif sortit de sa gorge. Un moment plus tard, il quitta les bras de Danny, surprenant les deux hommes. Desi et Lucy partirent en courant et montèrent les escaliers qui menaient à la chambre, au premier étage.

Une fois partis, Jay et Danny se regardèrent. Jay ne pouvait toujours pas y croire.

— Si nous étions partis plus longtemps… murmura Danny.

Jay hocha la tête stupidement. Il leva les yeux au plafond, imaginant Lucy et Desi retranchés sous le lit, se protégeant l'un l'autre de tout ce qui s'était passé. Il baissa son regard sur le visage de Danny, puis le ramena sur la porte ouverte du frigo.

— Qu'a-t-il pu endurer là-dedans ? dit Jay. Il a dû être sacrément effrayé.

Danny hocha la tête, ses yeux étaient toujours sauvages, avec une pointe de peur et de soulagement. Ils restèrent à genoux côte à côte sur le sol de la cuisine, dans le silence, et parce qu'il avait besoin du contact de son amant plus que tout au monde, Jay tendit la main pour prendre celle de Danny.

— Est-ce que… est-ce qu'il se pourrait que ce soit un accident ? demanda doucement Danny. Est-ce qu'il se serait glissé dedans la dernière fois que nous avons ouvert la porte et que nous ne l'ayons pas vu ?

— Non, répondit Jay d'une voix aussi froide que le corps de Desi. Du moins, je ne le pense pas. Quelqu'un doit l'avoir enfermé dedans.

— Mais pourquoi ? Qui ferait une chose pareille ?

Cette question plana au-dessus d'eux, et comme si quelque chose empestait l'air, ils se tournèrent lentement l'un vers l'autre.

— Non, dit Danny, Joshua n'aurait pas fait ça. Il ne pourrait pas. Ce doit être le hasard. Un acte impulsif de pure cruauté perpétré par quelqu'un qui est entré par effraction dans la maison.

— Tu en es sûr ? demanda Jay. Tu en es vraiment sûr ?

— N… non, je n'en suis pas sûr, répondit-il en fixant la main de Jay dans la sienne.

Ce fut seulement à ce moment-là qu'il se mit à pleurer.

JAY RACCROCHA doucement le combiné de la ligne fixe. Dès que la sonnerie indiqua que la connexion était rompue, il s'assit en regardant dans le vide.

— Qu'ont-ils dit ? demanda Danny.

Jay avait entendu ce qu'il s'était attendu à entendre.

— Ils ont dit qu'à moins que nous ayons des preuves que c'est bien Joshua qui est entré dans la maison, nous commettrions une grosse erreur de l'accuser. Et puisque rien n'a été volé, ils nous informent que nous n'avons pas grand-chose pour l'attaquer de toute façon.

— Et qu'en est-il du chat ? insista Danny, qui ne pouvait pas y croire.

Jay était épuisé, il avait besoin d'une sieste, et maintenant, mais il s'efforça de répondre à son compagnon.

— Ils ont dit à peu près la même chose que nous ; qu'il se peut que le chat se soit glissé dans le frigo pendant que quelqu'un avait ouvert la porte, ce qui en ferait un accident et non un crime, et ils nous ont suggéré de faire plus attention à nos animaux.

— Je ne peux pas croire qu'ils aient dit ça ! s'écria Danny, furieux.

— Dès qu'ils ont compris que nous soupçonnions l'ex-amant de mon petit ami, ils se sont en quelque sorte désintéressés du cas, je suis même sûr d'avoir entendu un ou deux policiers glousser. Peut-être que, tout compte fait, l'homophobie n'a pas totalement disparu de cette ville. Du moins, pas dans les couloirs sanctifiés des services de police de San Diego. Les connards !

— Mais ils sont de la police ! Ils sont censés aider tout le monde !

— Je suis désolé, Danny, dit-il en haussant les épaules, mais ils ne viendront pas. Tu as dit toi-même que tu ne pensais pas que ce soit Joshua.

— Je sais, mais…

— Calme-toi, bébé, répondit Jay en se penchant pour déposer un baiser sur le front de son compagnon. C'est fini, maintenant, Desi va bien. Tu lui as sauvé la vie, tu sais. Tu devrais en être heureux.

Il posa sa main sur le bras de Jay, les larmes toujours aux yeux.

— Je ne suis pas du tout heureux. C'est ma faute, c'est à cause de moi que c'est arrivé.

Jay l'attira dans ses bras.

— Danny, tu l'as dit toi-même, tu ne penses pas que Joshua puisse faire une chose pareille, et je suis d'accord avec toi. C'est inadmissible, même pour lui. Ce qui me paraît le plus vraisemblable est ce que tu as dit plus tôt, à propos d'un sans-abri cherchant de la nourriture, peut-être, ou des enfants causant des problèmes, ou mince, ça pourrait être n'importe quoi. En plus, je ne pense pas que Joshua sache que tu vis avec moi.

Il se souvint tout d'un coup de ce que lui avait dit Ernie, à propos du fait que Joshua était venu au bar. Il avait bu un verre, parlé avec le barman et était parti, d'après ce qu'avait dit le videur. Jay se demanda de quel barman il s'agissait. Il essaya de repenser à la nuit en question, qui était au bar cette nuit-là? De quelle nuit s'agissait-il? Il ne s'en souvenait plus, et plus important, de quoi avaient-ils pu parler? Merde, même si Jay trouvait quel barman était présent cette nuit-là, ce dernier ne se souviendrait sûrement plus d'un client sur la centaine, sans parler de se rappeler de la discussion qu'ils avaient eue.

Il écarta ses doutes et suspicions, ça n'avait aucune importance. Danny avait tort, Joshua n'aurait pas pu faire ça. L'ex de Danny, aussi cruel qu'il pouvait être, n'était pas aussi fou. Le gars était un comptable, pour l'amour de Dieu, c'était un comptable reconnu et un tyran, rien de plus. Il n'aurait pas risqué sa propre liberté pour s'en prendre à eux comme ça. Danny était sorti de sa vie depuis des mois. Joshua devait savoir qu'il était perdu pour lui maintenant. Il avait dû accepter le fait que le jeune homme ne reviendrait jamais et qu'il ne pouvait rien faire pour changer cela.

— Ne t'inquiète pas, Danny, ce n'est pas ta faute. Ce n'était pas Joshua, j'en suis sûr.

Il embrassa le sommet de la tête de Danny. Un moment plus tard, ce dernier se blottit dans ses bras, essuyant ses yeux.

— J'espère que tu as raison, dit-il doucement.

UN CAUCHEMAR tira Jay de son sommeil. Il cligna des yeux en reprenant conscience. Il faisait toujours nuit, il n'y avait aucune étoile visible à travers la fenêtre de la chambre, une autre pluie torrentielle était probablement en préparation, du moins, c'est ce qui avait été prévu par le présentateur météo local. Évidemment, les nuages affluaient déjà.

Jay attrapa un bout de drap et essuya la sueur de son visage, quel rêve! Il n'avait aucune idée de ce dont il s'agissait, son souvenir s'estompait déjà, mais il avait été effrayant au point de le laisser tremblant et plus que nauséeux. Un effroi indéterminé occupait ses pensées; il y avait quelque chose d'horrible, se cachant dans la pièce sombre, dans le silence de la maison, mais de quoi s'agissait-il?

Il tourna la tête et, dans l'obscurité, il vit le visage de Danny qui reposait sur son épaule. Sa main était posée sur sa poitrine, ses doigts enroulés dans le duvet de poils entre les pectoraux de Jay. Il était immobile.

Danny était étendu, immobile, aussi immobile que…

Le cœur de Jay s'emballa. Le garçon était *vraiment* immobile. Bon sang, pas encore !

Il se redressa, éjectant Danny avec lui, le secouant durement. Le jeune homme cria, essayant de s'éloigner des secousses, le maudissant.

Jay gronda de soulagement, saisit son amant dans ses bras, enveloppant le corps chaud dans une étreinte serrée jusqu'à ce que Danny commence à se tordre pour se libérer.

— Dieu merci, sanglota Jay, Dieu merci !

— Qu'est-ce qui t'arrive ? gémit Danny, se débattant encore, essayant toujours de reculer, pratiquement aussi effrayé que Jay, alors qu'il avait été si brusquement tiré de son sommeil et qu'il ne savait pas ce qui se passait. Qu'est-ce qui ne va pas ? Pourquoi m'as-tu réveillé ? Mon Dieu, Jay, es-tu en train de pleurer ? Pourquoi pleures-tu ? *Qu'est-ce qui ne va pas ?*

Il secoua la tête, son visage enfoui dans les cheveux ébouriffés de sommeil de Danny, sa chaleur rassurante affluant sur lui, en lui. Il entoura ses bras plus fortement autour de son dos et le tint tellement serré qu'il pouvait sentir son torse se soulever lorsqu'il respirait. Danny n'était plus effrayé, il se donnait à Jay. Il n'était plus en colère, mais juste inquiet, confus et déconcerté.

— J'ai cru… j'ai cru…

Mais il ne pouvait pas finir. Il ne pouvait pas s'expliquer, pas maintenant. Tout revenait ; ce matin, ce matin-là, il y avait un an de ça, quand il s'était réveillé pour trouver un autre corps immobile à côté de lui, une main froide sur son torse, une bouche sans souffle reposant contre son épaule.

Il prit le visage de Danny dans ses mains et fit pleuvoir des baisers partout où il pouvait. Danny réussit à lui donner des baisers en retour, avant de reculer pour se libérer et le tenir à distance de bras.

— Dis-moi, insista-t-il, d'une voix toujours endormie. Qu'est-ce qui ne va pas ? Qu'est-il arrivé selon toi ? As-tu entendu quelqu'un dans la maison ? Penses-tu que le rôdeur est de retour ?

— Non, Danny, non. J'ai juste cru…

Il prit une grande respiration, essayant de se calmer, et une fois encore, les souvenirs de ce matin-là affluèrent en lui, refroidissant son cœur, le laissant effrayé.

— La nuit où Simon est mort, Danny. Le matin, je me suis réveillé pour découvrir qu'il était… parti. Il était immobile dans mes bras. Sa vie…

sa vie s'était envolée pendant qu'il dormait. Tu étais tellement immobile contre moi, que j'ai pensé…

— Oh, merde, grogna Danny.

Il prit Jay dans ses bras, prenant sa nuque dans ses mains, reposant sa joue contre la sienne, caressant son torse pour le réconforter.

— C'est bon, Jay, chuchota-t-il dans son oreille. Je vais bien, nous allons bien tous les deux. C'était juste un cauchemar. Je vais… je vais essayer de ronfler à partir de maintenant comme tu le fais, pour que tu saches que je suis en vie. Je soulèverai les couvertures, je ferai virevolter les rideaux, je te le promets.

Jay expira un souffle tremblant et essaya de sourire contre sa joue.

— Je ne ronfle pas, dit-il.

— Oui, d'accord.

Danny alluma la lampe à côté du lit. Il installa Jay sur son oreiller, se positionna au-dessus et le regarda. Ses yeux étaient remplis de tellement d'amour et d'inquiétude que Jay en eut le souffle coupé, mais il avait déjà évacué la peur qui l'avait envahie. Danny passa ses lèvres sur ses paupières, comme s'il essayait de faire partir la peur par un baiser.

— Je vais bien, bébé. Je suis toujours là, c'était juste un cauchemar.

Il hocha la tête en signe d'approbation sans le quitter des yeux.

— Je ne peux pas te perdre, dit-il. Je n'y survivrais jamais.

— Non, roucoula Danny. Pas plus que moi, mais ne t'inquiète pas, nous sommes ensemble pour la vie, comme des cygnes ou des loups.

— Ou des termites, dit Jay en souriant.

— Quoi ?

— Des termites, ce sont des compagnons pour la vie.

— Sans blague ? Ce n'est pas tellement romantique.

— Ça l'est pour les termites, répliqua-t-il sérieusement, tout en caressant le torse de Danny. Dis-le-moi encore, dis-moi que tu es toujours là.

— Je suis toujours là, je suis juste en face de toi.

— Tu me le promets ?

Danny sourit. Il balaya la frange de Jay de son visage, ses doigts s'attardant dans ses cheveux, son pouce caressant sa tempe. Il déposa un baiser léger sur la bouche de Jay, puis un autre.

— Je te le promets, répéta-t-il.

Leurs lèvres se soudèrent, son souffle chaud coula sur Jay, se mélangeant et se mêlant au sien, parfumé de sommeil.

— Je te le promets, répéta Danny.

Et c'est avec ces deux mots que Jay finit par fermer les yeux, son cœur moins douloureux. Cet effroi horrible et torturant commençait à desserrer son étau.

— C'est à cause de ce pauvre Desi, je pense, dit-il ensuite en rouvrant les yeux avant de fixer Danny. Il était à deux doigts de mourir.

Jay essaya d'éloigner ce souvenir, c'était trop dur de penser à ça.

— C'était peut-être de ça que parlait mon cauchemar, continua-t-il. Je ne sais pas, mais quand je me suis réveillé, tu étais immobile dans mes bras et j'ai pris peur. J'ai juste… pris *peur*.

Il ferma ses yeux encore une fois et laissa les doigts chauds et caressants de Danny le calmer.

— Tu vas bien maintenant, Jay. Je suis là, nous sommes ensemble. Rien ne peut nous faire du mal. Desi va bien lui aussi. Essaye de te rendormir, d'accord ? Essaye de ne plus y penser.

— D'accord, acquiesça-t-il.

Avec un petit grognement, il releva la tête de son oreiller et donna un baiser à Danny, juste un tout petit. Puis, las, il laissa tomber sa tête sur l'oreiller. Danny glissa ses mains sur ses côtes et posa la tête sur sa poitrine. Jay le serra fort.

— Laisse la lumière allumée, murmura ce dernier, le sommeil le gagnant déjà.

Danny embrassa la poitrine de Jay, son mamelon, le duvet de poils entre ses pectoraux, ce dont il ne se lassait jamais.

— D'accord, bébé. Dors maintenant.

LENTEMENT, LE silence de la nuit reprit sa place, aucun cauchemar ne venant le troubler. Quand ils se réveillèrent, l'interlude était pratiquement oublié… perdu dans les terreurs qui suivirent.

X

LE PRÉSENTATEUR météo avait dit que la tempête arriverait dans un jour. Le ciel au-dessus de la cabane était noir et ténébreux, mais l'obscurité planante n'avait toujours pas atteint l'horizon. Le soleil couchant projetait ses rayons rouges à travers la verrière ; le dragon et le chevalier éclaboussaient de bandes de couleur les murs de la mansarde où Jay se trouvait, assis à son ordinateur, travaillant sur les salaires des employés du bar.

Danny l'avait rejoint lorsqu'il avait commencé à s'ennuyer en bas. Il était allongé sur le vieux canapé en cuir noir, qui avait été relégué dans la mansarde, lorsque les marques de dents et de griffes des animaux de la maison l'avaient rendu impropre à la salle de séjour. Même s'il ne ressemblait plus à rien, il était toujours confortable, et Jay n'avait pas été capable de s'en séparer, alors il l'avait remisé dans le bureau qui se situait dans la mansarde.

Jay se détourna de son ordinateur et regarda Danny, allongé sur le canapé miteux, et lisant un livre. C'était drôle comme le divan semblait plus attirant avec son amant étendu dessus, à peu près de la même façon qu'une jaguar XKE pouvait embellir une baraque délabrée juste en étant garée dans son allée.

— Tu augmentes la valeur du canapé, dit-il.

Danny posa son livre à côté et leva la tête pour regarder Jay, qui se trouvait toujours à son bureau.

— C'est une espèce de don. Je le fais partout où je vais.

Jay rit. Il laissa ses tableaux sur son ordinateur et se propulsa d'une poussée pour faire rouler sa chaise vers Danny. Celui-ci attrapa sa jambe et le tira encore plus près.

— Ce canapé est bien grand, dit Danny. Il y a de la place pour deux.

Jay passa sa main sur le devant de la chemise de Danny et glissa un doigt entre les boutons pour caresser sa peau dessous.

— Tu crois ?

— Eh bien, peut-être pas si tu restes entièrement habillé, dit Danny en souriant. Les vêtements sont volumineux.

— Je peux arranger ça.

Il se leva et repoussa la chaise. Il s'avança à côté de Danny et commença à retirer ses vêtements. Danny le regarda faire pendant quelques secondes avant de retirer ses propres vêtements. En un instant, ils furent complètement nus.

Jay le fixa.

— Regarde-toi. Regarde les couleurs sur ta peau. Le soleil illumine la verrière juste comme il faut, dit-il doucement en caressant l'abdomen de Danny avec ses doigts avant de tapoter gentiment son nombril. Là. Je peux discerner le chevalier et, ici, les couleurs du dragon sur ta gorge et ton visage, tu es magnifique.

On aurait dit qu'il priait.

— C'est comme si tu étais une aquarelle.

Danny leva sa main et la bougea, souriant en voyant le jeu des couleurs sur sa peau.

Jay se baissa pour embrasser la main de Danny, puis il se glissa sur le canapé, à côté de lui, et le prit dans ses bras. Celui-ci ronronna.

— Mmm.

La hampe de Jay, toujours gorgée de sang, reposait, chaude et dure, sur la cuisse de Danny. Ce dernier était toujours allongé sur le dos, son sexe dressé, jusqu'à ce que Jay l'entoure de ses doigts et le fasse sien.

— C'est bon, grogna Danny en soulevant ses cuisses.

— Je sais.

Il fit glisser ses lèvres sur le torse de Danny et commença à butiner vers le bas de son estomac, vers un jeu de couleurs d'une palette de plaisir. Pendant qu'il inclinait la hampe de Danny avec ses doigts pour lui donner de l'espace, il poussa sa bouche dans le duvet blond des poils pubiens à sa base.

— Mmm.

— Assieds-toi sur mon torse, murmura Danny.

Jay arrêta ce qu'il était en train de faire et le regarda.

— Quoi?

— Tu m'as entendu, dit Danny d'une voix enrouée. Assieds-toi sur mon torse et mets ton érection sur mon visage.

— Eh bien, si tu insistes, dit Jay, les yeux étrécis.

Avant de lâcher l'entrejambe de Danny, il lui dit au revoir en glissant la langue tout du long jusqu'à ses bourses. Son compagnon rit, haleta et gigota comme un poisson accroché à un hameçon. Dès que Jay fut certain que son amant était bien, il se tourna, le relâcha et fit ce qu'on lui avait demandé.

Il plia ses jambes autour de la poitrine de Danny pour le chevaucher confortablement et il posa ses fesses sur son sternum, reposant ses bourses sur son menton. Sa hampe pointait droit sur le nez de Danny comme un petit poteau et ses cuisses chaudes étreignaient les oreilles de Danny.

— Comment suis-je censé sucer ça? demanda Danny en riant. C'est comme mettre ma bouche sur un piquet de clôture pendant que je suis allongé sur le sol.

— Oh, laisse-moi t'aider.

Il souleva ses fesses et se mit sur ses genoux en posant sa main sur le divan pour se tenir, puis il se positionna de manière que l'extrémité de sa hampe puisse entrer directement dans cette divine humidité chaleureuse qu'était la bouche de Danny.

Jay trembla.

— Oh! C'est bon.

Danny leva les yeux au ciel et marmonna quelque chose, et étant donné qu'il avait un énorme sexe dans sa bouche, Jay n'avait aucune idée de ce qu'il avait dit, et cela lui était égal.

— Ton sexe a besoin d'un peu d'attention, dit Jay. Je vais me retourner.

Danny laissa glisser la hampe de Jay hors de ses lèvres, tout en faisant courir ses mains sur sa poitrine, visiblement réticent à le laisser faire.

— Ça devrait être intéressant, dit-il en souriant. Tu es sûr de ne pas être trop vieux pour ça?

— Va te faire voir, dit Jay en grognant.

— Seulement si tu le demandes gentiment.

Jay se tourna maladroitement sur ses genoux jusqu'à ce qu'il soit installé dans l'autre sens, ses bourses reposant maintenant sur le torse de Danny et ses mains sur ses cuisses pour se tenir, il se pencha pour prendre le membre de Danny dans sa bouche, comme il l'avait voulu.

— Je commence à voir l'intérêt de tout cela, murmura celui-ci.

Avant que Jay puisse répondre, Danny plongea son nez entre ses fesses et posa ses lèvres sur son ouverture. Jay poussa un cri et essaya de se retirer. Danny lui attrapa les cuisses en riant et le remit en place. Cette fois, il explora l'ouverture de Jay avec sa langue, un frisson, comparable au tremblement de terre de San Francisco de 1906, traversant tout le corps de Jay.

— Je crois que j'aime ça, marmonna Danny.

Jay répondit en tendant la main pour prendre une poignée de cheveux de son amant et le retenir là où il était, comme s'il craignait qu'il essaye de se retirer, comme si cela pouvait arriver. Danny le récompensa en plaquant sa langue encore une fois sur son trou froncé, suffisamment longtemps pour le rendre fou.

— Oh, merde, dit Jay en se tordant sur la bouche de Danny.

Le gamin était doué.

— Ne m'appelle pas gamin, gronda Danny en retirant sa langue du trou de Jay.

— Je ne l'ai pas fait !

— Tu étais en train de le penser !

Jay secoua sa tête et décida de laisser tomber. Il se pencha, exposant son cul encore plus, comme si cela pouvait être possible, et il prit une fois de plus la hampe de Danny dans sa gorge, aussi loin qu'il le pouvait.

La langue de Danny dansait délicieusement sur son orifice et cela l'excitait tellement que Jay eut la surprise de recevoir le fruit d'un orgasme inattendu et explosif. Le sperme de Danny éclaboussa son palais, trempant ses amygdales, aspergeant tout sur son passage. Plus heureux qu'il ne l'avait jamais été dans sa vie, il serra ses lèvres autour de la verge de Danny pour ne pas en perdre une seule goutte. Alors que son éjaculation diminuait, Danny tendit une main tremblante entre les jambes de Jay et commença à le masturber. Jay grogna, et le cul toujours sur le visage de Danny, tel un masque d'Halloween, il hurla une fois et éjacula sur l'estomac de son compagnon.

Danny le maintint jusqu'à ce que leurs tremblements s'arrêtent et Jay se pelotonna, le cœur battant, savourant la chaleur de son amant et son toucher.

Danny trembla dans un rire silencieux.

— Tu as crié comme un chameau.

— Oh, tais-toi, murmura Jay.

Il se retourna en gémissant et s'allongea de tout son long à côté de Danny sur l'étroit divan. Le jeune homme lui fit de la place alors que de sa main libre, il ramassait avec ses doigts la semence de Jay qui se trouvait sur son ventre, avant de les porter à sa bouche et de les sucer, tandis que Jay le regardait faire.

— Ça fait grossir, dit ce dernier.

— Laisse-moi tranquille, je mange.

Jay rit et tira la tête de son amant vers lui pour prendre cette magnifique bouche pleine de sperme avec la sienne. Quand Danny se tordit pour lui faire face, son estomac recouvert de sperme se pressa contre celui de Jay, l'enduisant comme une tartine. Leurs jambes étaient entrelacées, leurs sexes blottis ensemble, s'amollissant côte à côte.

Danny plaça son visage sur la gorge de Jay pour embrasser sa pomme d'Adam recouverte d'une barbe naissante, plongeant sa langue dans la petite encoche triangulaire à la base du cou. Son cœur battait au rythme de celui de Jay, tel un duo parfait.

— J'aime ton cul, chuchota-t-il dans un souffle sur le torse de Jay.

— C'est bon à savoir, répondit-il en le tirant vers lui.

Danny ouvrit la bouche pour répondre, mais il fut interrompu par un bruit fort en bas. Jay se tendit et le corps de Danny devint rigide contre lui au même moment.

— Qu'est-ce que c'était ? chuchota Danny.

Il se dégagea des bras de Jay, ses yeux écarquillés de peur, sa mâchoire ouverte de surprise et d'effroi. Les éclaboussures de couleur qui venaient de la verrière éclairaient toujours son visage, le rendant plus lumineux et encore plus brillant avec les traces du sperme de Jay.

— Qu'est-ce que c'était ?

Ils se levèrent tous les deux du divan et, toujours nus, ils se précipitèrent en bas de l'escalier. Les aboiements soudains des deux chiens firent accélérer Jay, et alors qu'il atteignait le premier étage, il volait pratiquement. Danny était sur ses talons.

Juste avant d'atteindre le séjour, Jay tendit la main et arrêta fermement Danny dans sa course.

— Non !

Danny retrouva son équilibre dans les bras de Jay et se tint, tremblant, sur la dernière marche. Ils regardèrent tous les deux le séjour, le désordre terrifiant qui s'y trouvait.

Le sol était couvert de verre brisé. Jay regarda Danny, dont les yeux étaient écarquillés comme des soucoupes, puis se tourna vers la baie vitrée qui se trouvait sur le porche. Un vent froid passait à travers le grand trou qui se trouvait à la place de la fenêtre, faisant virevolter les rideaux et cliqueter les stores. Le vent était fort et faisait basculer les photos sur le manteau de la cheminée. Lucy et Desi avaient disparu. Jingles était ratatiné dans l'embrasure de la cuisine, fixant l'ouverture, le dos hérissé et les dents découvertes. Danny trembla et Jay le prit dans ses bras protecteurs.

— C'est bon, bébé, murmura Jay, tremblant soudainement de froid.

Danny s'enfouit dans ses bras et secoua la tête.

— Comment ça pourrait aller bien ? Que s'est-il passé ? Est-ce que c'était… Josh ?

Jay roucoula dans son oreille, le faisant taire, essayant de la calmer.

— Je ne vois pas de pierre sur le sol, personne n'a jeté de brique à l'intérieur, c'est peut-être un accident.

— Que veux-tu dire par accident ? Tu veux dire comme… comme un oiseau qui aurait volé dans la fenêtre ?

— Peut-être, dit Jay, ou peut-être juste le vent.

Danny le dévisagea incrédule.

— Vraiment ?

Jay n'y croyait pas, mais il n'allait pas le lui dire.

— Montons nous habiller et mettre des chaussures, puis nous redescendrons et nettoierons tout ce bazar. Vas-y en premier, Danny, j'arrive tout de suite.

— Tu en es sûr ? demanda le jeune homme, sans conviction.

— J'en suis sûr, vas-y.

Jay lui donna un coup de coude et Danny s'éloigna, montant doucement les marches, jetant des coups d'œil sur son compagnon par-dessus son épaule.

Lorsqu'il fut parti, Jay resta debout, au pied de l'escalier, son propre sperme séchant sur son ventre, regardant par la baie vitrée leurs deux voitures garées dehors et les nuages ténébreux passant au-dessus.

Alors qu'il regardait dehors, le soleil couchant disparut à l'horizon, laissant le sommet de la montagne dans le crépuscule.

Il serra les poings, ressentant une colère foudroyante, une fureur soudaine. Il avança dans le séjour, sans se préoccuper de sa nudité et du sperme sur son ventre, ni du froid ou des bris de verre et passa la porte d'entrée. Les mains tremblantes, il agrippa la rampe du porche et regarda dehors. Bien sûr, il n'y avait personne. Il savait qu'il n'y aurait personne.

Il regarda Jingles qui l'avait suivi dehors et se tenait à ses côtés, recroquevillé à ses pieds. Le chien aussi regardait le long de la pente de la montagne, sur le chemin défoncé, devant les rochers, le maquis et les kilomètres de cactus. Ses oreilles se redressèrent et ils entendirent au loin une voiture démarrer. Jay entendit Carly, frénétique, quelque part sur le chemin, hors de vue, aboyant et hurlant comme le chien des

144

Baskerville, réagissant de façon contraire à son habitude ; quelque chose l'avait vraiment énervée.

Il trembla à l'air vif et croisa ses bras sur son torse nu, son sexe gouttant toujours, encore à moitié en érection. Il avait toujours le goût du sperme de Danny. Il pouvait toujours sentir sa peau sur la paume de ses mains, sa bouche sur lui, savoureuse.

Il repoussa ses pensées et la colère vint immédiatement remplir le vide. Dans un sifflement, il se baissa et retira un bris de verre de son talon.

— Josh, espèce de connard, gronda-t-il dans sa barbe.

LES DEUX hommes se tenaient côte à côte et fixaient la baie vitrée, qui était maintenant fermée par des panneaux de vieux bois que Jay avait entreposés dans le sous-sol quand il avait rénové la mansarde. Après avoir balayé le verre, ils avaient cloué les panneaux de bois sur la fenêtre cassée, empêchant le froid et le vent de s'infiltrer, mais empêchant également la lumière de passer. Au grand jour, le séjour n'avait jamais semblé aussi sombre et triste. Ils devraient faire avec jusqu'à ce qu'ils prennent contact avec un installateur de fenêtres pour la remplacer.

Une fois les travaux terminés, Lucy et Desi apparurent, agissant avec désinvolture, comme s'ils étaient simplement partis chasser des pinsons et non se cacher de criminels qui cassaient des fenêtres. Jay leur donna à chacun une longue caresse sous le menton, les accueillant, soulagé de les voir sains et saufs.

Alors qu'ils travaillaient sur la fenêtre, Danny décida de faire face à la vérité que Jay avait déjà verbalisée. Du moins, il était décidé à énoncer à voix haute cette pensée.

— C'est Josh, dit-il en jetant le marteau sur le sol. Je sais que c'est lui.

Jay acquiesça, il n'était plus en colère, juste fâché et triste.

— Je sais, mais sans preuve, les policiers ne feront rien.

— C'est idiot.

Jay haussa les épaules, essayant de donner l'impression que cela ne signifiait rien pour lui, ce qui était très loin de la vérité.

— C'est comme ça, je devrais peut-être lui parler.

Danny sursauta.

— Non, s'il te plaît, Jay, laisse-moi faire. Je vais l'appeler, il est possible qu'il ne sache toujours pas que nous sommes ensemble. Tu vas juste le rendre encore plus fou.

Jay sourit en l'écoutant et posa une main réconfortante sur son épaule, lui donnant une gentille pression.

— Danny, il sait déjà que nous sommes ensemble. S'il ne sait pas exactement que nous sommes amants, il sait au moins que nous vivons ensemble, sinon pourquoi ferait-il tout cela ? Et à ma maison ? Je ne te l'avais pas dit, mais il est venu au bar une nuit. Ernie m'a raconté qu'il était passé prendre un verre et pendant qu'il était là, il a parlé au barman. Il pourrait très bien avoir parlé de toi, Danny. Tous les barmans savent que nous sommes ensemble maintenant, mais ils ne connaissent pas l'existence de Josh, sinon ils auraient réfléchi à deux fois avant de parler de nous. Ils sont toujours en train de me taquiner sur le fait que j'ai un nouveau minet. Ils ont même très bien pu dire à Joshua où nous vivons. Si Josh a posé la bonne question et a agi de manière innocente, cela n'a jamais dû paraître suspicieux.

— Bon sang, soupira Danny.

Jay prit le menton de Danny entre son pouce et son index, lui donnant une petite secousse pour avoir son attention.

— Je ne veux pas que tu lui parles, même au téléphone. Je ne veux pas que tu aies le moindre contact avec lui, d'accord ? Je veux que tu me le promettes.

— Très bien, je te le promets.

Jay lui fit ce qu'il espérait être un sourire encourageant.

— Ce gars n'est pas un idiot, Danny. Tôt ou tard, il se fatiguera de nous harceler.

Danny ne paraissait pas convaincu.

— Et que fera-t-on s'il ne s'arrête pas ? Que va-t-il arriver s'il devient encore plus fou ? Et combien d'autres dommages devras-tu subir dans ta maison en attendant qu'il se calme ?

— Alors je vais aller lui parler, dit Jay en réfléchissant à ce que venait de dire Danny.

— Non.

— Danny, tôt ou tard, les policiers devront se rendre compte que nous n'inventons rien. Ils pourraient, au moins, parler à Josh pour nous, l'effrayer, lui faire une peur bleue.

146

— Jay, quand Joshua est comme ça, je ne pense pas qu'il sache ce qu'est la peur.

La mâchoire de Jay se contracta et ses yeux se plissèrent.

— Alors, je vais lui montrer ce que c'est. Je vais faire ce que je t'ai dit que je ferai ; je vais le battre comme plâtre.

Il regarda l'horloge comme si la discussion était close.

— Il est l'heure d'aller au travail.

Danny resta immobile. Une douce lueur brûlait dans ses yeux, un brin taquine.

— Alors, je suis ton nouveau minet, c'est ça ? Et peux-tu me dire combien de minets as-tu eus ?

Jay ouvrit la bouche en grand, mais rien ne sortit avant qu'un sourire n'apparaisse.

— Je ne t'ai pas appelé minet, les barmans l'ont fait, honnêtement. Et tu es le premier, je te le jure. Il fit une croix sur son cœur comme les boy-scouts. Maintenant, va travailler.

— Ce n'est pas parce que je suis plus petit et plus jeune que toi que ça fait de moi un minet.

— Waouh ! ça fait mal, dit Jay en souriant.

— Nous discuterons de cette histoire de minet plus tard.

— Je me doutais que ça serait le cas. Pourrons-nous le faire tout nu ?

— Absolument.

— Avec du lubrifiant ?

— Oh, oui, dit Danny en frottant son cul alors que ses yeux brillaient.

— Bien, maintenant va travailler.

— Devrais-je l'appeler ? demanda Danny, les yeux redevenus sérieux.

— Non, répondit Jay, son sourire disparaissant, alors que ses mâchoires se crispaient. Attendons.

— Si tu le dis. Je ne sais pas ce que je pourrais lui dire…

Danny se dressa sur la pointe de ses pieds et fixa un point par-dessus l'épaule de son compagnon.

— Dieu merci !

Jay se tourna pour voir ce dont il parlait et là, il vit Carly qui remontait le chemin. Elle semblait parfaitement satisfaite d'elle, comme si elle avait chassé leur vandale tout du long.

— Les troupes sont rentrées de la guerre, marmonna Jay en souriant brièvement.

Danny rit puis lança un dernier regard triste vers la baie vitrée et monta s'habiller pour aller travailler.

— DANNY ? VENEZ avec moi, s'il vous plaît.

Danny venait juste de pointer et était sur le point de poser sa veste dans son casier quand sa patronne au magasin, Mademoiselle Turner, l'interpella et lui demanda de la suivre.

Mademoiselle Turner avait la cinquantaine. Elle était acerbe, ne souriait qu'aux clients, et portait des chaussures très laides. Tout le monde la détestait, à l'exception de la direction, car elle était responsable du rayon homme de Macy depuis des années. Elle faisait la loi comme un dictateur du tiers-monde, ne tolérait aucune opposition, n'acceptait aucune excuse si ses ordres n'étaient pas suivis à la lettre, et mangeait toujours son déjeuner toute seule à son bureau, dans l'arrière-salle.

Gêné, Danny la suivit au fond du magasin, où elle se laissa tomber lourdement sur la chaise de son bureau en face de celle qu'occupa Danny.

Elle alla droit au but.

— Vous travaillez ici depuis presque un an, Danny. J'avais des doutes à votre propos depuis le début, pas seulement à cause des blessures que vous sembliez vous faire continuellement en tombant de vélo ou en dégringolant des escaliers. C'est assez déconcertant pour les clients d'avoir affaire à un vendeur qui donne l'impression de sortir d'un match en cage.

Danny fut surpris qu'elle sache ce qu'était un match en cage.

— Je suis plus prudent, maintenant, dit-il. Je n'ai pas eu de blessures depuis…

— Malheureusement, vos blessures ne sont pas la raison pour laquelle je vous ai fait venir ici.

Danny se tortilla sur son siège, il avait besoin de ce travail. Il essayait de le faire au mieux de ses capacités et il ne comprenait pas où voulait en venir Mademoiselle Turner.

— Ai-je fait quelque chose qui vous a déplu ? demanda-t-il prudemment. Si vous me disiez ce que c'est, je pourrais…

Mademoiselle Turner se redressa, comme si quelqu'un venait de lui enfoncer un balai dans le cul.

— Vous n'avez rien fait pour me déplaire, votre travail était acceptable.

— Alors quel est le problème ? demanda Danny qui commençait à s'impatienter légèrement.

— Ceci, dit mademoiselle Turner en glissant une feuille de papier à travers le bureau.

Mais elle la reprit avant qu'il ne puisse la prendre et la lire.

— Qu'est-ce que c'est ? demanda-t-il.

Mademoiselle Turner s'autorisa à faire preuve d'humanité en soupirant tristement.

— C'est une lettre du siège social à La Jolla, il y a eu une plainte contre vous.

— Déposée par qui ? demanda-t-il.

Un filet de sueur froide glissa sur sa cage thoracique. Il refusait de détourner son regard de Mademoiselle Turner qui le fixait avec une expression voulant montrer un peu de préoccupation, mais qui, en réalité, n'affichait rien d'autre que de l'aversion. Ce regard lui fit mal ; il ne savait pas qu'elle le détestait autant.

— Elle a été déposée par un client, dit-elle en tapant un ongle sans vernis sur la feuille de papier en question. C'est une terrible accusation dégoûtante, Danny. Vous, les gays, je ne comprends pas comment vous pouvez faire les choses que vous faites ou pourquoi vous persistez à penser que tout le monde partage votre prédisposition pour...

— Pour quoi ?

Le mot traversa ses lèvres, aussi accusateur que la feuille de papier qu'elle tenait sous sa main. Elle prononça doucement le mot, comme si son simple son lui donnait une peur bleue.

— Pécher.

Danny passa de la tristesse à la colère en un rien de temps.

— Quel genre de péché exactement les gays sont-ils accusés d'avoir commis ?

Mademoiselle Turner souleva le couvercle d'un bocal à bonbons qui se trouvait sur le bureau et prit un M & M's, un rouge. Elle le mit dans sa bouche, puis tendit le bocal à Danny. Il ne prit même pas la peine de le regarder, au lieu de ça, il continua à fixer froidement la femme qui se trouvait en face de lui.

— Alors ?

Elle mit le M & M's dans sa joue, comme un écureuil, et replaça le couvercle pour mettre le bocal de côté.

— La plainte dit que vous avez abordé un client dans la cabine d'essayage.

— Que voulez-vous dire par « aborder » ?

Mademoiselle Turner se pencha sur ses avant-bras décharnés. Elle le regarda avec dégoût, comme si quelqu'un venait de déféquer sur son bureau.

— Le client affirme que vous lui avez fait des avances de nature sexuelle. Il dit que vous l'avez aidé à choisir un pantalon et que sous prétexte d'effectuer les mesures de la couture intérieure, vous... Oh mon Dieu... avez pris ses parties génitales dans vos mains et essayé d'ouvrir sa fermeture éclair pour sortir son appendice sexuel.

Mademoiselle Turner finit son accusation au galop, ses joues blafardes étaient, pour une fois, rouges, ce qui la rendait presque jolie. Presque.

Danny rit.

— Vraiment ?

Ce fut à son tour de se pencher. Il laissa ses mains serrées sur ses cuisses, ne sachant pas ce qu'il en ferait s'il les bougeait.

— Je n'ai jamais été dans les cabines d'essayage avec un client. Je n'ai jamais mesuré la couture intérieure d'un client. Je leur ai montré comment faire et je les ai laissés prendre les mesures. Ce n'est pas parce que je suis gay que je veux avoir des relations sexuelles avec n'importe quel client idiot qui passe cette fichue porte !

— Ne jurez pas devant moi, jeune homme.

Danny balaya ses paroles comme si sa sensibilité ne signifiait rien pour lui, ce qui était le cas.

— J'exige de savoir qui a porté plainte.

Il tendit le bras pour attraper la lettre d'accusation qui se trouvait sur le bureau, mais elle l'attrapa en premier, pour la mettre dans le tiroir du bureau comme si elle pensait qu'il allait essayer de l'arracher de sa main.

— Je suis désolée, Danny, mais je dois mettre un terme à votre contrat immédiatement. Vous irez au cinquième étage, ils vous feront votre compte.

— Vous ne pouvez pas faire ça. N'ai-je même pas une chance de pouvoir me défendre ? Comment pourrais-je prouver que je n'ai rien fait, si vous ne me dites pas qui a menti à mon propos ?

— Je suis désolée. Je vous remercie de vider votre casier. Je vous souhaite le meilleur dans votre futur emploi. Je suis sûre que vous comprendrez si je ne vous fournis pas d'excellentes références pour vos futurs employeurs, qu'elles viennent de moi ou de l'entreprise.

— Je vais vous poursuivre en justice.

— C'est votre droit, bien sûr.

Danny savait aussi bien qu'elle qu'il n'avait pas l'argent nécessaire pour attaquer l'entreprise en justice.

— Donnez-moi juste le nom de l'homme qui m'accuse. S'il vous plaît, je lui parlerai. Je lui prouverai qu'il accuse la mauvaise personne.

— Non, notre client a suffisamment souffert. Maintenant, je vous en prie, videz votre casier comme je vous l'ai suggéré. Vous êtes, bien sûr, toujours le bienvenu en tant que client.

— Eh bien, dit Danny en éclatant de rire, merci beaucoup. J'ai eu peur que si je ne travaillais plus ici, pour accoster les clients à gauche et à droite et vous regarder piétiner autour comme Idi Amin [5] dans vos fichues chaussures toutes laides, vous n'acceptiez plus mon argent.

Son visage pincé devint encore plus pincé. Elle se leva et pointa la porte.

— Sortez avant que je n'appelle la sécurité.

Danny ouvrit la bouche pour l'insulter, mais tout aussi rapidement, il décida de ne rien faire.

Luttant contre ses larmes, il se leva et tourna le dos à Mademoiselle Turner pour la dernière fois.

— Je n'ai rien fait de ce que l'on m'accuse, dit-il doucement.

Sans attendre de réponse, il sortit.

JAY SE gara à sa place habituelle, à plusieurs pâtés de maisons du bar, dans une rue résidentielle, où il n'avait jamais eu à payer de frais exorbitants pour un stationnement mensuel. Il entendit les sirènes, à distance, mais n'y prêta pas beaucoup d'attention. San Diego était la huitième grande ville du pays ; on pouvait entendre des sirènes dans une rue ou une autre tous les jours de l'année. Il était à deux pâtés de maisons de sa jeep quand son téléphone portable sonna. C'était Ernie et il semblait triste.

— Jay, tu ferais bien de venir, il y a le feu.

Jay s'arrêta net, écoutant avec plus d'attention les bruits environnants et réalisant que les sirènes s'étaient arrêtées tout près. D'après la portée du son, c'était juste à côté du « Clubhouse ». Maintenant son téléphone à son oreille, il se mit à courir.

---

5 Militaire et homme d'État ougandais. Il a laissé l'image d'un dictateur fou, violent et sanguinaire.

— Est-ce que c'est le bar ? demanda-t-il, même s'il connaissait déjà la réponse.

— Oui, Patron, j'en ai bien peur.

Le cœur de Jay se serra.

— J'ai entendu les sirènes. L'ont-ils éteint ?

— Ils sont en train d'y travailler.

— Je ne suis qu'à quelques minutes, Ernie, raccroche.

— Je suis dans l'allée de derrière, glissa son videur dans la conversation juste avant que Jay ne raccroche.

Dans l'allée. Merde ! Jay mit son téléphone dans sa poche et courut encore plus vite.

En passant le dernier carrefour, hors d'haleine, il s'arrêta en trébuchant ; il y avait des voitures de police partout, deux camions de pompiers étaient parqués devant l'établissement et, sur le côté, le van de News 8, avec une journaliste bien coiffée qui interrompait les pompiers, alors qu'ils essayaient de travailler.

À part le fait que la porte d'entrée avait été ouverte à coups de masse, le bar paraissait normal. Une lance incendie serpentait par la porte, mais elle ne semblait pas pomper d'eau ; deux soldats du feu se tenaient simplement là en la tenant. Un autre pompier, visiblement le commandant, était au téléphone, sûrement avec les hommes à l'arrière qui combattaient actuellement le feu.

L'extrémité du pâté de maisons était noire de fumée.

Jay ne prit pas la peine de parler à qui que ce soit, il courut simplement vers le côté de la rue pour entrer dans l'allée. C'était là où tout le monde travaillait. Les tuyaux à incendie lançaient des torrents d'eau à travers la fumée tournoyante qui recouvrait l'arrière du bar. Jay ne pouvait ni entendre ni voir les flammes, mais il pouvait déjà dire qu'il y avait des dégâts considérables. Le mur arrière était entièrement carbonisé et s'écroulait sous les jets d'eau. Les pompiers criaient des ordres dans tous les sens, personne ne faisait attention à lui.

Ernie, d'un autre côté, l'avait immédiatement repéré et il courait vers lui, sa casquette de base-ball de travers et de la suie sur la joue. Considérant tout le désordre, la puanteur et la fumée, Jay était surpris de le voir aussi soulagé.

— Ils l'ont éteint, Jay. En dehors de quelques dégâts dus à la fumée et le mur arrière qui s'est transformé en un désordre carbonisé, le reste du bar devrait aller.

La fumée commençait à se dégager et Jay put voir les dommages plus clairement ; Ernie avait raison, le mur à l'arrière du bâtiment ressemblait à un tas de briques carbonisées.

— Où a-t-il commencé ? Le savent-ils ?

Ernie pointa du doigt l'une des trois bennes à ordures qui étaient toujours alignées à côté de la porte du fond.

— Là, dans une benne à ordures. Les policiers ne savent pas si c'était volontaire ou non. Quelqu'un a peut-être juste jeté un mégot de cigarette à l'intérieur et a tout enflammé. Je suis désolé, Jay. Je pense que tu vas devoir fermer pour un moment.

Jay acquiesça.

— Tu as sûrement raison.

Après coup, Jay réalisa que cela aurait pu être bien pire. Il prit l'énorme corps de son videur dans ses bras et tapota son dos.

— Tu n'as rien ? Est-ce que quelqu'un a été blessé ?

Ernie rougit.

— Non, Patron, je vais bien et personne n'a été blessé. J'espère que tu as une assurance.

Jay ne parvint pas réellement à sourire, mais il essaya.

— Oui, j'en ai une. Ne t'inquiète pas.

Les deux hommes restèrent là, côte à côte, s'assurant d'être hors du chemin, et regardèrent les pompiers qui aspergeaient toujours les ruines avec leurs lances à incendie. Ils avaient mis une buse plus grande, pour une plus large pulvérisation, l'étroit jet d'eau surpuissant n'étant plus nécessaire pour repousser les flammes. Jay recula quand un pompier donna avec sa hache un grand coup dans le mur et qu'un pan entier s'effondra. Aucune flamme ne sortit, seulement un nuage de fumée, noir et puant. Jay se détourna.

À cet instant, son téléphone portable sonna. Jay porta l'appareil à son oreille, pas très enclin pour une discussion futile.

— Je suis occupé, dit-il. Qu'est-ce qu'il y a ?

Il y eut un silence momentané sur la ligne.

— C'est moi, finit par dire Danny. Est-ce que tout va bien ? À la radio, ils ont parlé du feu.

Au milieu de ce qui devenait l'un des pires jours de sa vie, Jay trouva du réconfort dans la voix à l'autre bout de la ligne.

— Danny ! Oui, je vais bien. Que fais-tu dans la voiture ? Tu ne travailles pas ?

— Je suis parti plus tôt, dit Danny après avoir hésité un moment. J'allais rentrer à la maison. Qu'en est-il du bar ? Peux-tu ouvrir ?

— Non, dit Jay en soupirant. Nous allons devoir fermer pendant un moment, peut-être même pendant plusieurs mois, mais tout n'est pas perdu, ça peut être réparé. Dès que j'ai fini ici, je rentre à la maison, bébé, et tu pourras me raconter ta journée, j'ai l'impression qu'elle n'a pas été meilleure que la mienne.

— Tu as tout compris, dit Danny en soupirant fortement, mais ne t'inquiète pas pour ça. Rentre à la maison quand tu pourras, je t'attendrai.

— D'accord, bébé, ne t'inquiète pas, quoi que ce soit, nous allons nous en occuper.

— Oui, je te vois tout à l'heure.

— Je t'aime, dit Jay, déchiré entre le désordre qu'il avait devant lui et la tristesse qu'il pouvait entendre dans la voix de Danny. Ne t'inquiète pas, tout va s'arranger.

— D'accord, Jay. Je t'aime aussi.

Puis sur ces mots, il raccrocha.

QUAND DANNY sortit de l'autoroute pour arriver sur le chemin qui allait jusqu'à la maison, il fit une embardée sur le côté et s'arrêta. Son cerveau était en ébullition, il était tellement en colère que ses articulations étaient blanches sur le volant.

Tu m'as fait renvoyer, sale fils de pute. Et non seulement ça, mais tu as mis le feu au bar de Jay.

Danny composa le numéro de téléphone de Joshua.

— Le numéro que vous avez composé n'est plus attribué, dit une voix préenregistrée après un bref instant. Il n'y a aucun nouveau numéro. Merci de vérifier le numéro et de rappeler

Il jeta son téléphone sur le plancher et appuya sur la pédale d'accélérateur, faisant crisser les graviers derrière lui. Il s'obligea à se calmer, et à l'instant où il revenait sur le chemin, il était presque redevenu lui-même, mais il était toujours inquiet de ne plus avoir de travail, et du fait que l'entreprise de son amant venait de prendre feu… et il y avait aussi un énorme trou à l'avant de leur maison.

Alors qu'il entrait et qu'il était accueilli par Lucy et Desi et les deux chiens, ses mâchoires lui faisaient mal à force d'être contractées. Il n'avait jamais été aussi furieux de sa vie.

Il se laissa tomber sur une chaise de la cuisine, il portait toujours son manteau et son écharpe, et resta assis pendant que les nuages orageux affluaient au-dessus de la maison, enfermant la montagne de Jay dans les ténèbres. Il laissa tomber sa tête sur son bras, ferma les yeux et avant qu'il ne le remarque, le stress accumulé dans la journée le rattrapa et il tomba dans un sommeil agité.

IL FAISAIT presque nuit quand la porte d'entrée s'ouvrit en grinçant et que le cliquetis des griffes des chiens sur le sol du séjour se fit entendre. Danny préparait le dîner et baissa la flamme sous la sauce tomate en conserve pour courir au-devant de Jay. Les spaghettis étaient déjà dans une passoire, dans l'évier, à attendre de l'eau chaude pour les ramener à la vie. Avant que Jay n'ait pu fermer la porte, Danny était dans ses bras.

Il enfouit son visage sur le devant du manteau de son compagnon et sentit la fumée. Les mains de son amant étaient froides sur sa nuque, il avait des cernes noirs sous les yeux et ses cheveux étaient mouillés. La pluie avait dû commencer à tomber.

— À quel point est-ce mauvais ? demanda-t-il.

Jay grogna, il n'avait jamais paru aussi fatigué depuis que Danny le connaissait. D'un ton morne, il lui décrivit sa journée, le fait qu'il était resté près des pompiers pendant qu'ils vérifiaient tous les points chauds, qu'ils surveillaient les plaques de contre-plaqué à l'arrière du bar pour prévenir toute reprise de feu, voilant tout l'alcool et éloignant la table de billard, mais surtout attendant qu'un serrurier répare les dégâts faits par les pompiers avec leurs masses sur la porte d'entrée.

— On pourra probablement rouvrir dans deux ou trois mois, finit par dire Jay, ça semble pire que ça ne l'est en réalité. Rien à l'intérieur n'a été endommagé, Dieu merci, à part que tout a été envahi par la fumée et trempé par l'eau. Le tapis devra être remplacé ainsi que le mur du fond, et c'est à peu près tout. Mon assurance devrait couvrir les travaux sans problèmes.

Danny se dressa sur ses orteils et déposa un baiser sur la joue de Jay.

— Je suis désolé, bébé, aurons-nous des problèmes financiers ?

Jay lui sourit.

— Hé, je suis riche, nous n'avons pas besoin de nous inquiéter de ça. Pourquoi ? Tu m'aurais jeté si tu avais appris que j'étais soudainement pauvre ?

Danny ne réussit pas à sourire.

— Non, j'ai juste… perdu mon travail aujourd'hui.

— Pourquoi ? Que s'est-il passé ?

Danny poussa un soupir et descendit la fermeture éclair de la veste de Jay.

— Je te le dirai plus tard. Tu vas retirer ses vêtements puants et prendre une douche. J'ai fait le dîner, des spaghettis.

— Bien, dit Jay, je suis affamé.

— C'est ce que je pensais. Va te nettoyer. Je te raconterai tout pendant le repas.

Jay haussa les épaules pour retirer sa veste et ôta ses chaussures sales.

— Je n'en ai que pour une minute.

— Prends ton temps, dit Danny.

Mais après que Jay lui avait donné un baiser sur le front et se dirigeait vers les marches, Danny tendit la main et s'accrocha à sa manche.

— Jay ?

Celui-ci se tourna pour lui faire face.

— Oui ?

— C'était Joshua, dit Danny en déglutissant difficilement. Mon travail, le bar, la fenêtre brisée, tout. C'est lui depuis le début.

— Je sais, dit Jay en hochant la tête, je suis arrivé à la même conclusion il y a quelque temps.

— J'ai essayé de l'appeler, mais son numéro de téléphone est hors service. Je pense que le pire est peut-être encore à venir.

Jay s'avança et prit le jeune homme dans ses bras. Il posa ses lèvres sur les cheveux de Danny.

— J'ai pensé ça aussi, il y a à peu près trois heures, lorsque je me tenais à l'arrière du bar. Et je ne crois pas qu'il renoncera, il ne nous laissera jamais tranquilles.

— Non, dit Danny en soupirant, jamais.

Jay agrippa ses bras et le secoua gentiment en lui souriant.

— Ne t'inquiète pas, Danny. Demain, nous irons à la police. Je ne ferai pas ça au téléphone, je le ferai en personne. J'obtiendrai de l'aide de quelqu'un d'une façon ou d'une autre. Il faut l'arrêter.

Un éclair illumina le ciel et un battement de cœur plus tard, le tonnerre les fit sursauter. Les chiens se recroquevillèrent à leurs pieds et les deux chats se précipitèrent derrière le canapé.

— La tempête commence, dit Danny.

— Je ferai mieux d'enfermer les poules, répondit Jay.

— Non, tu vas prendre ta douche et je vais rentrer les poules. Puis, je donnerai à manger à mon amour. Ce soir, nous agirons comme si rien ne s'était passé, répondit Danny en posant une main sur la joue de son compagnon.

— On le garde pour demain, hein ? dit Jay en souriant.

— Oui, on le garde pour demain. Va te doucher, tu pues.

— Râleur.

DES HEURES plus tard, Danny et Jay étaient profondément endormis, enlacés dans les bras de l'un de l'autre. La maison était silencieuse et sombre, mais dehors la tempête faisait rage. C'était une preuve, sinon plus, que les deux hommes étaient éreintés pour dormir malgré les éclairs et le tonnerre.

Alors que le vent agitait les branches de l'eucalyptus et que le tonnerre grondait dans le ciel au-dessus de leurs têtes, il fut étrange que ce soit le plus petit bruit qui les réveille.

C'était comme s'ils l'avaient attendu, les chiens l'entendirent aussi. Ils étaient endormis, blottis au pied du lit, serrés comme leurs maîtres. Quand Danny et Jay sursautèrent comme s'ils avaient été piqués par une épingle, ils se levèrent, à l'écoute et plissant les yeux à travers l'obscurité. Les deux chiens pleurnichèrent en tournant leurs têtes vers la porte de la chambre, qui était fermée.

Le bruit qu'ils avaient entendu était le cliquetis d'un loquet de porte, en bas.

— C'est la porte d'entrée, chuchota Jay. Quelqu'un est dans la maison, c'est Joshua. C'est certain. Cette fois, il est allé trop loin.

Avant que Danny ne puisse lui répondre, ils entendirent un autre bruit, qui semblait être le grattement doux d'un tiroir, sûrement dans la cuisine.

Les chiens l'entendirent également et se mirent en mode combat. Jingles et Carly descendirent du lit, hurlant comme des fous, puis commencèrent à danser devant la porte de la chambre, griffant, grondant et grattant pour sortir.

Jay rejeta les couvertures et se précipita hors du lit et Danny en fit de même de son côté. Ils s'habillèrent tous les deux, remettant la chemise et le jean qu'ils avaient laissé tomber à côté du lit, quand ils étaient allés se coucher.

Toujours pieds nus, Jay se précipita vers la porte de la chambre pour lâcher les chiens. Danny attrapa son bras pour l'arrêter.

— Non, supplia Danny.

Il pouvait voir grâce aux éclairs par la fenêtre que Danny avait les yeux grands ouverts.

— Ne va pas en bas, Jay. Il… il a une arme.

— Quoi ?

— Je ne te l'ai jamais dit, mais Josh possède une arme, un revolver. Il l'a acheté pour se protéger, d'après ce qu'il a dit, à peu près un mois avant que je le quitte.

Jay dévisagea Danny, puis se retourna vers les chiens qui grondaient à la porte.

— Appelle la police, dit Danny, s'il te plaît, Jay. Ne descends pas. Appelle la police. Si nous leur disons qu'il y a quelqu'un dans la maison, ils viendront.

— Très bien, siffla Jay. Nous avons eu assez de malchance pour aujourd'hui. Nous n'avons pas besoin en plus d'une balle dans le corps.

Il tendit la main vers le téléphone qui se trouvait sur la table de nuit et composa le numéro des secours. Rien ne se passa. Il appuya sur le combiné et réessaya. Rien. La ligne était hors service.

Jay se tourna vers Danny.

— Le téléphone est hors service, c'est peut-être à cause de la tempête.

Danny ne semblait pas convaincu.

— Ou peut-être a-t-il coupé les fils ?

— Peu importe, dit Jay. Où est ton portable ? Le mien est en bas.

— Comme le mien, dit Danny, le visage fermé.

Il se rapprocha et les bras de Jay se refermèrent automatiquement autour de lui, le tenant serré contre lui. Il était évident, en sentant son corps trembler, que Danny était effrayé.

— Et tant pis, dit Jay après un moment d'hésitation.

Il tendit la main et ouvrit la porte de la chambre, relâchant les chiens, qui sortirent en aboyant et descendirent les escaliers tel un troupeau de buffles. Une collision se fit entendre en bas, puis des pas lourds qui se précipitaient dans la maison, avec des chiens hurlants qui les poursuivaient. La porte d'entrée claqua, et les animaux furent enfermés à l'intérieur, griffant, hurlant et grattant sur la porte close, essayant de sortir, désireux d'enfoncer leurs dents dans l'intrus.

Les doigts de Jay se resserrèrent sur le bras de Danny.

— Il est parti, reste près de moi. Nous allons descendre et attraper l'un de nos portables. Tu appelleras la police pendant que je sécuriserai la porte d'entrée.

— Très bien, dit Danny en hochant la tête, les yeux aussi grands que des soucoupes. Ne sors pas.

— Je ne sortirai pas, viens.

Ils passèrent le pas de la porte et Danny se pencha pour allumer le couloir. Il appuya sur l'interrupteur, mais, encore une fois, rien ne se passa ; le courant était coupé. Il se retourna, les yeux effrayés.

Jay jura, mais malgré sa fureur, il prit un moment pour caresser doucement le bras du jeune homme.

Ils descendirent les escaliers, main dans la main, alors que les éclairs illuminaient leur chemin à travers le couloir sombre.

Avant qu'ils ne descendent la première marche, Danny fixa son visage avec des yeux effrayés et attendrissants.

— Tu es mon héros, Jay. Tu es mon chevalier. Tu nous protégeras du dragon, j'en suis sûr.

Jay se pencha pour goûter ses lèvres tremblantes.

— Je t'aime, Danny. Je nous protégerai tous les deux de tout ce qui essayera de nous séparer. Reste juste à côté de moi, bébé.

Danny hocha la tête, redressant ses épaules. Ils plissèrent les yeux pour regarder le bas de l'escalier.

Sans un mot, ils commencèrent à descendre.

XI

— DÉPÊCHE-TOI, CHUCHOTA Jay.

— Il n'est pas là, siffla Danny, haussant le ton, désespéré.

Ils se tenaient dans le séjour. Le sac à dos de Danny se trouvait sur le sol à côté de la cheminée, juste là où il l'avait laissé. Il se mit à genoux. Étant donné qu'il faisait trop sombre pour voir quoi que ce soit, il fouilla dans son sac, les mains tremblantes, vérifiant tous les compartiments qu'il pouvait sentir. Son téléphone n'était pas à l'intérieur ; tout ce qu'il trouva fut un tas de papiers sans intérêt.

Il rejeta le sac à dos.

— Je ne comprends pas, il est toujours là. Oh merde, je l'ai peut-être laissé dans la voiture. Nous allons devoir utiliser le tien.

Jay dépassa les chiens qui hurlaient et vérifia le verrou de la porte d'entrée, le fermant de l'intérieur. Il se précipita vers Danny et saisit sa main et l'aida à se relever.

— Le mien est dans la cuisine, viens. Reste éloigné de la fenêtre au cas où. Il pourrait nous tirer dessus à travers le carreau.

— Oh, bon sang.

Ils traversèrent la pièce, pieds nus, et allèrent dans la cuisine. Les chiens grondaient et grognaient toujours à la porte d'entrée. Les stores étaient ouverts, à l'exception de celui qui était fermé par la plaque de contre-plaqué. Les éclairs illuminaient par intermittence la maison. Chaque fois qu'un éclat de lumière apparaissait, Danny devait prendre un instant pour ajuster ses yeux.

— Fichue tempête, murmura-t-il.

Un autre éclair zébra la pièce alors que Jay cherchait à tâtons sur le comptoir.

— Mince, siffla-t-il. Je sais que je l'ai laissé ici pour le recharger. Le chargeur est toujours là, mais pas le téléphone.

Il y avait un autre téléphone fixe dans la cuisine, c'était un poste mural. Danny le décrocha, dans l'expectative, mais il n'y avait aucune tonalité. Il était hors service, comme celui d'en haut.

— Il a pris nos téléphones, Danny, dit Jay. Mon Dieu, depuis combien de temps était-il à l'intérieur de la maison ?

— Comment allons-nous appeler la police ?

Jay claqua des doigts.

— L'ordinateur ! Il n'a sûrement pas pu se glisser devant la porte de notre chambre et monter dans la mansarde sans que les chiens l'entendent. Allons-y, nous pourrons contacter la police par Internet.

— On peut faire ça ?

— On verra bien. Si nous ne pouvons pas, nous pourrons envoyer un e-mail à quelqu'un pour qu'il les contacte.

— En espérant qu'ils répondent à l'e-mail.

Ils regardèrent tous les deux l'horloge sur le mur de la cuisine, il était trois heures du matin.

— Merde, tu as raison.

Ils se fixèrent dans la lueur des éclairs. Le tonnerre grondait au-dessus de leurs têtes, reproduisant le bruit d'un camion rempli de barils qui dégringolaient en bas d'une colline. Entre les chiens, la tempête et son cœur battant la chamade dans ses oreilles, Danny pouvait à peine entendre sa voix, encore moins celle de Jay.

Jay attrapa le devant de la chemise de Danny et le poussa vers les escaliers.

— Allons-y ! Nous devons au moins essayer. Monte à la mansarde.

Avec les chiens sur leurs talons, ils montèrent les escaliers pour aller vers le bureau de Jay, dans la petite mansarde au troisième étage. En entrant dans la pièce, ils s'arrêtèrent net quand un flash de lumière éclaira les murs de la pièce à travers la verrière colorée. Malheureusement, les couleurs vives ne furent pas la seule chose qu'ils virent.

L'ordinateur était saccagé. Les connexions avaient été arrachées et altérées, elles n'étaient pas seulement déconnectées, mais coupées en deux, avec une paire de ciseaux qui était toujours là, sortant du clavier où quelqu'un les avait enfoncés avec une telle force que le clavier était pratiquement coupé en deux.

Quelqu'un, mon œil, pensa Danny, *c'est Joshua.*

Jay et Danny se tenaient côte à côte et se regardaient fixement. Danny secoua la tête.

— Il a dû entrer et sortir de la maison une bonne douzaine de fois, sinon comment aurait-il bien pu savoir où se trouvaient les choses ? Il avait tout planifié, Jay. Je t'avais dit qu'il était fou.

Jay mordit sa lèvre en tenant une souris d'ordinateur cassée dans ses mains.

— Oui, tu me l'avais dit, plus d'une fois. Je suppose que j'aurais dû t'écouter.

Danny se rapprocha et glissa sa main dans la poche arrière de Jay. Il pouvait sentir ses propres genoux trembler. Jay semblait particulièrement songeur, même pas furieux, il essayait simplement d'y voir un peu plus clair, comme s'il s'agissait d'un puzzle qu'il devait finir. Danny n'avait jamais été aussi impressionné par l'homme qu'il aimait qu'en cet instant.

— À quoi penses-tu ? demanda-t-il doucement. Que faisons-nous maintenant ?

Un autre éclair explosa dans le ciel et l'image du dragon s'afficha momentanément dans toute sa splendeur sur le mur en face d'eux avec des détails terrifiants. Danny poussa presque un cri en sursautant.

— Je déteste cette verrière, marmonna Danny pour lui-même alors que son cœur commençait à se calmer.

— J'ai besoin d'une arme, dit Jay, ignorant le dragon et jetant la souris cassée dans la poubelle du bureau.

— Je ne savais pas que tu possédais un UZI, dit Danny pensant qu'un peu de sarcasme ne ferait pas de mal.

— Il est au magasin pour un réglage.

— Eh bien, c'est dommage.

— N'abandonne pas, dit Jay en souriant. Je n'ai pas encore commencé à me battre.

— Mon Dieu, tu es John Paul Jones [6] maintenant ?

Aussi incongru que cela puisse paraître, Jay éclata de rire.

— Écoute, nous avons des couteaux dans la cuisine, une cloueuse au sous-sol, mais je ne suis pas sûr que ce soit si efficace, le tisonnier en fonte pourrait faire une jolie bosse sur sa tête si nous nous approchons suffisamment près.

Danny ne pouvait plus plaisanter, c'était impossible.

— Si tu t'approches suffisamment près pour utiliser un couteau, une cloueuse ou un tisonnier, il te tirera dessus avec son arme.

— Oui, c'est un inconvénient, grogna Jay.

Danny saisit la manche de sa chemise.

---

6 Officier de marine écossais, et l'un des héros sur mer de la guerre d'indépendance des États-Unis

162

— Nous pourrions juste sortir furtivement sous une couverture dans la tempête, descendre l'une des pistes pour essayer de rejoindre la route et faire signe à quelqu'un.

Un autre éclair illumina la pièce et les couleurs de la verrière firent une nouvelle apparition. Il mit la main dans la poche de son jean et sortit ses clés.

— Ou nous pouvons prendre l'une des voitures et foutre le camp d'ici.

— Et le laisser ici pour faire ce qu'il veut ? dit Jay en secouant la tête. Et que faisons-nous des animaux ? Je ne vais pas les laisser à la merci de ce fou. Non, nous devons nous occuper de Joshua nous-mêmes. Je suis fatigué de fuir ce taré et je suis *vraiment* épuisé qu'il s'amuse avec nos vies ; te faire renvoyer et brûler mon bar, et il a essayé de tuer mon pauvre chat, dit Jay, ses yeux plissés de fureur.

Tout en bougonnant, Jay traîna la chaise de bureau sous la fenêtre et monta dessus. Il ouvrit doucement la verrière, en donnant un petit coup sur le loquet, puis posa les charnières au milieu pour l'incliner, permettant ainsi une meilleure vue sur la pelouse. Un vent froid se faufila immédiatement dans la pièce. Jay dut attendre un nouvel éclair pour voir dehors, mais sa vue était gênée par la pluie ; cependant, il parvint à distinguer quelque chose se déplaçant derrière la jeep, ce devait être Joshua. Qu'était-il en train de faire maintenant ?

Danny tira sur la jambe du pantalon de Jay.

— Descends de là ! chuchota-t-il. Il pourrait très bien te voir et te tirer dans la tête.

— Chut, bébé, dit Jay en descendant et en prenant son compagnon dans ses bras. J'ai un plan.

— C'est vrai ?

— Eh bien, non. Je suppose que non.

— Je m'en doutais.

— Je pense que je devrais prendre cette cloueuse, et pendant que nous sommes au sous-sol, je pourrais voir s'il a disjoncté les fusibles. Nous avons besoin d'électricité, je ne sais pas encore pour quoi faire, mais je me sentirais mieux si nous avions l'électricité, nous pourrions peut-être électrocuter ce taré ou faire autre chose.

— Bonne idée, dit Danny, donc on va au sous-sol, comme si nous n'avions pas utilisé suffisamment les escaliers ce soir.

Jay le tira vers lui pour poser ses lèvres sur son nez.

— Tu te moques de moi ?

— Qui, moi ? demanda-t-il en battant des cils.

Jay pouvait le voir dans les reflets des éclairs qui passaient à travers le ventre du dragon de la verrière, même s'il n'avait vraiment pas besoin de les voir. Il avait mémorisé les cils de Danny, comme chaque centimètre carré de son corps.

Malgré les plaisanteries du jeune homme, Jay pouvait apercevoir la peur dans ses yeux. Il avait tous les droits du monde de ressentir cette frayeur et Jay avait lui aussi peur. Il n'était pas suffisamment idiot pour penser que se sortir de cet enfer serait une partie de plaisir ; ils étaient dans une sacrée galère.

— Je te protégerai, Danny, dit-il, brusquement sérieux. Je te l'ai dit, je ne le laisserai pas encore te faire du mal et je suis sérieux. J'espère que tu me crois.

Un nouvel éclair alluma le ciel telle une épée tranchante, brillante comme l'acier et acérée comme un rasoir. Danny hocha la tête alors qu'il tremblait toujours.

— Je te l'ai dit, je te crois. Tu es mon chevalier. J'ai totalement confiance en toi.

— Bien, alors allons-y, dit Jay en souriant doucement.

Il saisit la main de Danny pour l'amener vers l'escalier. Toujours pieds nus, ils descendirent aussi doucement que possible.

Une fois arrivés au porche de la buanderie, derrière la cuisine, ils découvrirent comment Joshua était rentré dans la maison. Il était entré de la même façon qu'il y avait pénétré avant, en cassant la trappe arrière, mal réparée, puis en montant simplement l'escalier bancal du sous-sol qui menait dans la maison et était passé par la porte de la buanderie, cette même porte que Jay n'avait pas eu la possibilité de réparer depuis que ce taré s'était introduit la dernière fois.

— Je vais protéger cette maison contre les voleurs, grogna Jay pour lui-même.

Il se tenait dans l'embrasure ouverte et fixait l'abîme noir et inhospitalier qui, un autre jour, n'aurait été qu'un sous-sol. Mais à cet instant, il ressemblait à la gueule béante des enfers.

— C'est un peu tard pour la protéger contre les voleurs ; l'intrus est déjà dehors, murmura Danny, ou dedans.

— Chut, dit Jay en le cognant avec sa hanche.

164

Juste par habitude, Jay enclencha l'interrupteur qui aurait normalement inondé de lumière les escaliers, mais bien sûr, ça ne fonctionna pas. Sans surprise.

— Sois prudent, chuchota Jay. Reste juste derrière moi. Il y a du désordre partout en bas. C'est assez difficile d'y marcher avec la lumière du jour, alors dans le noir, ça sera pire.

— Nous devrions nettoyer la maison.

— Sans blague.

Cette fois, Joshua avait dû fermer la trappe derrière lui quand il était entré par l'arrière de la maison. Le sous-sol était aussi noir qu'un four, même les éclairs ne parvenaient pas à rendre l'endroit plus accueillant.

Danny était une marche derrière Jay, sa main sur son épaule. Jay cogna son orteil nu sur quelque chose et lâcha un juron.

— Fais attention, siffla-t-il, mettant en garde Danny de ne pas faire la même chose.

Ils traversèrent le sous-sol, évitant les tas d'ordures, puis Jay parvint à voir l'établi sur le mur et commença à fouiller dans les outils pour trouver la cloueuse. Au lieu de la cloueuse, sa main trouva un cylindre familier ; c'était une lampe torche. Il appuya sur le bouton, espérant que les piles étaient encore chargées et un rayon de lumière traversa soudain l'obscurité.

Avec la lumière pour se diriger, Jay alla vers le disjoncteur qui se trouvait dans le coin, Danny le suivit de près. Jay ne savait pas quel fusible correspondait aux lampes, alors il les enclencha tous, puis se précipita derrière l'établi pour tirer sur la ficelle qui allumait l'ampoule du sous-sol, rien ne se passa.

Jay éteignit la lumière.

— Il a coupé les fils, ce bâtard a coupé les fils.

— Trouve la cloueuse, le pressa Danny.

Au même moment, Jay entendit un bruit étrange qui semblait être à seulement quelques pas de là. Le bruit donnait l'impression qu'un sac de haricots pinto séchés avait été secoué et serré par la main de quelqu'un... c'était un sifflement.

— Qu'est-ce que c'est ? demanda Danny en se raidissant à côté de Jay. Je n'ai jamais entendu quelque chose comme ça avant !

— Oh, mon Dieu, dit Jay qui avait déjà entendu ce bruit. C'est maintenant qu'il se montre.

— Qui ça, il ? demanda Danny en se rapprochant.

165

— Georges.

— Je craignais que tu dises ça.

Jay alluma la lampe torche et l'orienta sur le sol en direction du bruit, qui n'avait pas diminué d'un iota depuis qu'il avait commencé.

Schkkkk. Schkkkkk. Schkkkkkkkk.

La lampe de Jay fit mouche au premier coup. Là, à trois pas d'où ils étaient, pieds nus, se trouvait Georges qui les regardait, agacé. Positionné comme une grosse bobine, sa tête triangulaire et tachetée planant à quelques centimètres au-dessus du sol, ses yeux reptiliens dorés les fixaient. Sa queue, de dix centimètres d'écailles tournoyait telle une tornade, tellement vite qu'elle devenait floue, et se dressait au milieu de la bobine, tel un point d'exclamation très énervé. La bouche du serpent s'ouvrait périodiquement et la langue fourchue sortait rapidement, comme si elle goûtait l'air, alors que ses mâchoires s'ouvraient largement, prêtes à attaquer. Une lueur vacillante du venin sur chaque croc brilla à la lumière. La tête de Georges pivota d'abord vers Jay, puis vers Danny pour revenir vers Jay, comme s'il était en train de déterminer qui attaquer en premier.

— Eh bien, c'est une évolution révoltante de la situation, dit Danny, sur le ton de la conversation malgré les circonstances.

Son sarcasme fut démenti par l'aspect vitreux de ses yeux quand Jay se tourna vers lui.

— Chut, ordonna ce dernier. Ne bouge pas.

— Ne pas bouger, Jay, dit Danny, et sa voix était montée d'une octave. Ce n'est pas moi qui bouge.

Jay fouilla autour de l'établi aussi rapidement qu'il le put, alors qu'il éclairait toujours le serpent aux yeux froids, cherchant quelque chose à jeter. Le mieux qu'il trouva fut un pot de peinture à moitié plein, ce qui devait peser. Il le saisit dans sa main, le fit gentiment balancer dans les airs comme un lanceur qui jaugerait le poids d'une balle de base-ball juste avant de la lancer, puis il envoya le pot aussi fortement qu'il le pouvait, droit vers la tête du serpent.

Il le manqua. Le couvercle s'envola, la peinture noire éclaboussa la pièce. Ce fut suffisant pour distraire au moins l'attention de Georges. À la seconde où il tourna sa tête triangulaire pour voir ce qui avait été jeté sur lui avant d'exploser, Jay attrapa Danny et se précipita vers l'escalier. Ils les remontèrent aussi vite que possible et claquèrent la porte derrière eux à la seconde où ils arrivèrent en haut.

Ils se tinrent au milieu de la buanderie, essoufflés, et tentèrent de se calmer. Jay éteignit la lampe torche et ils se retrouvèrent dans l'obscurité, ce qui était probablement plus avisé, mieux valait que Joshua ne connaisse pas leur position pour rester en sécurité.

— Merde, dit Jay.

— Quoi ?

— Je n'ai pas pris la cloueuse.

Les chiens étaient encore en train de hurler à la porte d'entrée. Jay fit une prière silencieuse, reconnaissant que les chiens ne les aient pas suivis au sous-sol et n'aient pas joué avec Georges.

— Danny, je vais voir si je peux trouver Lucy et Desi, ils sont probablement sous le divan. Étant donné que j'ai bloqué ta voiture, nous allons devoir courir vers la jeep. Tu as raison, c'est la seule chose que nous pouvons faire. Les chiens vont nous suivre, je pense, et nous pouvons porter les chats.

— Es-tu fou ? demanda Danny en haletant.

— Hé, c'était ton idée, tu te souviens ? Mais ne t'inquiète pas, ça va marcher. Ça doit marcher. Nous pouvons nous faufiler par la porte de derrière, comme tu l'as dit, et être dans la jeep avant qu'il ne découvre que nous...

— Oh non !

— Mon Dieu, Danny, nous devons faire quelque chose !

— Ce n'est pas ça, siffla Danny, regarde !

Danny agrippa l'épaule de Jay et le força à se retourner pour qu'il puisse voir ce qui l'effrayait.

— Regarde les murs, chuchota Danny. Regarde les murs dans le séjour.

— Qu... qu'est-ce que c'est ? demanda Jay en s'avançant.

Danny s'était éloigné de lui pour s'approcher à pas de loups du porche de devant. Les stores étaient fermés, mais à travers les lamelles, il put apercevoir une lumière orange. C'était le même rougeoiement qu'on pouvait voir sur le mur.

Puis, par-dessus la tempête, ils entendirent un bruit de flammes, ça ressemblait presque au bruit que faisait Georges. Un vacarme soudain et des craquements de verres cassés se firent entendre. Carly pleurnicha. Les voitures !

Jay courut vers Danny et ils ouvrirent les stores pour regarder à l'extérieur. La jeep et la Toyota de Danny étaient toutes les deux en feu. Il dévorait l'intérieur des deux voitures, les sièges consumés par les flammes. Alors qu'ils assistaient au brasier, une fenêtre de la jeep se brisa et éclata sous l'effet de la chaleur. Une autre explosa, mais cette fois il s'agissait de la Toyota. Une fumée noire s'éleva, illuminée par la foudre, qui était devenue permanente, déchirant le ciel de ses flashs. La tempête était à son paroxysme, le tonnerre grondait sans cesse, et la pluie tombait à verse, rendant la cour boueuse. Le vent fouettait les arbres autour de la maison, agitant leurs branches, tels des bras qu'on agitait dans tous les sens.

De l'autre côté, dans la lueur des voitures enflammées et des explosions terrifiantes, se tenait ce fou de Joshua. Ses bras étaient levés comme s'il invoquait la tempête qui les entourait. Il avait son arme dans une main et à ses pieds un jerrican d'essence rouge, visiblement vide ; c'était ce qu'il avait utilisé pour mettre le feu aux voitures.

Il riait aux éclats.

Au même moment, la jeep explosa, et un champignon rougeoyant s'éleva à plus d'un mètre au-dessus du sol. Lorsque le tourbillon de feu se calma, le pare-brise tomba, une porte s'ouvrit en déchirant les charnières, et les vitres volèrent dans toutes les directions. Certains bris de verre fusèrent vers la Toyota enflammée, garée juste devant.

Avant que Danny ou Jay ne puissent dire un mot, la Toyota explosa aussi. Comparée à la jeep, c'était une peccadille.

— Il n'y avait presque plus d'essence, expliqua tristement Danny, ce qui pouvait presque ressembler à une excuse.

Même face à tout ce qui arrivait, Jay dut retenir un sourire.

— Mon réservoir était plein. Les réservoirs pleins explosent tellement mieux.

Les deux boules de feu étaient contenues par l'averse. Un peu plus tard, ce furent les pneus qui explosèrent avec des coups secs assourdissants et d'autres vitres craquèrent, se brisèrent et grossirent pour finir par éclater dans la cour en un millier de morceaux. Là encore, la pluie parvint à empêcher les flammes de se propager, et c'était au moins une bonne chose.

Joshua avait disparu alors que les voitures explosaient ; il ne se tenait plus là où ils l'avaient vu, il ne restait plus que le jerrican vide dans la boue.

Danny attrapa le bras de Jay.

— Regarde !

— Je sais, dit Jay. Il n'est plus là. Je n'ai pas vu de quel côté il est allé. Et toi ?

— Non, pas ça, regarde ! dit Danny en resserrant sa poigne, au bout du chemin.

Jay riva ses yeux sur l'endroit que pointait Danny et soudain son regard s'élargit.

— Mon Dieu, est-ce…

— Oui, cria Danny en jubilant. Ce sont des phares, quelqu'un arrive.

XII

La fenêtre, au-dessus de leurs têtes, explosa lorsqu'une balle passa au travers, et fit également éclater le plafonnier en forme de globe qui illuminait la pièce lors de nuits comme celle-là. Danny et Jay se jetèrent sur le sol et rampèrent pour s'éloigner de la fenêtre, passant sur les bris de verre jonchant le sol, s'entaillant les mains et les genoux. Ils se retrouvèrent dans la cuisine où ils trouvèrent un peu de protection et où leurs pieds ne seraient pas coupés en lambeaux lorsqu'ils se lèveraient.

Tandis qu'ils rampaient se mettre à l'abri, un autre tir fit exploser les derniers morceaux de verre restants, et voler en éclat l'écran de la télévision qui se trouvait dans le coin. Le vent froid et humide traversa la pièce ; la tempête qui faisait rage hurlait à travers les fenêtres brisées. Danny essaya de ramper tout en protégeant ses oreilles de ses mains tandis que Jay bafouillait une bordée de jurons, alors qu'ils passaient d'une pièce à l'autre.

Dans la cuisine, ils se cachèrent entre le frigo et le four pour éviter de se prendre une balle.

Ils secouèrent les bris de verres qui recouvraient leurs vêtements et Danny tira sur la manche de Jay.

— Qui pourrait venir ici à cette heure-ci ? Il est plus de trois heures du matin.

— C'est peut-être quelqu'un qui a vu les flammes de la route. Je ne pensais pas que c'était possible. Qui que ce soit, nous devons crier lorsqu'il s'arrêtera et lui faire comprendre qu'il est en danger.

— Tu penses qu'il lui tirerait dessus ?

— Je ne crois pas qu'il soit content de voir un témoin se pointer, pas toi ? Ou encore que quelqu'un vienne lui gâcher son plaisir, grogna Jay.

Tout en restant proches du mur, ils rampèrent vers la fenêtre au-dessus de l'évier, relevèrent les stores pour regarder à l'extérieur. La fenêtre leur donnait une vue parfaite en direction du chemin qui menait à la maison, alors que ce même chemin était caché de la vue grâce aux virages et aux rochers aussi grands que des camions. Ils pourraient toujours voir la lumière des phares de la voiture qui approchait.

Mais ils ne la virent jamais ; la lumière des phares avait disparu.

— Les phares ont disparu, chuchota Danny. Où est la voiture ? Est-ce que nous avons imaginé ces phares ?

Ils regardèrent pendant deux minutes, puis une de plus. Jay se pencha pour mieux voir, désespéré de ne plus apercevoir ce qui aurait pu être leur seule chance de survie ; c'était peut-être même un policier, ce qui lui aurait permis de réévaluer son mépris pour les services de police de San Diego.

Déchiré entre l'inquiétude pour la sécurité de l'étranger et de voir leur seule chance d'aide disparaître devant les yeux, Jay cracha de fureur.

— Non, merde ! Nous avons tous les deux vu cette voiture venir ! Où est-elle passée ?

Danny montra un point illuminé par les flammes, ces mêmes flammes qui étaient coincées à l'intérieur de ce qui restait des voitures par le vent et la pluie.

— Quelqu'un est là, cria-t-il. Je l'ai vu bouger entre les buissons.

— Était-ce Joshua ? demanda Jay en regardant sans rien voir. Tu le sais ?

— Je ne suis pas sûr. J'ai aperçu quelque chose à travers cette pluie, c'est peut-être le vent qui a fait virevolter des choses, mais je ne pense pas, ça ressemblait à une personne.

Une rafale de tir d'arme à feu se fit entendre, suivie d'un cri de rage et aussi de peur.

— Qu'est-ce que c'est ? cria Jay en pressant son visage sur la fenêtre, essayant de voir ce qui se passait dehors.

Un soudain bruit de pas sur le porche arrière les fit se retourner et regarder la porte qui menait à la buanderie.

— C'est Josh ! gémit Danny.

Des poings martelaient la porte, une voix désespérée, qui ne ressemblait pas du tout à celle de Josh, gronda au-dessus de la tempête.

— Laisse-moi entrer, Jay, ouvre cette fichue porte.

— Bon sang ! aboya celui-ci.

Il se précipita vers la porte, ouvrit le loquet et le battant. Une montagne entra et au même moment les chiens se précipitèrent à l'extérieur.

— Bon sang, jura Jay, mais, il referma immédiatement la porte, même si les chiens étaient sortis, alors que leur invité surprise s'effondrait, épuisé, sur le plancher.

171

Jay remit rapidement le loquet en place, avant de tomber à genoux à côté de l'homme sur le sol, pour le prendre dans ses bras et tapoter son dos en riant.

Quand Jay tourna son regard pour dévisager Danny, il se tenait debout et les regardait, la bouche grande ouverte. Il semblait sur le point de s'évanouir.

— Mon Dieu ! dit Danny. Est-ce que c'est *Ernie* ?

LES VÊTEMENTS d'Ernie étaient pleins de boue et ses cheveux dégoûtaient de brindilles détrempées gluantes comme s'il avait dû ramper dans un parterre de mûres sauvages.

Ses yeux brûlaient comme deux charbons vivants.

— Ce taré m'a tiré dessus. C'est ton ex, n'est-ce pas ? demanda-t-il en esquissant un sourire.

La ligne de sa mâchoire se contracta de colère.

Danny ne put qu'acquiescer, mais ce fut Jay qui répondit.

— Mais pourquoi es-tu là ? Qu'est-ce qui t'a poussé à conduire jusqu'ici au milieu de la nuit ? Et comment as-tu réussi à passer au travers ?

Jay tira Danny vers le sol et tous les trois s'accroupirent, le dos contre la porte, essayant de rester hors de vue.

Ernie essuya de la main l'eau de pluie de son visage et leur sourit, ou du moins il essaya.

— J'étais assis chez moi et je pensais au feu qui s'était déclaré au bar, à la façon dont il avait pris, puis j'ai repensé au pauvre type de Danny et j'ai commencé à faire le lien, dit-il en détournant son regard de Danny pour fixer son patron d'un air rusé. Je ne savais pas si tu l'avais déjà compris ou pas, alors j'ai décidé de t'appeler et de te le dire.

— C'était quand ? demanda Jay.

— Je ne sais pas, peut-être vers minuit, mais tu ne répondais pas au téléphone. Tu réponds toujours, Jay, toujours, alors je me suis inquiété. Et puisque je ne pouvais pas dormir, j'ai décidé de conduire jusqu'ici pour m'assurer que tout allait bien, c'est alors que j'ai vu les flammes. J'étais sur le chemin vers ta maison, qui est vraiment mauvais avec ces nids-de-poule d'un mètre de profondeur, et j'ai aussi entendu les tirs de revolver. J'ai pensé que c'était dangereux de me rapprocher en voiture, alors je l'ai garée et j'ai marché dans les buissons, essayant d'atteindre la maison sans être atomisé par une balle. Atomisé est le mot du jour sur le calendrier, tu vois comme c'est utile tout le temps ?

Ses yeux devinrent sérieux, même un peu mauvais, alors qu'il les ramenait vers Danny.

— Ton ex est un sale taré, personne ne te l'a dit ?

— Nous sommes arrivés à la même conclusion, dit Jay pendant que Danny hochait la tête, toujours étonné qu'Ernie soit assis en face d'eux.

Le nouvel arrivant trembla, il faisait froid à l'extérieur, sans doute pas plus de cinq degrés dehors, et la pluie se transformait en neige fondue.

— Pouvons-nous aller à la voiture ? demanda Danny.

— Je ne sais pas, répondit Ernie. C'est dangereux. On pourrait essayer de…

Ils entendirent un craquement aigu derrière la tête d'Ernie, qui s'était arrêté de parler, comme s'il avait perdu le fil de ses pensées. Ses yeux étaient écarquillés, puis un moment plus tard, un filet de sang coula de son oreille et glissa sur son col. Comme une poupée sans fils, il glissa sur le plancher.

Derrière lui, un éclat de lumière traversa la porte par un minuscule trou.

Un trou de balle de revolver.

JAY ATTRAPA le bras d'Ernie alors que Danny gémissait d'horreur puis se ressaisissait pour aider. En grondant et en gémissant, ils éloignèrent leur ami de la porte. Jay cria sous le poids de l'homme avant de parvenir à basculer Ernie sur le dos.

Il se pencha sur lui et caressa sa joue, la tapotant gentiment, essayant d'obtenir une réaction, alors que du sang continuait à couler de son oreille.

— Ernie ! Ernie, parle-moi ! Ne meurs pas, bon sang. Nous allons te sortir de là, je te le promets, tiens le coup.

Au grand étonnement de Jay, il ouvrit les yeux et Danny haleta derrière lui. Le regard d'Ernie alla se poser au-dessus de Jay. Il n'était pas concentré et un doux sourire flottait sur ses lèvres.

— Ne t'inquiète pas, dit-il d'une voix voilée, la vitesse de ses mots bizarrement altérée. Ça ne fait pas mal. Je… est-ce que je saigne ?

Une larme coula le long de la joue de Jay. Il glissa une main sous la tête d'Ernie pour la bercer, il pouvait sentir la chaleur de son sang sur ses doigts.

— Un peu, Ernie, oui, chuchota-t-il, mais ça va aller, tu vas aller mieux. Nous allons te sortir de là, tiens bon.

— Je suis en train de salir ton sol.

— Chut, essaye de rester calme.

— Tu as une serpillière?

Jay essaya de sourire, mais son visage était tellement rigide.

— Oui, j'ai une serpillière, ne t'inquiète pas de ça.

Les yeux d'Ernie se fermèrent et seul l'un des deux se rouvrit.

— Danny et moi avons un secret, Jay, dit-il dans son souffle. Danny sait ce que c'est, pas toi, mais lui le connaît.

— De quel secret parles-tu, Ernie? demanda Jay en se rapprochant. Que sait Danny que je ne sais pas?

Ernie tendit la main et caressa la joue de Jay du bout de ses doigts, mais sa force s'affaiblit et sa main retomba sur le sol. Il déglutit difficilement et son corps frissonna, il perdait son contrôle; peut-être pour la première fois de sa vie. Il essaya de se focaliser sur le visage de Jay, qui pouvait voir la concentration dont il devait faire preuve pour rester éveillé. Ernie retrouva sa voix, elle était altérée, affaiblie, on aurait dit que ce n'était pas la sienne, que c'étaient les mots d'un étranger.

— Danny sait que je t'aime, Jay. Je t'ai toujours aimé, dit-il en tendant posément un bras et en cherchant à tâtons une main, celle de Danny. N'est-ce pas Danny? Tu le sais?

Le jeune homme glissa ses deux mains dans la paume gigantesque d'Ernie. Il se rapprocha pour lui parler doucement. Il réussit à sourire alors que Jay ne souriait pas.

— C'est vrai, Ernie. Je l'ai su dès la première fois que je t'ai rencontré. Je l'ai dit à Jay, mais il ne m'a pas cru.

— Que se passe-t-il? haleta Ernie. Je ne peux plus voir.

Jay pleurait maintenant, ses yeux remplis de larmes.

— Détends-toi, Ernie. Nous allons chercher de l'aide, reste tranquille, essaye de ne pas parler.

Ernie secoua la tête.

— Non, je dois le lui dire. Je dois le lui dire.

Jay se pencha encore plus, parlant directement à l'oreille d'Ernie en ignorant le sang, ignorant les battements de son cœur.

— Que veux-tu dire, Ernie? À qui veux-tu le dire?

— Danny, je dois le dire à Danny.

Le jeune homme serra la main d'Ernie encore plus fortement et se pencha comme Jay, pour parler à l'homme blessé dans son oreille.

— Je suis là, Ernie. De quoi s'agit-il ? Que veux-tu me dire ?

Le grand homme réussit à sourire, mais celui-ci n'atteignit seulement qu'un côté de sa bouche. Son sourire était tordu d'une telle façon qu'il paraissait insolent, comme si c'était un sourire malicieux ou un sourire d'une victime d'une attaque. Il tourna la tête vers la voix de Danny, ses yeux vitreux, dans le vague.

— Aime-le, dit Ernie. Rends-le heureux. Il t'aime tellement.

— Je sais, Ernie, dit Danny en luttant contre les larmes. J'aime aussi Jay, tu le sais. Je vais… Je vais le rendre heureux, pour toi et moi, je te le promets. Je le rendrai heureux.

Un minuscule filet de sang sortit de la bouche d'Ernie, peignant une mince ligne sombre au bas de sa joue et le long de son cou.

— Tu es un bon garçon, chuchota-t-il alors que son souffle vidait ses poumons pour la dernière fois, formant une bulle de sang sur ses lèvres.

Ses doigts se relâchèrent sur les mains de Danny, ses yeux se fermèrent et sa tête tomba en arrière sur la main de Jay. La bulle de sang éclata.

Son grand corps lourd gisait, immobile entre eux, aussi immobile que la montagne sur laquelle ils étaient agenouillés.

Jay laissa tomber sa tête sur le vaste torse immobile et pleura, mais même en pleurs, il pouvait discerner les caresses de Danny sur les cheveux mouillés d'Ernie, le calmant, lui chuchotant une prière pour qu'il bouge, pour qu'il sente un battement de cœur.

Sa prière ne trouva que le silence. Comme toujours, Dieu ne répondit pas.

— Je l'aimerai pour toi, Ernie, dit-il d'une voix tremblante. Je te le jure.

Jay chercha la main de Danny, là où ses doigts étaient entortillés dans les cheveux de l'homme abattu. Leurs yeux se rencontrèrent à travers les larmes. Même dans son chagrin, Jay était envahi par la haine.

— Je le tuerai pour ça, gronda-t-il en crachant. Je suis sérieux, Danny, Joshua est un homme mort.

Danny laissa tomber sa tête sur l'épaule de Jay, sa main toujours sur le torse immobile d'Ernie, puis il releva la tête pour regarder Jay, les yeux écarquillés. Il tendit la main sous le manteau d'Ernie et en retira quelque chose, c'était un iPhone.

— Bon sang, souffla Jay en le regardant.

Jay lui arracha le téléphone de la main et essaya de l'activer, mais rien ne se passa.

— Mince.

Jay donna un coup de poing sur l'écran, mais il ne se passa toujours rien, il le secoua, mais sans succès.

— Bordel, cria-t-il. La batterie est morte ! Nous revenons au point de départ.

Jay se remit sur ses pieds au moment où la fenêtre de la cuisine se brisa et qu'un flamboyant morceau de bois de chauffage, provenant du tas de bois derrière la maison, vola à l'intérieur, déchirant les stores du mur et les étincelles se dispersant dans tous les sens. La nappe de la table de la cuisine s'enflamma, et pendant que Jay attrapait le morceau de bois en feu, avec ses mains nues, pour le lancer dans l'évier, Danny jeta la nappe en flammes par terre et la piétina de ses pieds nus.

Quand le feu fut éteint, Jay se tint debout et fixa Danny qui le regardait, haletant et tremblant tout comme lui. Les mains de Jay étaient douloureuses et il savait que les pieds de Danny devaient l'être également. Avant que Jay ne puisse faire quoi que ce soit pour l'un ou l'autre, la porte de derrière s'effondra.

La tempête s'engouffra dans la maison, tout comme Joshua.

Il se tint debout dans l'embrasure, les jambes écartées, illuminé par les éclairs zébrant le ciel dans son dos.

Puis il leva son arme et la dirigea directement sur la tête de Jay. Celui-ci entendit un bruit quand Joshua tira, mais à sa surprise, il ne sentit rien alors que l'obscurité l'entraînait.

Lorsque Joshua appuya sur la détente, le coup de feu effraya Danny. Il trébucha en arrière et chuta durement sur le sol.

Jay s'effondra, ce qui fit rire Joshua, les yeux brillants de folie.

Il était trempé jusqu'aux os, il y avait une brûlure sur sa joue et il pointait son arme entre les yeux de Danny.

— Je te l'avais dit, gamin. Je ne partage pas ce qui m'appartient.

Le regard horrifié de Danny était figé sur le corps de Jay, immobile sur le sol ; il rampa frénétiquement vers lui et mit ses mains tremblantes sur sa nuque. La peau de Jay était chaude, mais collante de sang. Il resta inerte sous ses mains et le cœur de Danny sombra dans sa poitrine. Une douleur le traversa, l'angoisse, la crainte, qu'il n'avait jamais ressentie avant, le déchira. La douleur était tellement intense qu'il pâlit et convulsa.

Les sanglots que Danny combattait depuis le début de la nuit finirent par sortir. Les larmes lui montèrent aux yeux. Jay gisait au sol, replié sur lui et pétrifié comme une pierre. Il laissa tomber sa tête sur cette épaule immobile. Il caressa la main inerte de Jay, lui massant les doigts un par un, les tirant, cherchant à retenir la vie en eux, essayant de trouver un battement de cœur dans ce corps silencieux.

Il leva des yeux dévastés vers Joshua, une boule d'angoisse dans sa poitrine.

— Tu l'as tué.

— Oui, enfin, se moqua Joshua. Je t'avais prévenu de ne pas te jouer de moi, Danny. Je t'avais dit de ne pas me briser le cœur.

La colère envahit Danny, une colère d'une telle intensité que ses yeux brillèrent, et l'esprit résilient, qui l'avait aidé à travers tellement de tourments, se transforma en haine, voire en quelque chose de meurtrier.

— Le cœur ? Le cœur ? Tu n'as pas de cœur !

Joshua claqua sa langue, tel un professeur impatient face à un enfant idiot.

— Ne devenons pas larmoyants.

Le fou regarda autour de lui, étudiant les fenêtres cassées par lesquelles la tempête passait, la pluie mouillant le plancher. Il regarda les deux corps sur le sol, l'un aussi mort que l'autre, puis fixa Danny, un sourire triomphant sur son visage démonique.

— Alors nous y voilà, dit-il. Enfin seuls. Qu'est-ce que ce sera ? Un film et du pop-corn ? Une partie de Monopoly ? Peut-être une queue dans ton cul affamé ? C'est ce que tu aimerais ? Est-ce que ça t'a manqué de te faire baiser de la façon dont tu aimes ? Hein, Danny ? Est-ce que la brutalité t'a manqué ?

Danny ferma les yeux une seconde avant de les rouvrir pour faire face à son bourreau.

— Tu ne me toucheras plus jamais.

Joshua sourit, baissa les yeux sur son arme et revint sur la fenêtre, sur la tempête qui faisait rage. Les chiens aboyaient et grattaient sur la porte, essayant de rentrer. Joshua en sourit.

Alors que Danny le regardait, le corps de Josh se balança en tremblant, soit à cause du froid soit à cause de sa santé mentale brisée. Il avait visiblement basculé tête la première par-dessus bord. Ses yeux étaient rouges à la lueur de la foudre et sa peau était pâle. Danny ne l'avait jamais vu aussi malade ou tellement possédé par ses propres démons. Il était totalement déconnecté, et cette déconnexion l'effrayait encore plus que tout ce qu'il avait enduré venant de cet homme auparavant. La folie était inscrite sur le visage de son ex, Danny en était sûr, et c'était une folie meurtrière, menaçante.

Danny savait qu'il ne pouvait plus le raisonner, et il n'avait plus rien à perdre, plus rien.

— Tu as foutu ton avenir en l'air, dit Danny, la voix basse, sans émotion, accusatrice. Tu es un meurtrier maintenant, Josh. Un meurtrier et un lâche. Ta vie est finie. Tu vas passer le reste de ta vie en prison. Je me ferai un point d'honneur de tenir suffisamment longtemps afin de te voir derrière les barreaux. Enfermé là où tu ne pourras plus jamais faire de mal à personne. Je serai dehors à attendre, Josh, à attendre que tu meures dans une cellule infestée de cancrelats, priant tous les jours pour ça, chaque fichu jour.

Joshua redressa la tête et éclata de rire. Il rit tellement fort que cela lui prit un moment pour retrouver son sang-froid et écarter les larmes de joie de ses yeux. Son regard passa de l'incrédulité à la méchanceté, puis à la folie en un battement de cœur.

— Tu as toujours eu un joli cul, mais tu n'as jamais été intelligent. Tu n'attendras rien du tout, Danny, tu vas mourir dans cette maison, ce soir. Ne l'as-tu pas encore compris ? N'as-tu pas encore saisi la situation ?

Il regarda l'arme dans sa main, puis revint sur Danny.

— Embrasse ton petit ami mort une dernière fois, je reviens. Ne t'enfuis pas, dit-il en souriant. Nous avons un travail inachevé à finir.

Ignorant Danny comme s'il savait qu'il n'avait rien à craindre de lui, Joshua enjamba les deux corps et traversa la cuisine pour aller dans le séjour, où il se plaça devant la fenêtre brisée par les balles et regarda les voitures en feu. Il se tint à la lumière des flammes et rechargea son arme avec des cartouches qu'il sortit de l'une des poches de son pantalon. La peur, la colère et l'immobilité de Jay sous sa main finirent par assommer la dernière once de mépris de Danny ; soudain, il n'y eut plus rien d'autre que du chagrin. La pensée de fuir ne lui traversa même pas l'esprit ; il était fatigué, trop malheureux pour se sauver et il ne pouvait pas laisser Jay, il ne l'aurait pas fait.

Il se pencha sur le corps de Jay, se blottit contre lui, le berçant, murmurant des mots doux, attendant que l'arme que tenait Joshua fasse feu.

Ce serait la fin, supposa-t-il, et puis il serait libre, délivré de sa peur, de son chagrin et de la folie.

Les bras fermement enroulés autour du corps immobile de Jay, il laissa couler les larmes. Il lâcha tout, du désespoir à toute autre chose. Il enfouit sa tête dans le cou ensanglanté de Jay et, là, contre sa joue, il le sentit. Au-delà de tout espoir, au-delà de toute imagination.

Un pouls.

Les yeux de Danny s'ouvrirent quand le corps de Jay remua dans ses bras. Celui-ci tourna la tête vers lui d'un millimètre, suffisamment pour que Danny ne manque de crier de soulagement, mais avant que le moindre son ne sorte, Jay agrippa la main de Danny.

— Les escaliers, chuchota Jay dans son oreille, sa voix était aussi douce qu'un filet d'air. Les escaliers du sous-sol.

— Tu es en vie, chuchota Danny, des larmes de joie coulant sur son visage.

— Fais ce que je te dis, insista Jay, toujours aussi doucement pour que les mots ne puissent parvenir aux oreilles de Joshua dans l'autre pièce, à travers les grondements de la tempête. Pousse-le, fais-le.

— Très bien, dit-il en hochant la tête, je... je vais essayer. Peux-tu bouger ? Peux-tu courir ?

— Je pense, oui, dit Jay. La balle a frôlé le côté de ma tête, ça a dû m'assommer pendant un moment, mais je pense que je vais vivre, j'ai la tête dure.

Danny se mit à pleurer et à rire en même temps, puis tout aussi rapidement le rire s'arrêta.

— Mon Dieu, Jay, j'ai cru que tout était fini. Je me moquais de ce qui pouvait m'arriver, mais maintenant que tu es de retour, je recommence à avoir peur. Reste avec moi cette fois, ne te fais plus tirer dessus.

— Je ne me ferai plus tirer dessus, chuchota-t-il en souriant. Sois fort, Danny, la bataille n'est pas finie. Il revient !

Il serra la main de Danny et le jeune homme se figea alors que des pas décidés approchaient. C'était le moment de faire ce que lui avait dit Jay, il devait essayer. Il devait au moins *essayer*.

Il relâcha son amant, se releva et ouvrit rapidement la porte du sous-sol puis s'éloigna, espérant que Josh ne s'en rende pas compte. Sa mâchoire était tendue, les muscles de ses joues contractés. Il se planta fermement sur ses pieds, une rafale de pure haine emplit sa poitrine, et il se redressa.

179

Joshua le contourna, comme s'il pensait que Danny allait s'enfuir par la porte de derrière. C'était exactement ce qu'il avait *espéré* que Josh ferait.

Derrière Josh, Danny pouvait voir la porte ouverte du sous-sol. *Plus près*, supplia-t-il, *plus près*.

Mais Joshua ne bougea pas, il était ancré sur le sol de la buanderie, lui faisant face, l'arme à feu devant lui, pointée sur la poitrine de Danny.

Josh utilisait le même regard meurtri qu'il avait utilisé lorsqu'ils avaient été ensemble, chaque fois qu'il avait pensé que Danny l'avait offensé, lui avait désobéi ou l'avait tenu pour acquis.

— Tu n'aurais pas dû faire ça, Danny. J'étais bon pour toi, je t'aimais.

Danny serra les poings et fit un pas menaçant en avant ce qui fit reculer Joshua pour lever son arme plus haut.

— Pourquoi voudrais-tu gâcher ta vie pour moi? demanda-t-il en penchant la tête comme s'il était vraiment en train d'essayer de comprendre. Si tu m'aimais autant et si tu voulais tellement que je revienne, pourquoi alors m'as-tu traité de la manière dont tu l'as fait lorsque nous étions ensemble?

Danny fit un autre pas en avant, ses épaules droites, il n'avait plus peur. Il fut encore moins effrayé lorsque Joshua fit un nouveau pas en arrière pour garder une certaine distance entre eux. Son ex n'était pas encore prêt à tirer, Danny le savait, il voulait parler, il voulait faire traîner les choses, comme il l'avait toujours fait.

Ce qui jouait en faveur de Danny, alors il continua de parler, tout en bougeant, un pas calme et menaçant à la fois.

— Jay est gentil avec moi, il comprend ce qu'est l'amour. Il ne s'agit pas de propriété, Josh, il ne s'agit pas de maltraitance ou d'exigence de ce qu'une personne est prête à donner. Il s'agit d'acceptation et de compréhension.

— Tu devrais travailler pour Hallmark, dit Joshua, la bouche tordue d'un air moqueur.

Danny l'ignora et fit un autre pas en avant.

— Il s'agit de donner et de recevoir, il s'agit de penser à l'autre personne en premier, de l'écouter et non de parler, il s'agit de partager et non d'utiliser.

Josh était à trois mètres de la porte du sous-sol. Danny se leva sur la pointe de ses pieds, prêt à se précipiter, mais avant qu'il ne puisse bouger, Jay cria derrière lui et trébucha sur ses pieds. Il s'élança, dépassa Danny, se ruant tout droit sur Josh, ses bras tendus devant lui, un large morceau de verre dans sa main, tel un couteau.

Joshua se figea pendant une seconde, l'étonnement se lisait sur son visage, puis il pointa son arme sur Jay, tira, mais le manqua, et avant qu'il ne puisse tirer encore une fois, Danny et Jay foncèrent tous les deux sur lui, le poussant en arrière vers la porte du sous-sol où il se balança un instant, les yeux écarquillés. Il essaya de pointer son arme à feu sur eux encore une fois, mais il perdit l'équilibre et bascula violemment en arrière dans l'obscurité, dégringolant les escaliers en bois avec un hurlement féroce de colère.

Jay claqua la porte du sous-sol pour la fermer.

— Aide-moi, demanda-t-il à Danny, et ensemble ils manipulèrent le congélateur qui se trouvait dans le coin, puis le firent basculer sur le côté dans un horrible craquement, bloquant soigneusement la porte du sous-sol. Si Joshua essayait d'entrer dans la maison, il devrait passer par ce chemin.

Jay attrapa la chemise de Danny et l'éloigna de la porte. Celui-ci se souvint qu'Ernie était mort d'une balle tirée à travers une porte en bois. Visiblement, Jay ne permettrait pas que cela lui arrive. Le sang coulait de la tête de Jay, là où la balle avait éraflé son cuir chevelu, c'était probablement dû aux efforts effectués. Son oreille était en sang et abîmée, comme si elle avait reçu le plus gros de la balle. Il était pâle et titubait.

Danny pressa sa main sur la blessure, essayant d'arrêter le flux du sang.

Seulement alors, ils se retournèrent pour fixer la porte du sous-sol.

Danny enroula son bras autour de la taille de Jay, qui s'appuyait lourdement sur lui, et ils se tournèrent pour sortir. Ils passèrent la porte de derrière et avancèrent sur les chemins qu'ils connaissaient si bien. Danny était certain qu'ils pourraient perdre Joshua s'il les suivait dans la montagne, mais avant qu'ils ne puissent bouger, avant qu'ils ne puissent faire un seul pas vers la liberté, ils entendirent un cri au loin, loin derrière la porte du sous-sol, un cri suivi d'un juron. Puis *BAM, BAM, BAM*, trois coups de feu résonnèrent à travers la maison. Danny et Jay s'accroupirent, par réflexe, mais les balles ne passèrent jamais les murs.

— Putain, entendirent-ils Joshua crier.

Ses mots devinrent tout d'un coup indiscernables. Un moment plus tard, la trappe arrière de la maison grinça en s'ouvrant, puis claqua en se refermant.

Les chiens à l'extérieur hurlèrent. *Bam.* Un autre tir parcourut la nuit à toute vitesse et Danny entendit les chiens s'éloigner, en aboyant sans fin, toujours aussi furieux, mais fuyant les coups de feu. Ils n'étaient pas stupides, ils savaient quand fuir et quand rester, et avec les balles qui sifflaient dans tous les sens, c'était le moment de fuir.

C'est ce que nous devrions être en train de faire, pensa Danny.

Mais avant qu'il ne puisse faire ce qu'il pensait, un visage fut éclairé par un autre flash de lumière qui passait par la fenêtre de la cuisine. C'était Joshua, trébuchant, silencieux, courant à l'extérieur de la maison, agrippant sa gorge ; il n'avait plus son arme.

— La porte de derrière n'est pas fermée ! cria Danny.

Mais c'était trop tard, un éclair doublé d'un grondement de tonnerre tomba sur le toit comme une tonne de briques qui s'effondre, et la porte de derrière s'ouvrit. Joshua se tenait là, illuminé par les flashs qui déchiraient le ciel, les mains sur sa gorge, la bouche ouverte, les yeux écarquillés de panique. Danny fit un pas en arrière en trébuchant, tirant Jay avec lui, mais Josh ne vint pas vers eux. Il se tenait simplement dans l'embrasure de la porte, tremblant.

Un autre éclair permit à Danny de voir la raison de son immobilisme, le cou de Joshua était gonflé, aussi gonflé qu'un ballon et sa peau virait déjà au noir. Deux petits filets de sang coulaient goutte à goutte sur sa gorge, là où les crochets de Georges avaient injecté le venin. Il avait dû atterrir sur le serpent quand il avait dégringolé les escaliers.

Le venin empêchait Joshua de respirer, fermant sa gorge comme une trappe, bloquant l'oxygène à l'extérieur et son souffle à l'intérieur.

À la lumière des éclairs déchirant le ciel, Danny entrevit les larges yeux effrayés et le bout de sa langue noire enflée émergeant de ses lèvres tellement gonflées du poison qu'elles s'étaient ouvertes. La poitrine de Joshua se soulevait alors qu'il essayait de respirer. Il s'accrochait à sa gorge, un cri de terreur surgissant de quelque part à l'intérieur de cet horrible sac de sang et de poison qui encerclait son cou, se resserrant, l'étranglant.

Incapable de haleter, Joshua tendit une fois la main vers Danny, suppliant, mais ce dernier recula avec horreur, tirant Jay avec lui et, dans un dernier éclair de compréhension, Joshua chancela puis tomba. Son dos se tordit dans un spasme tortueux, alors qu'il agrippait une dernière fois sa gorge pour respirer, mais c'était sans espoir, et peut-être qu'il le savait.

Lentement, comme si sa vie s'éloignait, une inspiration impossible à la fois, ce qui était souvent le cas, le dos de Joshua se relâcha. Ses doigts se détendirent sur son cou et ses yeux remplis auparavant de panique et de terreur devinrent soudain vides de toute émotion, de toute crainte, de toute vie.

Danny se détourna, pressant son visage sur le torse de Jay, dont les bras l'entourèrent et le serrèrent. Il murmura de doux mots dans l'oreille du jeune homme, des mots d'amour, des mots de réconfort.

Dehors, la tempête faisait toujours rage.

ÉPILOGUE

LES ORNIÈRES du chemin étaient sèches depuis longtemps. Danny était à nouveau capable de se frayer un chemin le long des sentiers qui serpentaient le long de la montagne Miguelito; seulement cette fois, il le faisait dans le petit pick-up Ford que Jay lui avait acheté, identique à celui qu'il avait, étant donné que la jeep et la vieille Toyota étaient parties en fumée lors d'une nuit de tempête, deux ou trois mois auparavant. C'était la nuit dont ils ne parlaient pas souvent, et quand ils le faisaient, c'était toujours d'une voix basse et solennelle.

Mais leur nouvelle vie ensemble n'était pas toujours solennelle. Ils avaient passé leur premier Noël ensemble, les téléphones, la télévision et les ordinateurs éteints. Ils avaient mangé jusqu'à plus faim, accroupis avec Carly, Jingles, Lucy, Desi et même les poules. Ils avaient fait l'amour lorsqu'ils en avaient eu envie, c'est-à-dire souvent.

Les blessures de Jay, provenant de cette nuit de tempête, avaient guéri. La cicatrice sur le côté de sa tête était recouverte par les cheveux et son oreille déchirée par la balle serait aussi cachée, dès que ses boucles auraient poussé un peu plus.

Après avoir résolu les problèmes des amoureux en mordant Joshua Stone à la gorge, durant cette nuit que personne ne pourrait oublier, le pauvre Georges le serpent avait rencontré sa propre mort par l'arme à feu d'un policier effrayé, même pas vingt minutes après l'arrivée de l'agent sur la scène de crime. Jay ne pouvait honnêtement pas dire qu'il était désolé de voir le serpent mort, même s'il avait été d'une grande aide la nuit en question. Danny disait souvent, après coup et toujours en souriant, que ça démontrait juste à quel point certaines personnes pouvaient être ingrates.

Danny travaillait à mi-temps à « Jack in the box[7] » et emballait des hamburgers, car il ne voulait pas que son compagnon puisse penser qu'il était un bon à rien. Lorsque le bar rouvrirait, il commencerait son nouveau travail en tant que barman, gardant l'affaire dans la famille, pour ainsi dire. Il s'entraînait depuis des semaines à la maison, apprenant les ficelles du

_____
7 Chaîne de restaurant

métier et mémorisant les recettes de chaque cocktail sous le soleil. Les mélanges devaient être bus, une fois qu'ils avaient été préparés, alors avec Jay, ils consommaient plus d'alcool qu'il n'était probablement bon pour eux durant ces dernières semaines, mais puisqu'ils s'amusaient en même temps, aucun d'eux ne s'inquiétait trop à ce propos.

Danny et Jay continuaient leurs longues marches à travers la montagne, accompagnés par Carly et Jingles et occasionnellement par les chats aussi. Desi, comme toujours, perché sur les épaules de Danny, tel un vieux capitaine des mers bourru, en équilibre sur le mât et dirigeant sa flotte, alors que Lucy suivait derrière, détestant avoir les pattes sales.

Après le feu, les réparations du bar avaient bien avancé. L'ouverture était prévue pour le 1er février et, aujourd'hui, une semaine avant la nouvelle année, les ouvriers allaient enfin poser la nouvelle enseigne lumineuse sur la devanture.

Danny était toujours un peu perplexe sur le pourquoi de cette opération. L'enseigne du vieux «Clubhouse», éclairée par de vieux néons, n'avait pas été abîmée par le feu.

— Je ne comprends toujours pas, dit-il pour la centième fois. À quoi bon une nouvelle enseigne?

Et cette fois, pour la toute *première* fois, il obtint une réponse.

— J'ai décidé de changer le nom du bar, de facto, nous avons besoin d'une nouvelle enseigne.

— De facto, mon œil. Alors, tu as changé le *nom*?

— Oui.

— Mais pourquoi? «Clubhouse» était un nom parfait.

Le sourire de Jay pouvait au mieux être défini comme mystérieux.

— Tant pis, dit-il.

— Tant pis? répéta Danny en clignant des yeux. Qu'est-ce que ça veut dire?

— Tu le comprendras par toi-même.

Danny glissa sa main sur la poche arrière de Jay et pinça sa fesse.

— Je pourrais te forcer à le dire si nous étions seuls, chantonna-t-il à voix basse.

— Comme si je ne le savais pas! répliqua Jay en riant.la dernière fois que nous étions seuls, tu as fini avec un nouveau pick-up.

— Le pick-up était ton idée, ne me le reproche pas, rétorqua le jeune homme en frappant son bras. Allez, dis-le-moi, quel est le nom du bar?

— Viens devant et je te le montrerai, répondit-il en lui prenant la main.

185

Secouant la tête, Danny se laissa mener vers le bout de l'allée et tourner le coin de la rue Broadway. De là, ils attendirent que le feu passe au rouge pour traverser la rue.

— Je t'aime, dit Jay dès qu'ils furent sur le trottoir opposé à la devanture du bar, en sécurité.

— Je t'aime aussi, dit Danny en souriant et en serrant la main de son amant. Quel est le nom du bar?

— Ferme les yeux.

— Quel âge avons-nous? Douze ans?

— Ferme les yeux, répéta Jay.

Danny les ferma et Jay le mena par la main au milieu du trottoir, directement en face du bar. Il agrippa les épaules de Danny et le fit tourner vers l'endroit voulu.

— Tu es prêt?

Danny hocha la tête.

Jay reposa doucement sa main sur la nuque de Danny et l'attira vers lui, respirant dans son oreille

— Ouvre les yeux, chuchota-t-il.

Danny plissa les yeux contre la soudaine exposition à la lumière du soleil qui illuminait la rue. La première chose qu'il vit fut les pigeons qui tournoyaient autour de leurs têtes. Quelque part, au loin, une voiture klaxonna. Quand sa vision se fut ajustée à la lumière, il leva son regard sur la devanture du bar. Un électricien travaillait encore sur la nouvelle enseigne, qui était suspendue juste au-dessus d'eux, maintenue dans les airs par une grue et quatre câbles en acier.

Lorsque l'enseigne prit l'angle approprié, Danny put la lire et il retint son souffle. Il relut l'enseigne, puis une troisième fois. Puis lors de sa dernière lecture, ses yeux se remplirent de larmes.

Il saisit la main de Jay, les yeux écarquillés rivés sur cette nouvelle enseigne brillante. Il recula dans les bras de son compagnon, qui l'enveloppèrent immédiatement, et il lutta pour parler. Finalement, il hocha la tête et une larme coula sur sa joue.

— C'est parfait, dit-il, la voix remplie d'émotion, puis il déglutit et essaya encore. C'est absolument parfait.

Sur l'enseigne, on pouvait lire « Chez Ernie ».

JOHN INMAN est un finaliste lambda de certaines récompenses littéraires et l'auteur de trente romans, allant d'outrageuses comédies aux récits de fantômes et de monstres en passant par des romances terrifiantes. Il écrit des livres depuis qu'il est assez vieux pour tenir un stylo. Son partenaire et lui vivent à San Diego, en Californie. Ensemble, ils partagent leur passion pour le théâtre, les livres, la randonnée et le vélo le long des sentiers et des canyons de San Diego. Ou si l'envie les en prend, ils aiment se détendre devant une bière et un bon film.

Le conseil de John pour tous ceux qui veulent devenir écrivains ?

« Prenez du temps pour écrire chaque jour et faites-le vraiment. N'ayez pas peur de partager ce que vous avez écrit. Les retours sont importants. Quand un refus survient, déchirez-le et recommencez. Continuez de soumettre des choses. Continuez à écrire et à réécrire, et puis recommencez encore une fois. Chaque minute de cette lutte le vaut, alors n'abandonnez jamais. Souvenez-vous que pour les éditeurs, c'est souvent comme en amour : parfois, il faut chercher longtemps avant de trouver le bon. »

Email: john492@att.net
Facebook: www.facebook.com/john.inman.79
Website: www.johninmanauthor.com

Par JOHN INMAN

Collision
Mon dragon, mon chevalier
La montagne de Jasper
Les mots
Vengeance

Publié par DREAMSPINNER PRESS
www.dreamspinner-fr.com

LES MOTS

JOHN INMAN

Le monde des écrivains, des lecteurs et des critiques est une famille très soudée composée d'amis, de fan et de mordus de littérature. C'est le monde dans lequel vivent Milo Cook et Logan Hunter, prospérant grâce à leur créativité, aux histoires et aux idées qu'ils partagent, savourant leur amour sans limites pour les livres et les mots qui les font vivre.

Mais parfois, les mots peuvent aller trop loin. Lorsque c'est le cas, il y a inévitablement un prix à payer.

Pour Milo et Logan, ce qui commence comme une nouvelle histoire d'amour ponctuée de découvertes pleines de romantisme, se transforme rapidement en une course pour sauver leurs vies – et celles de tous ceux qu'ils connaissent, avant qu'il ne soit trop tard.

Qui pourrait imaginer que quelque chose d'aussi beau que des mots puisse devenir un catalyseur de vengeance ? Et à terme, de meurtre ?

www.dreamspinner-fr.com

LA MONTAGNE DE
Jasper

JOHN INMAN

Lorsqu'un petit voleur nommé Timmy Harwell « emprunte » imprudemment une Cadillac pour effectuer une virée en voiture, il ne s'attend pas à trouver 100 000 $ dans le coffre. Sa joie se transforme en terreur lorsqu'il se rend compte que le SUV et l'argent appartiennent à Manuel Garcia, alias El Poco, un trafiquant de drogue basé à Tijuana qui a mauvaise réputation. Timmy ne voit qu'un seul moyen de s'en sortir : abandonner la voiture volée derrière lui et courir aussi vite qu'il le peut.

Sa fuite est écourtée lorsqu'une tempête s'abat sur lui alors qu'il se trouve près d'un chalet de montagne, isolé, appartenant à Jasper Stone. Jasper trouve Timmy dans sa cabane, inconscient et brûlant de fièvre, et décide de prendre soin du jeune homme jusqu'à ce qu'il aille mieux. Les deux hommes se rapprochent, mais Jasper, un écrivain qui se plaît dans sa vie en solitaire, est tout ce que Timmy n'est pas : franc, honnête et gentil.

Timmy a besoin de l'aide de Jasper et veut gagner son respect, aussi lui cache t il ses habitudes malhonnêtes. Mais lorsqu'El Poco vient réclamer son dû, Timmy réalise qu'il n'est pas le seul à être en danger. Ses actes mettent aussi la vie de Jasper en péril. Dire la vérité maintenant pourrait lui faire perdre l'homme qu'il aime, mais ne pas la révéler pourrait mener à une issue bien plus tragique.

www.dreamspinner-fr.com

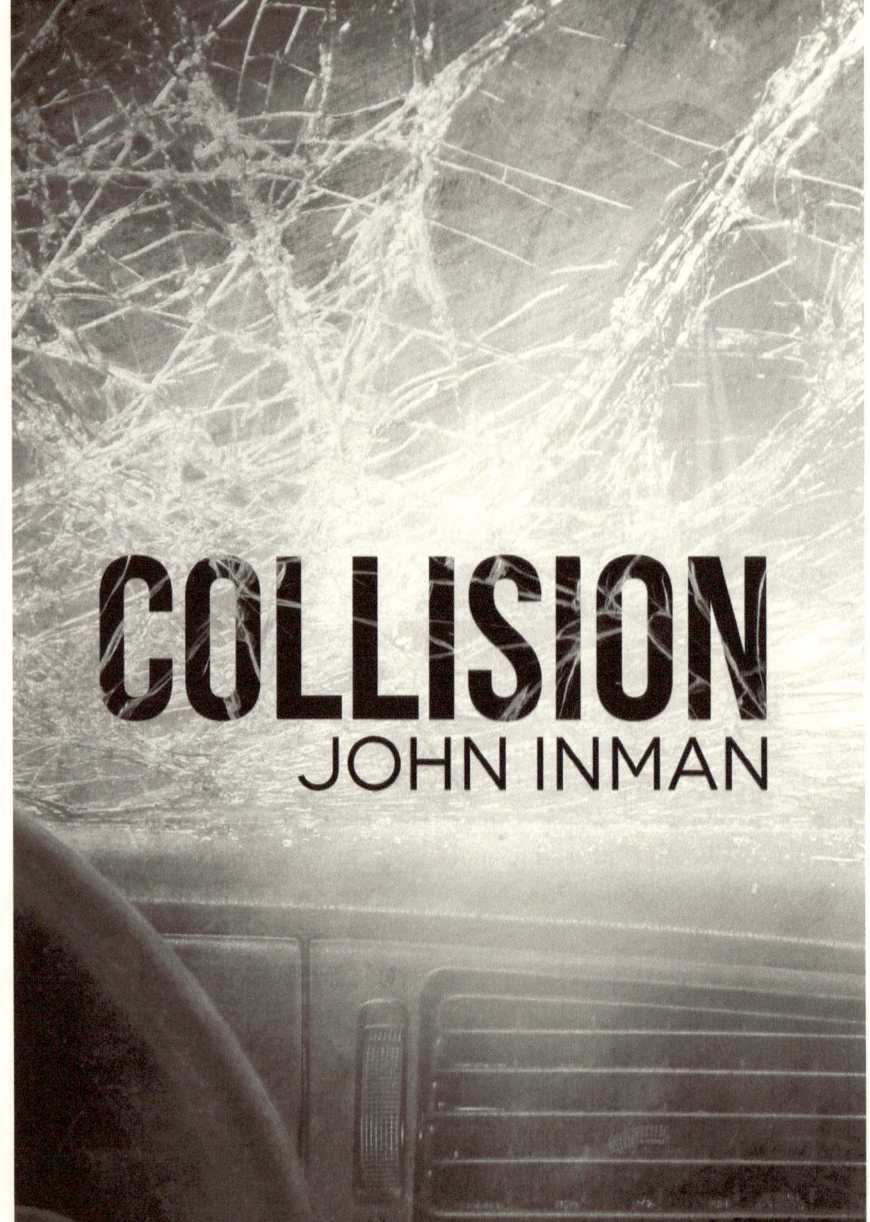

COLLISION
JOHN INMAN

À vingt-six ans, les jours de Gordon sont comptés. Du moins, il espère qu'ils le sont. Lassé de la culpabilité et des regrets qui découlent d'un horrible accident de voiture, deux ans auparavant, dans lequel un homme a perdu la vie, il se réveille chaque matin avec des pensées suicidaires. Alors que la loi l'oblige à travailler pour expier ses péchés, sa rédemption personnelle est beaucoup plus difficile à trouver.

Puis Minus – un simple sans-abri qui a sa propre croix à porter – sauve Gordon d'un terrible destin. Une nuit, non seulement Gordon trouve une lumière à suivre, et peut-être même un but à sa vie, mais aussi la possibilité que l'amour l'attende au bout du tunnel.

Il n'aurait jamais imaginé qu'il découvrirait un moyen de se pardonner et, qu'en le faisant, il ouvrirait suffisamment son cœur pour gagner l'acceptation et l'amour de la personne qu'il a le plus blessée.

www.dreamspinner-fr.com

Vengeance

JOHN INMAN

Lorsqu'un crime épouvantable détruit la vie de Tyler Powell, son désir de vengeance prend le dessus. Chaque jour, à chaque instant, alors qu'il tente de reconstruire sa vie brisée, il n'a plus que cela en tête… la vengeance.

Cèdera-t-il à la colère pour devenir cette chose qu'il déteste par-dessus tout : un tueur ?

Il n'y a qu'avec l'aide de Christian Martin, inspecteur à la brigade criminelle chargé de son affaire, que Tyler voit une nouvelle vie possible se profiler devant lui, avec la révélation inattendue d'un nouvel amour qui lui tend les bras. Un amour qu'il pensait ne jamais plus connaître.

Le laissera-t-il entrer dans sa vie, ou est-ce déjà trop tard ? Sa vengeance a-t-elle plus d'importance pour lui que son propre bonheur ? Et celui de l'homme qui l'aime ? Tyler est bien déterminé à trouver un moyen d'assouvir sa vengeance sans pour autant sacrifier tout espoir d'un avenir avec Christian, mais cela s'avèrera difficile – si ce n'est impossible – et au final, il risque d'être confronté à un choix cornélien.

www.dreamspinner-fr.com

www.ingramcontent.com/pod-product-compliance
Lightning Source LLC
Chambersburg PA
CBHW031232260626
47169CB00007B/2261